遇见出版

凤凰树下随笔集

蒋东明 著

厦门大学出版社
XIAMEN UNIVERSITY PRESS

国家一级出版社
全国百佳图书出版单位

图书在版编目(CIP)数据

遇见出版/蒋东明著.—厦门:厦门大学出版社,2019.8
(凤凰树下随笔集)
ISBN 978-7-5615-7476-8

Ⅰ.①遇…　Ⅱ.①蒋…　Ⅲ.①随笔－作品集－中国－当代　Ⅳ.①I267.1

中国版本图书馆 CIP 数据核字(2019)第 144833 号

出 版 人	郑文礼
责任编辑	曾妍妍
装帧设计	李夏凌
技术编辑	朱　楷

出版发行　厦门大学出版社

社　　　址	厦门市软件园二期望海路 39 号
邮政编码	361008
总　　机	0592-2181111　0592-2181406(传真)
营销中心	0592-2184458　0592-2181365
网　　址	http://www.xmupress.com
邮　　箱	xmup@xmupress.com
印　　刷	厦门集大印刷厂

开本	720 mm×1 000 mm　1/16
印张	20
字数	308 千字
插页	2
版次	2019 年 8 月第 1 版
印次	2019 年 8 月第 1 次印刷
定价	69.00 元

本书如有印装质量问题请直接寄承印厂调换

厦门大学出版社
微信二维码

厦门大学出版社
微博二维码

编者的话

　　厦门大学，一所闻名遐迩的高等学府，经过近百年的岁月洗礼，她根深叶茂，茁壮成长。厦大校园背山面海、拥湖抱水，早年由南洋引入的凤凰木遍布校园的各个角落，于是，一级又一级的海内外求知学子满怀憧憬地相聚在凤凰树下；一届又一届的毕业生依依惜别于凤凰树下。"凤凰花开"成了学子们对母校的青春记忆，"凤凰树下"成了厦大人共同的生活空间。

　　建校近百年的厦门大学现已成为学科门类齐全的国家"211"、"985"工程重点大学。厦大人秉承"自强不息，止于至善"的校训，铭记校主陈嘉庚建设一流大学的嘱托，在较少政治喧闹、较多自由思考的相对安静环境中，做着相对纯粹的真学问，培育着一代代莘莘学子。一大批厦大人在不同的学术领域里成果卓著，他们除了发表论文、出版专著，贡献自己高深的科研成果之外，亦时有充满灵性的学术感悟文字、感时悯世的政治评论短札，时有思索道德人生的启示益智言语、情感迸发的直抒胸臆篇什。这些学术随笔其文字之精练，语言之优美，内容之丰富，思想之深刻，不仅体现了厦大学人深厚的学术积淀，而且也是值得传承的丰富文化宝藏和宝贵的出版传播资源。

厦门大学出版社秉承"蕴大学精神，铸学术精品"的出版理念，注重挖掘厦门大学的学术内涵。我们将以"凤凰树下随笔集"的形式，编辑出版厦大学人的学术随笔、学术短札，在凤凰树下营造弥漫学术芬芳的书香氛围，让厦大校园充满求真思辨的探索情怀。年轻学子阅读这些书札，或能获得体悟，受到激励，走向深邃的学术殿堂；社会大众阅读这些书札，或能更加切实地品读我们这所大学的真实内涵，而不至于停留在"厦门大学是个大花园"的粗浅旅游观感层次。

我们更期待"凤凰树下随笔集"走出校园，吸引全球更多的学者走入这片凤凰树下，让读者感受到这些学者除了不断有高精尖的科研成果问世外，还有深沉的文化艺术脉搏在跳动，还有浓郁的人文精神、科学精神在流淌。

厦门大学出版社

序

朱崇实

　　我在厦门大学学习、工作 40 余年了。40 多年来，厦大让我感到自豪的东西很多，厦大出版社就是其中一个。在我的藏书中，厦大出版社出版的图书应该是最多。前两年在整理书房时，因图书太多的，书房空间有限，想请出一些图书送给图书馆，结果整理到厦大出版社出的书时，几乎都不舍得请出，因为觉得每一本都是好书，看过的，值得存下来；没有看过的，值得找时间再看。

　　毫无疑问，这其中肯定带有情感的因素。但是，厦大出版社出版的图书多为精品，却是不争的事实。厦大出版社于 1985 年创办，多年来，他们始终把"蕴大学精神，铸学术精品"作为办社的宗旨或理念。30 多年来，厦大出版社历经风雨，道路坎坷，但始终不变的是自己的宗旨或理念。据统计，厦大出版社 30 多年来共出版图书近 8000 种，其中近 90% 是学术专著或高校教材，出版物的作者逾 70% 是大学的学者。在一个物欲不断膨胀的年代，要做到这一点是太不容易了！因为我们知道，在过去数十年的改革中，出版社的改革是相当彻底的，从事业单位到事业单位企业化管理，再到彻底改制，成为完全意义的文化企业，没有了铁饭碗和大锅饭。出版社要生存要发展，必须要讲经济效益，在这样的风云激荡中，仍然能够坚持自己的初心，不能不让人敬佩！

　　也正是这样的一份无怨无悔、义无反顾的坚守，才使得这个年轻出版社能够在众多出版社中脱颖而出，成为广大读者和作者喜爱的一家出版社。2009 年，新中国成立后国家新闻出版总署第一次在全国范围内对出版社进行等级评估。这次评估从 2003 年开始准备,2008 年 6 月正式启动到 2009 年 9 月公布评估结果,前后历时 6 年。厦大出版社被评为国家一级出版社和"全国百佳出版单位"。评估结果公布,当时很多人都感到意外,但是很快大家都觉得厦大出版社获此殊荣是实至名归,因为,厦大出版社从办社的第一天开始就没有离开过自己的信念,始终坚持之、实践之,并取得社会认可的成就。

　　30 多年厦大出版社能始终坚持自己的初心,坚持自己的理念,这一定是集体的力量、大家的共识,才有可能。出版社的历任社长、总编及所有同仁都无比热爱自己的事业、热爱自己的出版社,在其中,东明同志无疑是杰出代表。他 1987 年从物理系调入出版社工作,历经多个岗位,勤勉有为。1999 年,东明同志担任社长,直到 2017 年卸任,在厦大出版社社长的岗位上整整工作 18 年。这 18 年应该是出版社发展最好、最快的 18 年,这与他在这 18 年里,坚持传承、弘扬出版社的优良传统,团结、带领出版社的各位同仁不懈地为自己的理想而奋斗分不开。2007 年,学校在软件园二期购买了一幢研发大楼,当时我希望能永久性地解决出版社没有一个好的工作场所的问题,同时也希望出版社能更加敏锐地捕捉数字出版的发展新方向,到市场大潮中更加自由地搏击,所以,建议出版社整体从校内搬到软件园二期。但我知道这是一件很难的事情,厦大校园是最美、最温馨的家园,要离开这里,对谁来说都是艰难的选择。我把我的想法告诉东明,请他回去跟出版社同志们商量后尽快给我答复。当时学校有些同志跟我说:校长,你的建议太理想了,出版社怎么可能离开校园呢?我说看看吧。三天后,东明告诉我,大家都同意搬到软件园,虽然很有点不舍,也有很多具体的大小困难要克服。我当时听了真是很感动。从这件事上可以看出,他们多么热爱自己的事业,为了事业什么都可以放弃,为了事业敢于克服一切困难。同时,我心里也在想,厦大出版社有这样的一群人,肯定能办成一个最优秀的出版社。事后很久,我才知道东明当时心情是很纠结的,跟我谈话后,自己一人在芙蓉湖边徘徊了许久。

2007年到现在,又10多年过去了,我当年的想法已成为现实,厦大出版社现在是名副其实的国内最优秀的出版社之一。东明同志退休卸任后,将自己多年对厦大出版事业发展的探索和感悟文章结集成册,希望我能为他的新书写一个序言,我没有任何犹豫就答应了。我想这也是我向厦大出版社表示敬意,向出版社的所有同志们表示感谢的一个机会。这30多年来,厦大出版社为厦门大学整体学术水平的提升及学术影响力的传播做出了杰出的贡献!从东明同志所著《遇见出版》中,我可以看到出版社同志们为这份事业所作出努力的前行步伐,很有意义,值得祝贺!

最后,谨祝厦大出版社越办越好!期望厦大出版社为厦门大学建成世界一流大学做出自己一份更大的贡献!

(厦门大学原校长,厦大校友总会理事长)

2019年5月

Contents

目　录

出版漫谈

我与厦大出版社

图书评说

往事故人

出版漫谈

凤凰树下随笔集

出版是充满乐趣的迷人事业*

出版活动是将人类世代集聚的智慧和发现、思想和情感薪火相传，发扬光大，为公众提供"真、善、美"的精神食粮。作为一项职业，她需要从业者要拥有理想情怀和实干精神，既长袖善舞又潜心做事。不是每个人都会对出版职业产生兴趣，她与个人的性格、学识、素养、爱好有关。唯有将谋生的职业变成事业，真正理解出版的文化内涵，你才能发自内心去热爱。对于热爱出版工作的人，在这项迷人的事业中融入越久，就越能感受到其中无穷的魅力和乐趣。

出版工作永远是鲜活的，
她能让出版人始终保持旺盛的创新激情

出版活动的本质是对知识的选择和编辑。人类几千年的文化积淀浩瀚如海，且文化的创造活动每时每刻都在进行。作为出版人，你眼前的世界是与别人不一样的。你每天都可能会有新发现，每个事件都可能成为出版的选题，每部书稿都是一次创造的机会或是一处拷问的陷阱。所以，出版人就必须站在高处，尽可能阅历过世界上最优秀的东西，锤炼自己选择的眼光。发现、想象、创造的过程，使得出版工作永远是鲜活的，充满悬念的，她能让出版人始终保持旺盛的创新激情。

出版业作为文化产业的一个门类行业，有自己的特殊活动规律和"两效统一"的要求，体现了一种社会分工的荣耀。在实现中华民族伟大复兴的壮美时代，出版人要有"民族情怀，文化担当"的责任感和使命感，以"传承传统文化，弘扬时代精神"作为自己的奋斗目标。出版业需要经营，要追求经济

---

* 本文原载《中国新闻出版广电报》2017年9月21日。

效益,但商业价值仅仅是实现文化目的的手段。古今中外的优秀出版人都能够以独特的眼光,将商业价值与文化目的巧妙地融合起来。当二者发生矛盾不能兼顾时,他们都会自觉摆正出版文化和出版经济的地位,不约而同地选择文化。出版人以能为人类寻求文化创造力和精神价值为自己非同寻常的职业满足感。出版行业从来不是赚大钱的行业,而出版人仍能乐在其中,因为他的初衷就不是赚钱。只有从这一点出发来从事出版业,你才能领略出版的奥妙,享受出版的乐趣。正是这种"使命感",使得优秀的出版人永远是那些崇尚文化,志趣高洁,德才兼备的特别人群。

"为人作嫁,成人之美"的特殊社会角色,
呈现出独有的文化魅力

出版是架起读者与作者之间的桥梁。出版人在戴着显赫光环的作者或万千拥戴的读者粉丝中,永远是藏在幕后的角色。出版人应该拥有"为人作嫁,成人之美"的恢宏胸襟,并以自己的这种特殊社会角色而感到自豪。在这个行当里,你每天接触的都是能写书出书的人,他们一般都是学识渊博,令人尊重,让人受益的佼佼者。和这种了不起的人打交道,并且你是真心实意在帮他的,是很容易与他成为好朋友。对知名作者,可能很多人求他,你会感觉自己难以靠近他。其实,即使是再有名的作者,面对出版社的约稿,不管他口头上如何说他很忙,没时间,但内心是很高兴的,很满足的,只要心诚,一定会投缘。对于初出茅庐的作者,他对出版人充满敬畏,我们理应真心相助。

事实上,出版的更大乐趣在于发现完全陌生的新人,出版他的书,然后通过适当的宣传,看着他一夜成名。这些新人会对出版者心存感激,而编辑也会因发现新人而倍感骄傲。也许新人因此远走高飞,不再理会曾经的你,但在这个出版过程,你已经心满意足了。

出版工作一般是"从有到有",将作者的来稿变成出版物,把自己的汗水变成美丽的呈现,在品味书香的芬芳中得到快乐。出版人还可以"从无到有",用自己的学识、创意加以策划,通过寻找作者完成这个创意。这种整合和创意是最能体现出版人的眼界和组织活动能力,长袖善舞,左右逢源,把

一件新娘的"嫁衣"做得精彩纷呈,有声有色。当作者读者脸上挂着笑容时,成人之美的乐趣就是对你的最好褒奖。

出版工作不会一直处在大众的视线中。我很赞同这样一种说法,出版工作是处在主流与边缘之间。有时跻身在主流,是赞誉,是关注;有时又潜居在边缘,是寂寞,是冷落。有时欣欣然,有时戚戚然,这符合出版工作的作用和坐冷板凳的特征。出版人千万不要跟风争宠,要有"不以物喜,不以己悲;冷暖自知,于心无愧"的定力,尽可能地潜心做事,不事张扬。在这竞争的年代,谁不把自己家的那棵草说得像花似的,但出版人应该强调要把感觉建立在更可靠的基础上,潜心做好自己喜欢的事业,这就足够了。

专业之美,用出版智慧完成作品的华丽转身

出版的品质是由出版人的品质和追求所决定的。谈到出版人,有人说是杂家,有人说是专家。如今,要入此行,更似乎非博士硕士不可。我以为,从事出版工作的人,除了需要拥有对这项事业充满理想和兴趣外,还需要良好的个人修养和出版专业知识。

我们常常会遇见这样的作者,认为编辑工作可有可无。他们常说,书稿已经用电脑排出来了,我非常认真地看了多遍,你们印刷就可以了。或者说,这是专家写的,我们领导也看了,没有问题,时间紧,你们赶快出版,有问题我们负责。

事实上,编辑是不能被这些话所迷惑的,要相信编辑的专业力量,而这些编辑的专业知识并不是每个人都了解的。一部达到出版水平的书稿,通过我们的编辑工作,会使书稿避免常识性的错误,会使书稿的语言、标点符号、引文注释符合规范,会让书稿具有一致性,全书前后文的连贯一致。只要编辑是负责任的,满腔热情地投入工作,并尽可能满足作者的需求,最终,作者就会明白编辑工作的重要性,并心存感激地与编辑成为好朋友。有位作者曾真诚地对我说,编辑工作是一部书稿万里征程的"最后一公里",正是这"最后的一公里",完成了从书稿到成书的完美蜕变。

出版人不一定是艺术家,但一定要对书有一种特殊的美感。出版人对书稿中的一个字,一句话的斟酌修改,也许会锦上添花,有时甚至是别开生

面；出版人会选择合适的字体字号、字距行距，合适的开本、内文版式及封面装帧设计、插图、印制用纸，出版人还会费尽心思，用精彩的语言在封面、封底写成推荐导读语，让读者面对这部作品爱不释手。当原本一连串枯燥的字符，通过出版人的心血灵动起来，完成华丽转身，成了一件沾满墨香的艺术品时，其中的乐趣完全淹没了之前的种种艰辛与磨难。

热爱出版吧！她是充满乐趣的迷人事业，是值得我们倾注毕生的才智和心血的事业。

让出版工作充满创造性的诗意和愉悦*

——《大学出版》编辑部主任、记者曹巍访谈

记者：2006 年 4 月 6 日，是厦门大学建校 85 周年的大喜日子。历经 85 年峥嵘岁月，素有"南方之强"的厦门大学不断把学科优势、区位优势转化为人才培养优势，培养了一大批国内外各行业中的翘楚。建社 20 余年的厦门大学出版社，在厦门大学的发展中扮演了怎样的角色？

蒋东明：首先，感谢《大学出版》杂志和您对厦门大学出版社多年的关心和支持。我想，无论从任何一个层面来探讨大学出版社的功能，摆在第一位的一定是大学出版社如何对大学的教学科研及整体学术水平提升起推动作用。85 年来，厦门大学取得辉煌成就，引人注目。跨入新世纪以来，厦门大学明确提出要办成一所"世界知名的高水平研究型大学"，其中很重要的工作就是要把学校的资源用在最有效提升学术水平上。厦门大学出版社作为厦门大学的有机组成部分，它的目标与学校的发展目标是一致的。厦门大学领导对出版社的发展非常支持，办社思路也很明确，学校一直把出版社作为教学科研的一个重要的支撑条件，在努力提高它的水平和影响力的过程中，真正使出版社成为厦门大学的一个窗口。朱崇实校长多次谈道："大学出版社固然要讲经济效益，但它更重要的使命是能够促进它所在大学的整个学术水平的提高，如果它不能实现这个目的，作为大学出版社也就违背了创办它的初衷。"建社 20 多年来，同其他大学出版社一样，我社为本校教师出版了大量的学术著作和教材，极大地推动了我校学科建设和人才培养。可以说，我社在厦门大学发展中一直扮演着扶植学术新秀、传播厦大学术成果、展示厦大学术成就的重要角色。厦大 70 周年校庆时，我社出版了首辑"南强丛书"15 部（分学术著作、教材两个系列），此后又陆续出版了数辑。"南强丛书"已成为厦大的一个很好的学术品牌，成为展示本校优势学科、特

---

　*　本文原载《大学出版》2006 年第 3 期。

色学科、前沿研究成果的一个重要窗口。

另外，我要补充的是大学出版社的另一个非常重要的角色，就是通过它的特殊作用来整合学校不同学科的研究力量，搭建创新学术平台。我社获得第十四届中国图书奖的《透视中国东南：文化经济的整合研究》的出版过程，就是一次研究力量的整合过程。长期以来，厦门大学在中国经济史方面有着雄厚的研究实力，同时在研究中国东南的历史、民族、宗教等方面也拥有一批堪称一流的专家学者，但一直囿于单兵作战、各自为域的研究方式。正是通过我社提出这样的选题思路，将厦大乃至其他高校、研究单位的研究力量进行整合，以中国东南经济发展为主线，研究该区域的文化经济特质。在该书的首发式上，我校朱崇实校长高兴地说："在出版过程中，不同研究方向的专家，不同单位的学者，为了同一个研究课题走到一起来，这是一次成功的整合，它的合作模式是非常有意义的。"在强调学科交叉、优势互补的今天，出版社所扮演的角色是其他部门所无法替代的，这也充分显示出大学出版社对大学的教学科研所起到的重要推动作用，从某种意义上讲，它促进了所在大学的整体学术水平和影响力的提升。

记者：作为一家不到 40 人的小型综合性大学出版社，厦大社一直保持着良好的发展势头，在出版方向、人均创利、图书获奖率等方面都有不俗的业绩，曾四次荣获中国图书奖。经过 20 余年的发展，厦大社逐步形成了自己特有的图书结构和品牌影响力，取得了有目共睹的成绩。您认为厦大社可持续发展的最重要的因素是什么？

蒋东明：建社 20 多年来，我们一直在努力寻求发展的机会，经过几代人的不懈努力，确实取得了一定的成绩。如果要仔细探究这里面的最重要的因素，我认为还应是做好"人"和"书"的工作。人的重要性不言而喻，但人的个体差异是客观存在的。我们要做的工作就是如何充分利用身处大学校园这一优势，建立起有自身特色的企业精神和文化，创造一个能让每个员工真心实意，充分激发自身潜能和富有竞争力、亲和力的工作环境。只要他的潜能发挥了，他就是人才；而做"书"则坚持"选择的专注"。作为福建省唯一的大学出版社，我们每天要面对许多选题的选择。当不同的选题信息纷至杳来时，我们要明确我们的选择，那就是"学术为本、教材优先；依托学校，凸显优势"。正是这种理念长期主导我们的出版工作，使我们能专注出版我们的优势学科方面的图书。作为一家不到 40 人的小型综合性大学出版社,我们一直保持着很好的发展势头,其重要原因就是我们始终坚持大学出版社的出版理念,以构筑特色、树立品牌、出版学术精品、弘扬大学精神为目标。我社的这种图书结构比较合理,也容易产生品牌影响力。在国内众多出版社争相去做教材教辅的热潮中,我社一直不为所动,一直不涉足中小学教材教辅的出版,就是因为我们认为在这方面我们没有太大的优势。

记者:厦门与台湾一水之隔,对台文化合作与交流有着明显的区位优势,厦门又是华侨之乡,尤其东南亚地区广布福建籍华人。凭借这一得天独厚的地缘优势,厦大出版社出版了一系列在国内外有影响力的图书。现在两岸关系发生了新的变化,中国的发展正对东南亚乃至世界产生更多更大的影响,能否谈谈厦大出版社在这方面未来的构想?

蒋东明:如您所说,厦门与台湾、东南亚确实有着得天独厚的地缘优势。厦门大学的台湾研究和东南亚华人华侨研究历史悠久,并已成为国家的文科重点研究基地。目前,厦大台湾研究院已与台湾地区 24 所高校、63 个研究所和 34 家媒体建立了学术联系,厦大已成为祖国大陆对台教育、科技、文化交流最为活跃的高校之一。我们要充分利用这一有利条件,将此类图书做深做透。20 多年来,厦大出版社出版了大量有关台湾和东南亚华人华侨的政治、经济、法律、历史、文化、社会变迁等方面研究的图书。特别值得一提的是,"十五"国家重点出版项目,百册大型史料图书《台湾文献汇刊》,这套书所受到的关注,超出了我们的想象。我们分别在北京、福州、台北举行了首发式,作为胡锦涛主席 2006 年访美赠耶鲁大学图书馆的图书之一,这套书受到了海峡两岸学者的广泛好评。我社有两项关于东南亚研究的选题已经列入国家"十一五"重点图书出版项目,即"东亚华人社会:经济与社会资源研究"和"吧国公堂历史档案研究"。我们希望在这一领域出版更多有深度、有权威、成系列的图书。过去,我社引进版权或直接请台湾学者撰写的经济、管理方面的图书,也有很好的市场,这方面我们还将继续进行下去。

记者:市场经济是诚信经济,最讲究"诚信"二字,只有诚信,才能"可与为始,可与为终"。您曾说过"商战的真谛就是做人之道",20 多年来,厦大出版社在图书市场上赢得了良好的声誉,您如何看待诚信原则在出版经营中的作用?

蒋东明:诚信是道德体系中的基石,也是个人、团体、国家和民族据以行动的一种非常珍贵的资源。市场经济是诚信经济,最讲究"诚信"二字,如果以为市场经济可以投机取巧、坑蒙拐骗,那就大错特错了,其结果必定为市场所淘汰。多年来,我和我的同事一直认为我们并不是一般意义上的商人。我们与人交往做不到"见面三分熟,满嘴跑世界",但这并不妨碍我们把经营工作做好。出版工作是需要市场竞争的,我们国家目前的市场经济大环境还存在着诚信的缺失。但从事出版工作这么多年的经验告诉我们,市场经济要靠产品的质量,要靠以诚相待。我们讲究做人第一,要热情、真诚、守信;做事认真,要遵纪守法,关注细节,做好小事,善始善终。我们每天要和作者、学校师生、政府机关、书店、印刷厂,甚至是税务、工商部门打交道,一时的蒙混也许过关了,但它长久不了。我提出"商战的真谛就是做人之道",得到了大家的理解和响应。我们的业务员与书店、出版人员与印刷厂、编辑与作者乃至出版社人员与主管机关、执法部门的交往,尽管开始沟通可能不顺畅,但只要遵循这一原则,都能取得很好的效果,最后彼此都能成为好朋友,他们甚至会经常主动支持我们的工作,帮我们想办法。凡与我们打过交道的部门同志都会这么告诉我,你们社的人实在,与你们做事让我们放心。做人以诚,做事以实,彼此心坦诚,没有什么解决不了的问题。我社任何制度的制定,都是围绕着诚信经营来展开的。虽然目前我国社会主义市场经济的法制环境和信用环境尚不健全,但诚信原则仍然是最根本的经营之道。我认为,这就是一种企业的精神和气质,它是最不容易得到的,因而也是最为宝贵的。

记者:您在一篇文章中说过这么一句话,"出版社的发展是从赢得人才开始的,同样,出版失去市场也是从失去人才开始的",由此可见,高素质人才在出版社发展中起到多么重要的作用。作为社长,您认为营造一个健康愉快的工作环境,激发员工的创造性,对出版社意味着什么?厦大社在"人本管理"方面主要做了哪些工作?

蒋东明:谢谢您还抽空看了我在《中国出版》2005 年第 9 期上发表的《大学环境中大学出版社的"人本"管理》。在那篇文章里,我谈了自己这几年当社长的一些管理方面的体会。前面提到,出版社的可持续发展主要是做好"人"和"书"的工作,其中做好"人"的工作最为根本。我社几任领导都把"以人为本,构建和谐团队"作为"人本管理"的主要内容,极力倡导"把出版社办成一个温馨的家"。我把它总结成几方面的内容:一是以德服人。管理者自身的德、识、才、学和人格魅力及容才胸怀是吸引人才的关键。班子的团结和事业心是最重要的,以身作则是最有说服力和号召力的,是形成团队精神的一面旗帜。二是以情感人。管理者要善待员工,彼此真诚,共建温馨集体,要关心他们的生活、家庭,更要关心他们的学习机会、成长机会。一个团队健康温馨的人际氛围是千金难买的,一定要十分珍惜,百倍呵护。三是因才用人。每个员工都是智力资源的宝库,就看你怎么打开。把最合适的人放在最合适的岗位上,这是一种用人的艺术。四是民主集中。没有员工的充分参与,是不可能管好企业的。在涉及企业发展的重大问题和职工切身利益问题时,一定要多听员工的意见,尽量做到公正、公开、公平,使得我们的决策都是在集思广益基础上产生的,这是能否真正调动员工积极性的重要因素。但在民主的基础上,一定要有集中。要建立科学的议事决策程序,防止个人独断专行。如果要更简要地说明,我想就是"和谐"二字。汉字"和"是"禾"加"口"的组合。"禾"就是稻米,有口就要吃粮,其实就是体现人的奉献所得到的回报;"谐"就是人人皆能言,让人能畅所欲言,有想法就愿意说出来。人的努力能得到包括精神和物质的回报,人的思想能得到飞翔而不用左顾右盼,这样的工作环境能不愉快吗!

记者:《大学出版社的定位是什么》《大学出版社的真正理想何在》《大学出版社与大学应保持怎样的关系》《大学底蕴造就出版品质》,您的这些文章无不闪烁着一位孜孜追求的大学出版人的理想主义情怀和勤勉探索的足迹。在您身上,出版这种实践性很强的工作总是能与诗意的创造激情结合在一起,这种结合使得出版不再是一件乏味的工作,而是一种具有很强创造性和理想价值的工作。在普遍追求码洋利润的出版潮中,您是如何看待出版这种富有创造性和理想价值的事业?

蒋东明:您提出的这个问题也是当前大家最为关心的问题。我认为,大学出版社改革和发展的出发点和落脚点都应与大学紧密相连。大学是公益性、社会服务性的机构,赚钱赢利不是它的专长。没有任何一个国家的大学把赚钱和赢利作为自己的目标。大学的使命是提升和促进整个社会文明科学的发展和创新能力的提高。大学出版社要利用从属大学的地缘优势,依托大学的学术力量,从出版方面反映大学的学术成就,弘扬大学的学术风范,从而提高全民族的文化素质。这不仅是时代的要求,也是大学出版社自身的优势和生存之本。

在我国,大学出版社一般都建在重点大学里。而重点大学所要培养的人才,不是简单地使受教育者拥有一技之长,而是要让他们拥有更广阔的知识、更完美的人格,无论在思想上、专业上都要对社会承担更大更深远的责任。可以说,集中了知识精华的重点大学,在追求办学条件和办学规模的同时,最不能缺失的是它的办学理想。大学出版社作为重点大学的一分子,无疑应把这种理想融入自己的追求,并成为这种理想的实践者。因此,对大学出版社来说,在纷繁复杂的市场竞争中必须时刻保持着那份理想主义的色彩。我们经常要求社里的同志要对出版工作始终保持一种激情,并制定了全员的选题策划制度,每个人都关心出版的全过程。作为大学出版社这样一个有特别内涵的文化机构,就要把自己摆在推进和弘扬大学学术成就这样一个地位,走一条学术化出版的道路,把出版优秀学术图书作为自己的办社理想,并不懈追求。如果我们大学出版社能够专注于学术积累,形成自己的特色,而不仅仅关注码洋和利润,那么我们的工作不仅会对学术发展和思想传衍做出自己的贡献,还会因其不可替代性获得学校和社会的认可。

面对生存的危机,谁敢在商不言利?事业与商业的对立统一,在今天依然是出版工作者的一个主要矛盾;探讨文化与商务的平衡,追求二者之间融合中的超越,仍是出版界有识之士共同关注、常谈常新的问题。我们致力于创造一种健康和谐的工作氛围,我们追求一种"同仁式"的同事关系,我们要把每天琐碎的工作与读者灿烂的笑容联系起来,这样,我们的工作就会是一份创造性的诗意的愉悦。

再次谢谢您的采访!

大学出版30年：大学为根，学术为魂*

研究中国大学出版的30年历史，离不开探讨"大学"和"出版"两方面的内涵和规律。我以为，众多大学出版社尽管在办社规模、发展路径和形成特色方面不尽相同，且精彩纷呈，但他们的本质特征却殊途同归，都深深地烙上"大学"的印记，从出版方面为高等学校的发展做出一份贡献；也都遵循"出版"的规律，为浩瀚的书林植入最具文化积累意义的大树。

一、教授办出版：挥之不去的书生意气和优雅气质

上个世纪80年代，正是改革开放的春风吹遍神州大地。我们迎来"科学的春天"，"教育大发展"的时代。这是一个播种的美好季节。为适应高等学校培养人才和教材建设的需求，各重点大学都以申办出版社作为重要任务，一大批大学出版社应运而生，80多家大学出版社就是在这个时期成立的。加上各省的人民出版社中的编辑室也纷纷拓展为独立的专业出版社，几乎一夜之间，全国成立了数百家出版社，这是我国出版业大发展的时代。

毛泽东主席曾说："我们共产党人好比种子。"大学委派学者办出版社，就是播撒携带大学精神的种子。我曾经询问过当时的学校领导，他们很清楚，我们国家成立出版社是实行"审批制"，要办个出版社很不容易，机不可失，时不再来。厦门大学出版社是1985年成立的，但早在1981年，根据国家教委的要求，学校就开始了申办出版社的工作。申报材料最主要的内容，就是学校如何提供办社的条件，特别是班子的人员配备。当时的申报班子名单中，从社长总编到副社长副总编，全都是学界的显赫人物。尽管最后成立出版社时，班子的实际配备人员有所变动，但基本上都是学校的著名学者

---

* 本文原载《现代出版》2018年第2期。

当家,教授办出版已是大学出版社初创时期的普遍现象。更重要的是,不仅领导班子是学者当家,就是普通编辑也大多是从教师中转行或兼职,他们基本上对出版业毫无概念和经验,把出版工作与教学科研工作相融在一起也就顺理成章了。此后,大学出版社的从业人员,特别是编辑,大多是从相关专业的优秀毕业生中招聘,较少选自出版专业,这是对学术出版人才要求所致。

出版本是优雅的事业,大学教授办出版,"书生意气"就构成了大学出版人与生俱来的优雅气质。大学出版社大多诞生在名校,书香学卷气的文化土壤滋养着他们成长。当年,出版社的许多领导在学术上已经是学富五车,名声赫赫且德高望重,他们在自己处于学术高峰时转战出版,除了对一项新事业的热爱和责任外,更会把自己对大学出版的理解,对学术团队建设的认知带到新的工作岗位。他们工作敬业,严谨求真,待人宽厚,没有太多的条条框框。而奋战在一线的出版人基本上都具有较高的学历和知识涵养,绝大多数人没有"象牙塔"外的阅历,他们很好地传承了大学学者的优良传统,在出版的纯真使命与市场竞争的交错中,依然保持难能可贵的学术追求,"书生意气"成为大学出版社的天然潜质。他们一直秉持着"学术为本,进取奉献,与人为善,诚信做事"的企业文化,很少有机关衙门的阿谀奉承之风气,也罕见人际交往的尔虞我诈之凶险。虽然"书生之气"在市场竞争中有时要不适应,甚至要吃点亏,但岁月过往,我们看见大学出版人的书生气质却是历久弥新,优雅恒在,体现了一种强大的精神穿透力。

但说到底,出版工作毕竟有别于大学的一般教学科研工作,其内在的专业规律和实践技能以及对企业经营、市场竞争意识还是有很多不同。地方出版社一般有新闻出版局(或后来的出版集团)统一管理,甚至几家出版社都处于同一大楼,来往密切。管理者精通业务,多为职业出版人。而大学出版人的从业知识,大多是从大学出版行业组织的培训交流而来,从走访兄弟出版社的学习得来。所以,各大学出版社人员之间的交流特别频繁,对兄弟社的经验特别重视。

大学出版社在严把出版的导向关问题上,认识是有个过程的。在初创时期,由于管理经验不足,经营压力较大,出现一些不良倾向。1995 年,我参加了由教育部和新闻出版总署联合召开的第四次全国高校出版工作会议,会议对大学出版社存在的把关不严、"买卖书号"等问题进行认真反思。主办者在会议上反复强调把社会效益放在首位的重要性,还将一些出版社出版的有问题的书带到各个小组展示,逐一讲解问题所在,并整顿了多家大学出版社,有的撤销停办,有的停业整顿。这次会议对大学出版社健康发展起到重要的作用,令人印象深刻。当时我社陈天择社长就说过:"搞科研,你99次失败,第100次成功,你就成功了,是一条好汉;而搞出版,你出了99本好书,出了1本坏书,你就是失败者。"对于出版工作的政治责任担当,深深地融入一代出版人的血液中,成为他们的自觉行为。

大学出版社的学者当家,可以作为第一代领导的典范而载入史册。第二代的领导,则大多数是有出版经验又具学者风范的出版人走向舞台。他们充满出版情怀,又比较熟悉出版业务。在他们之中产生了许多优秀的大学出版人,把大学出版事业做得风生水起,成为大学出版业最为辉煌时代的领跑者。

如果把近几年新登上大学出版的管理者作为第三代领导来看,由于大学自身管理的要求,这一代的领导许多都是从学校其他部门轮岗过来的。出版社作为学校的一个处级单位,任期的限制使得干部的轮岗交流将成为常态。但我们也看到这些新的领导,他们大多也是专业的精英,肩负着大学出版的使命,保持着大学学者的风范,在出版业面临挑战的新时代,努力适应,守正出新,做出了不错的佳绩。但也不可否认,大学出版社的主要领导频繁变动在一定程度上成为大学出版社的软肋。而各大学出版社自2000年以来,人员基本上不再从学校事业编制内引入,由出版社自行招聘。员工的"校编"和"社编"出现的"双轨制",由此也显现出诸多矛盾,呈现出对母体大学归属感的淡化,对大学出版学术使命认同感的弱化。不少大学出版社已经十分重视这个问题,希望从"社编"人员中选拔部分优秀员工向"校编"转变,但随之而来的问题也不少。在这个问题上,最好的突破口则是大学在人事制度上的改革,让不同编制的人员都享有同样的权益,进而加深对自己学校的归属感和认同感。

二、出版在大学：根植沃土独有优势

无论是主管部门，还是主办单位，他们在考虑让学者办出版时，很显然就已经埋下对这家出版社的期待。我们还可以从当时教育部的批文中解读办大学出版社的初心。虽然无法逐一了解各大学出版社的批文内容，但相信其要求是基本相同的。官方对厦门大学出版社的成立批复文件的主要内容：

> 同意你校正式成立厦门大学出版社。出版社为事业单位，实行企业化管理，独立核算。主要出版高等学校教材、教学参考书、工具书、古籍整理和科学著作，为高等学校的教学和科研服务。出版物除供应校内使用，尚可向社会发行，有的亦可进行国际交流。必须十分注意出版物的质量，发挥出版物影响精神世界和指导实践活动的社会效果，为发展教育事业、繁荣学术和科研工作做出贡献。不要出版思想内容不健康，格调不高的书。必须明确大学出版社不要片面地追求利润，以对教育、科学、文化的贡献来衡量其工作的好坏。

30多年来，对照当时国家对大学出版社的办社要求，可以说大学出版社基本上是不改初心，按照这一要求发展的。

大学出版社是作为服务大学教学科研重要支撑条件而拥有一席之地。但对于大学的领导来说，面对高等教育飞速发展的压力，面对学校教学科研、人才培养、服务社会等繁重任务，已经筋疲力尽，要想多加支持出版社，也是分身乏术。所以，对于出版社，学校最基本的要求就是政治上把好关，不要出问题，要出好书，多出学术精品，有能力就再为学校多上缴一些利润。因此，许多大学出版社都自认为是学校的边缘部门。我非常赞同云南大学出版社施惟达社长的说法，大学出版社处在主流与边缘之间。有时成绩斐然，为学校争得荣誉，跻身在主流，是赞誉，是关注；有时又潜居在边缘，则是寂寞，是冷落。大学出版社不必跟风争宠，不以物喜，不以己悲，冷暖自知，于心无愧就足够了。

大学出版社作为企业，在管理上，在改制问题上，学校有自己的理解。早在20世纪90年代初，国家教委分管出版的副主任韦钰就曾在一次大学出版社工作会议上说:"大学出版社是学术性较强的事业单位,实现企业化管理。"这一定性延续多年,也使大学出版社发展方向比较明确。本世纪初,大学出版社开始进行转企改制,其初衷是要大学出版社明确自己的市场主体地位,更好地利用市场资源发展自己。但从实践过程中看,大学出版社虽然形式上转企改制,成立董事会、监事会,划入学校资产公司管理,但学校对出版社的管理和要求却没有变化,对出版社的干部任免还是按学校处级干部管理办法,董事会、监事会也并未真正按现代企业制度进行有效工作,资产公司也很难深入指导出版业务。这种现象普遍存在,客观上说明大学对出版社的功能要求,并不是希望他成为一般的企业,而是如何从出版方面为宣扬学校学术成果发挥作用。鉴于出版社工作的特殊性,学校都会安排一位校级领导专门分管出版社,对出版物的意识形态倾向、学术的含量倍加关注。而出版社则应多争取学校的支持,让领导多了解出版社的工作,因为大学出版社的发展,很大程度上取决于学校对出版社的重视程度和支持力度。

大学出版社的生存土壤,最可贵的是拥有丰富的出版资源。大学出版人与大学学者朝夕相处,零距离接触,形成独有的便利优势。大学的学者需要出版社,而出版社的编辑也最了解学者的研究动态。在多次与学者的接触中,看着他们倾注心血的学术成果,油然而生的职业使命感就会令自己迫切地想促成出书。大学出版社的口碑,就是学校教师对出版社的口碑;大学出版社的成果,就是看是否把学校的学科优势转化成出版优势。但我们也应看到,我国大学出版社分布全国各地,其母体大学的学科特点不尽相同,所在的地域也不同。广西师范大学出版社所处地域较偏远,学校的优势不明显,他们却独辟蹊径,面向全国(甚至是全球)走出一条精彩之路。中国矿业大学出版社地处徐州,又是依托专业度很高的母体大学,也在自己的领域做得风生水起。在不同的土壤,只要因地制宜,精心耕耘,一定能有好收成。

三、学术主导出版:栽什么树苗结什么果

在大学这片土地上播下出版的种子,经过大学出版人30年来的辛勤耕耘,结出丰硕的学术果实就再自然不过了。所以,大学出版社以大学为根,以学术为魂,以服务教学科研为目的,就是最符合规律的前因后果,这已经

是大学出版人的基本共识。不管今后外部条件如何变化，这一定是大学出版社发展的必由之路。

我曾总结大学出版社对于大学的功能，即"挖掘学术资源，整合学术力量，培养学术新人，传播学术成果"。30 年来，大学出版社在出版物的数量、大型出版项目、出版奖项、对外版权贸易和出版文化建设，人才培养方面，尤其是在教育出版、学术出版领域，发挥着举足轻重的作用。大学出版已成为中国出版的中坚力量，这是有目共睹的。我校朱崇实校长就曾经说过，"厦门大学有诸多闪光的名片，出版社就是其中亮丽的名片"。

30 年过去了，站在这日新月异，变幻多元的历史节点，大学出版社怎么走，往哪里走，这是许多大学出版人忧心忡忡的焦虑所在。我们大学里普遍存在的"有高原、无高峰"的现象，这种现象在大学出版社也是存在的。不可否认，一些可出可不出的书占用了大量的编辑出版力量，重复出版低水平的教材也屡见不鲜。而对滚滚而来的数字出版浪潮，也显得手足无措，办法不多。

借用当前时髦的"融合出版"一词，大学出版社最主要的"融合方式"，是要利用自己的优势，与科研人员进行"融合"。我们要瞄准一流的科研团队，寻找一流的作者（不一定是已经成名的作者），和他们真正融合在一起。要改变大学出版社为大学教学科研服务比较被动的局面，更深入地研究科研人员正在进行哪些一流的研究，如何帮他们将这些成果出版。甚至可以利用出版社的平台，整合研究力量，寻找出版资金支持。我们要充分了解学校的一流学科建设，协同创新中心、哲学社会科学繁荣计划的研究信息，及时调整自己的选题规划，在高原中寻找高峰，迈向高峰。

大学出版社依托母体大学，又要跳出母体大学。大学出版社的真正理想，就是要出版人类对客观世界的最前沿、最高水平的认知成果。在迈向一流学术高峰的过程中，只要发现是在某一领域的高水平成果，或是以当今人类知识结构还无法判断其价值，但探索是值得尝试的，我们都应积极去了解，去扶持，去争取出版，无论作者的国籍、地域、语种。我们无法要求作者的每项研究都尽善尽美，甚至还心存对这一研究科学性的疑惑，但我们要和作者一样怀有一颗探索的好奇心，用科学的精神，探索的勇气，出版更多具有人类探索认知意义，具有文化积累价值的传世之作。唯有如此，大学出版才能真正彰显其博大的胸怀和强大的出版力量。

在互联网时代,人们从利用信息技术和物联网改变图书发行方式开始,进而将知识的影响途径以最快速、最吸引人的方式牵动读者、吸引读者。对于大学出版社,其专业出版的使命没有改变,但吸引读者的方式却不可落伍。做好知识传播和服务,是我们在互联网时代面对的巨大挑战。

"蕴大学精神,铸学术精品。"这是厦门大学出版社在对"大学"和"出版"两方面的内涵和规律做出多年探索所凝练出的出版理念。在中国特色社会主义理论指导下的中国大学,其"树立标准,展示理想,坚持价值"的大学精神将赋予更加崭新的内容;其充满出版情怀,潜心铸造学术精品的出版价值观也将历久弥新。

大学出版社的真正理想是什么[*]

在实行出版社"办社审批制"的中国大陆,大学出版社几乎都建在国家的重点大学。在重点大学建立出版社,其宗旨和作用肯定有别于一般的地方出版社或商业出版社,那就是要利用大学出版社从属大学的地缘优势,依托大学的学术力量,从出版方面反映大学的学术成就,弘扬大学的学术风范,从而提高全民族的文化素质。这不仅是党和人民对大学出版社的期望,也是大学出版社自身的优势和生存之本。

一、大学出版社被赋予的理念和功能,使它必须拥有理想主义色彩

在我国高等教育日益普及,各类大学雨后春笋般产生的今天,重点大学所扮演的角色是什么?首先重点大学所要培养的人才,不是简单地使受教育者拥有一技之长,而是要让他们拥有更广阔的知识面,更完美的人格,无论在思想上、专业上都要对社会承担更大更深远的责任。一句话,重点大学不仅是在训练一种人力,而是在培养人格。其次在传播知识方面,大学是要出思想的地方,是科学研究和传播的圣殿。历史证明,真正重要的思想和目前流行的思想之间,往往并没有多少关系。一流大学应有超越世俗社会的勇气,拥有绝对的理想主义色彩,成为科学与人文精神的建设者和守望者。在为社会服务方面,虽然重点大学是为我们这个社会服务的,但这种服务却是目光远大的,它并不一定立刻要满足我们这个社会的即时需要,而是着眼于社会的更长远的利益。只有这样,这些重点大学才能为社会做出最大的贡献。如此看来,重点大学并不能急功近利地照搬市场机制,着急去办热门专业,而对见效缓慢的基础学科失去耐心。一流大学并非只是一个创造利

---

* 本文原载《大学出版》2003 年第 4 期。

润的机构,也不能办成一个只跟着变化的市场转的商业企业。浙江大学前校长竺可桢曾说,"大学是社会之光,不应随波逐流。"集中了我国知识精英的重点大学,在追求办学条件、办学规模的同时,最不能缺的是她的办学理想。

大学出版社作为重点大学的一分子,无疑应把这种理想融入自己追求,并成为这种理想的实践者。优秀的师资、优良的图书仪器设备,以及健全的大学出版社被公认为大学教育的三大支柱力量。作为"大学的第三势力"的大学出版社,应具有传播学术与知识的功能,具有影响社会、启迪思想的教育功能,同时还具有为本校反映科研成果、推行办学理念和树立特色形象的公关功能。我在厦大出版社工作多年,深感"大学"二字的分量,特别是名牌大学出版社的价值更是一般出版社所不能替代的。不少作者跨洋过海找到我们,不少作者不计稿酬多少而选择我们,就是希望借大学出版社的品牌,借大学出版社的学术底蕴,达到传播其学术的目的。因此,对大学出版社来说,在纷繁复杂的市场竞争中必须时刻保持着那份理想主义的色彩。

二、大学出版社的真正理想就是通过出版的 手段达到弘扬学术思想、积累和创新文化的目的

理想是我们事业所期望达到的目标。之所以称之为真正理想,就是我们在追求办社规模、发行码洋、出版利润等各种目标时,必须始终把创新和积累文化、弘扬学术思想作为我们工作的真正目标。作为大学出版社这样一个有特别内涵的文化机构,就要把自己摆在推进和弘扬大学学术成就这样一个地位,走一条学术化出版的道路,把出版优秀学术图书作为自己的办社理想和不懈追求。

大学是要出思想、出人才的地方。作为大学出版社,通过它的出版物的传播,强化其学术功能,是因为大学出版社与大学天然的学缘和地缘优势,最易站在学术前沿,最了解大学课程改革与设置,并能直接参与理论攻坚和创新以及新教材的编写。大学出版社通过自己的出版活动,反过来促进了大学教师的科研和教学工作,对学校的学科建设,提高教学质量,弘扬大学的学术风范,都起到别的出版机构所无法取代的作用。在现代社会越来越

追求专业分工的情况下，如果我们大学出版社能够专注于学术积累，形成自己的特色，那么我们的工作不仅会对学术发展和思想传衍做出自己的贡献，还会因其不可替代性获得社会的认可。在出版市场的激烈竞争中，我们出版人每天都要面对许多抉择和判断。当我们带着一种信念和追求时，我们在心灵深处的那种好恶便会驱动着我们的选择。美学家朱光潜先生的一句话很有意思："人要有出世的精神才可以做入世的事业，要把自己的事业当做一件艺术品看待，只求满意理想和情趣，不斤斤计较于利害得失，才可以有一番真正的成就，伟大的事情都出于宏远的眼光和豁达的胸怀。"作为大学出版人，我们的职业要求和使命感，使我们不仅可能而且必须"把自己的事业当做一件艺术品看待，只求满意理想和情趣"；出版人的职业出发点应不是以获取个人财富，或达到升官晋爵为目标，而是始终满怀一种理想，一种冲动，一种独到的眼光，以求自己的出版物能感召读者，征服读者，传承文明，播种智慧。

三、出版发展史并不是利润、码洋史，
它本质上是出版优秀图书的历史

一个时代的文化，一个社会的文明，在很大程度上是蕴藏在出版物中的。回望百年中国出版史，张元济、邹韬奋、胡愈之、叶圣陶等无数出版界的先贤，他们的事业传之久远，正是他们能在一定程度上超越利禄，超越短视，对文化传播的贡献所赢得的。在当今时代，我国经济发展的成就有目共睹，但在文化领域，具体到出版领域，浮躁、粗率、急功近利几成通病，许多书越来越乏味，重复跟风，矫揉造作，即使是冠以学术著作之名，平庸或东拼西凑的书比比皆是。书是越印越漂亮，但真正长留于读者心中，让人爱不释手的书却越来越少。不可否认，我们所目睹中国出版界繁荣的背后确实存在着越来越多的对规模、码洋和利润的追求，越来越多地为经济利益所驱动而热衷于短线做大，越来越有意无意地忽视文化、价值和人性的意义，大量的辞书不合格现象正说明这一点。

其实，出版界在市场经济的大背景下，在自身发展的竞争压力下，任何一个经营者都不敢忽视追求利润。特别是今天，出版业已经成为国民经济

的一个产业时,面对生存的危机,谁敢在商不言利。事业与产业的对立统一,在今天依然是出版工作者的一个主要矛盾;探讨文化与经济的平衡,追求二者融合中的超越,仍是出版界有识之士共同关注、常谈常新的问题。复旦社贺圣遂社长曾提出这样一个问题:出版的意义究竟何在? 出版工作究竟是"以码洋论英雄",还是一份创造性的诗意的愉悦? 我们出版人整天东奔西走,忙里忙外,难道真的只是为了追求那些单纯的数字吗? 除了码洋,难道我们就没有生存的价值?

大学出版社 20 多年的发展中,已出版了一大批优秀的教材和学术著作,成为改革开放后中国出版业光辉成就的一个组成部分。检验出版工作的成就,是以它的出版物的整体效益为标准,尤其是它的思想性,码洋只是其中的一方面。我曾到过南昌的滕王阁,这个历经一千三百多年屡毁屡建的楼阁,并不以其建筑物的宏大而吸引游人,而是因有唐代天才少年王勃一首即席之作《滕王阁序》而闻名天下。代代相传的是"落霞与孤鹜齐飞,秋水共长天一色"的千古佳句。徜徉在这被称为"瑰丽绝特"的"西江第一阁"前,我仿佛领悟了出版工作的真谛,《滕王阁序》能流传久远,是因为它的字里行间蕴含的豪迈诗意和厚重的历史经纬,是中华民族文化的魅力所在。如果几年,几十年,几百年甚至几千年后,还有人提起我们出版的书对他的影响,得到他的喜爱,我们的工作就是不朽的。我们出版人一定要把握着出版业的终极目的,而不是舍本逐末,把手段当作目的,以至于在激烈的竞争中迷失方向。

中华民族要屹立于世界,不仅要有经济的腾飞,还要有文化的跨越,综合国力的竞争一个很重要的方面是它的文化力。这是一个需要文化创新的时代,是一个需要文化精品的时代,也是一个渴求厚重之作、传世之作的时代。大学出版社的真正理想,就是要不断推出人类对客观世界最前沿、最高水平的认知成果,成为我们这个时代先进文化的建设者。

大学出版：沐浴阳光的事业[*]

中国的大学出版社，经过 20 年的飞速发展，目前正好有百家之多。从业人员 5600 多人，年出书两万多种，年出书码洋超亿元的有近十家。无论是出版单位的数量，还是出版物的品种，大学出版业均占到全国出版业的四分之一强。她在我国的出版业中起着举足轻重的作用，扮演着不可替代的角色。

大学出版社：背靠高校，营造特色

各大学出版社一成立，就与所在大学名称的无形资产联系在一起。这种无形资产，赋予大学出版社很高的声誉，而大学出版社所依托于大学丰厚的出版资源，又使之具有得天独厚的优势。大学里的出版资源，最重要的是文化、科学和人才资源。众所周知，只有文化的积累和发展，才能有与文化相关的出版物出现；只有科学的发展、科学的创新，才能有与科学相关的高质量的出版物产生。而所有文化和科学的发展，关键是人才，大学里就集聚了这样一批在文化和科学事业发展中站在最前列的高素质的人才。这种人才优势和知识优势，奠定了大学出版社比较稳固的可持续发展的基础。综观 20 多年来大学出版物的精品，绝大多数都是由一大批高质量的学术著作构成的。这些学术著作，更新了许多学科知识，填补了许多学科的空白，奠定了许多新兴学科、边缘学科的基础，又体现了本校的学科优势。如"武汉大学学术丛书"已出的 64 种图书中，就有 50 种书获省部级以上（包括国家三大奖）奖励 94 项。北京大学出版社的《全宋诗》（1～25 卷），南京大学出版社已出 50 种《中国思想家评传》（计划出 200 种），广东高教出版社的 16

＊　本文原载《出版广角》1999 年第 4 期。

卷本《冼星海全集》，人大出版社的《亚里士多德全集》(1~7卷)，外研社的《大英汉词典》和《汉英词典》，中国政法大学出版社的"当代法学著译丛"，厦门大学出版社的"南强丛书"、"东南亚及华人华侨研究丛书"、"台湾研究丛书"、"21世纪广告丛书"、经济类优秀教材丛书，北医大和协和医大出版社的《灾难医学》、《脑电图图谱》，中央民族大学的《民族通论》、《西藏奏疏》，广西师大的《桂林文化城大全》，都集中反映了一个大学的科研水平，代表着一个大学出版社的实力，也从某一方面代表着我国文化和科学的发展水平。

大学出版社：服务高校，培育人才

大学出版社不仅利用了高校丰厚的出版资源，而且通过出版事业的发展，又服务于高校的教学、科研和学科的建设和发展。有80%的高校出版社设立了教材出版基金，资助出版本校教师高层次、高水平的教材和学术专著。仅1995年至1997年三年间，各大学出版社设立的出版基金达4700万元。由于这种有效的办法，支持了一大批中青年学者脱颖而出。许多目前在教学、科研第一线的教授、博导、著名学者，都是在大学出版社的帮助下迈出走向学术殿堂的第一步。与此同时，大学出版社也为高校的整体发展作出了突出贡献，三年间为学校提供了近3亿元的办学经费。在教材建设方面，大学出版社更是义不容辞。在大学出版社出版的近15万种图书中，各级各类教材占60%以上，国家重点大学出版社的教材比例可达70%左右。现在高校的教学用书基本上是大学出版社出版的。在把握高校教材的科学性、系统性、权威性和导向性及知识更新方面，大学出版社无疑更具有自身的优势。目前，从幼儿、中小学、大中专、本科、研究生及广播电视教育、自学考试教育等门类的教材和教辅读物，大学出版社都已形成了一定的系列和规模，并囊括了教师用书、学生用书及音像、电子出版物等。在面对21世纪的素质教育改革中，大学出版社更具有崇高的使命感。北师大出版社目前已在吉林尝试推出小学一年级无文字的配图数学课本，影响颇大。从教材的特殊功能来看，大学出版社的出版物对莘莘学子的影响和国民素质的提高，则具有更深远的意义。

大学出版社:得风气之先,领风气之先

知识生产最需要开放与交流,知识的传播同样需要交流与开放。作为知识生产和传播的前沿基地之一,大学出版社可谓是得风气之先,同时也是领风气之先的代表。

1992 年,在我国签约《世界版权公约》和《伯尔尼公约》前四个月,清华大学出版社就与微软公司接洽,首先从该社成批引进计算机图书。至 1992 年底,他们签订了第一批 14 种计算机图书的版权贸易合同,成为我国签订世界版权公约后的第一件图书引进合同。因此清华大学出版社的计算机图书不仅拥有国内专家的著作,同时也拥有国外最优秀的图书。人民大学出版社近年来以开放的视野引进具有最新研究水平的国外学术著作和教材。"经济科学译丛"和"工商管理经典译丛"因为反映了 90 年代西方经济学、管理学的最新成果而深得读者的青睐。其中以世界银行副行长斯蒂格利茨撰写的《经济学》最为引人注目,成为市场上畅销不衰的好书。西安交大出版社确定的引进原则是:必须是专业当中最有特色的图书,必须是最优秀的图书,必须是著名出版机构的图书,在翻译时又必须是专家译专著。基于此引进了《模糊工程》《神经技术与模糊理论》等书,均是 3A 级(最高级)教材。外研社新版的《新概念英语》则为学英语的广大读者所推崇。北大出版社与海外 30 多家出版社保持联系,使自己时刻处于学术上领先的地位。厦大出版社则以其地缘优势,将自己的学术著作推向台湾,或直接出版台湾学者撰写的《企业管理书系》,也深得读者的喜爱。

据初步统计,在我国版权引进居前 20 位的出版社中,大学社占了 4 家,但是,引进版权图书数量在 5 万册以上的前 20 家出版社中,大学出版社占了三分之一。这一事实与大学出版社对国外图书选题的高质量鉴别和高水平把握密不可分。积极有效地开展对外开放和交流,使大学出版社能得风气之先,领风气之先。故而能在国内众多的出版社中保持自己的优势和特色,而特色和优势则是其生命力所在。

20 年的时间对拥有悠久历史的出版业来说实在太短了,大学出版业这一群体的发展水平应该说是不均衡的甚至是差距悬殊的。在经营管理方

面、选题结构、编辑人员和经营人员比例等方面,大学出版社整体上还有一定的差距。但我们坚信,大学出版社伴随着国家科学文化的昌盛,沐浴着改革开放的阳光,她的前途是光辉灿烂!

大学出版社不变的追求*

厦门大学党委书记杨振斌在厦门大学第十次党代会的报告中,关于学校出版工作做了一句精辟的论述:"加强期刊、出版等高水平学术载体建设,着力提升学术影响力。"虽然是短短的 25 字,它却包含丰富的内涵。既充分肯定了我校出版社所取得的成绩,又指明了出版社的发展方向。

早在党代会报告起草阶段,校领导就多次到出版社进行调研,了解出版社建社 28 年来,特别是经过改制后的发展情况。在纷扰的文化体制改革变化环境中,校领导对出版社的发展方向是非常明确的。从这 25 字的表述中,至少我们可以清楚地解读到两层意思:一是我校的出版单位就目前的发展状况,已达到了高水平;二是出版社的职能是学术载体,她今后的任务就是继续不断地提升学术影响力。

厦大出版社是国家一级出版社,全国百佳图书出版单位。这是经过我校出版社几代人长期坚守学术出版的努力换来的,是经过各方专家严格评审的结果。出版社在出版资源有限,经济压力巨大的条件下,能把主要精力投入在学术出版上,其出版物的 90% 都是大学教师的学术著作和教材,13% 的出版物获省部级以上的奖励,形成了颇具本校学术特色、有影响力的品牌图书,多年来人文社科学术图书的引用率都进入全国出版社前 100 名,有些精品图书甚至作为国礼走出国门。更为可贵的是由于选择的执著和积累,出版社已基本建立一支适应专业出版的编校队伍和管理营销队伍。

出版社是较早进入市场,自主经营,自负盈亏的单位。近年来的转企改制,更是把出版社推向激烈竞争的地带。要生存,经济效益必不可少。但出版社始终把自己的生存方式寄托在学术出版上,因为我们深知,尽管出版的市场变化莫测,但出版比拼的还是专业化。我到过英国剑桥大学出版社,这

---

* 本文原载《厦门大学报》2013 年 6 月 28 日。

个在世界学术出版居于领先地位的出版社，其理念就是"以商业形式配合她至高无上的目标"。我们需要经济效益，但我们从哪个方面去获得，我们有了经济效益后又要做什么？我校党代会的报告给了我们答案，给我们方向，更让我们坚定自信。

要着力提升出版物的学术影响力，我们前面的路并不平坦。虽然我国的学术出版规模巨大，学术出版工程量剧增，学者与出版者对学术出版的热情持续增长。但学术著作的整体水平不高、精品不多，出版者的挖掘整合工作仍很繁重；学术出版的规范要求，急需培养一批专业型和复合型编辑人才；数字出版的大趋势使我们在传统出版与数字出版中苦苦地寻找机会；"走出去"战略又要求我们要有国际化的视野和适合的途径。尽管工作千头万绪，困难重重，但出路其实就是像《报告》中指出，坚持求真务实、真抓实干，以踏石留印、抓铁有痕的劲头，我们就一定能做好自己的工作，为建设美好厦大贡献一份力量。

图书出版业的价值及其实现*

图书作为一种物质产品,具有物质的自然属性,并以其自然属性的某些方面满足人们衣、食、住、行等生活需要;同时,图书又是精神产品,是积累文化、传播知识的重要工具。而传播的过程从来都不是一种纯商业行为,它从一开始就具有很强的社会意图和鲜明的社会性,因而又使其不能完全受价值规律支配,具有非商品的属性。它要在价值规律之外受到法律、道德、舆论乃至政治的干预,这在古今中外的各个国家、各种社会制度,虽然程度不同、方式不同,但却普遍存在。本文拟从图书出版业的这种特殊地位,来探讨它的价值及其实现这一问题。

一、图书出版业的价值

图书出版业从总体上说它的价值是能够使知识物化为产品,提供给需求知识的人们。特别是人类文明高度发展的今天,科学实验已成为相对独立的社会实践活动,科学知识的产生在一定的条件下,可以不直接依靠生产和社会需要而仅通过演绎、归纳等自身的逻辑发展产生出全新的知识。而这些知识,无论是自然科学还是社会科学,都必须通过某些物化品形式才能广为传播。而出版业正是这一传播的媒介,是原稿的加工、复制、传播的过程。它从宏观上控制着知识的总量。而在知识的积累和增长过程中,起到了促进科学知识"再生产"的作用。从这个作用上体现了它的多种价值。

1.社会价值

图书出版业生产的精神产品——图书,必须具有一定科学真理性,因此从一开始就具有明显的社会功能。在人类文明进程中,它发挥着巨大的社

---

* 本文原载《南强书苑——厦门大学出版社建社十周年纪念文集》1995 年 5 月版。

会引导和推动作用。对读者来说,图书能影响、改变他们的思想和行为,由此,它成为促进人类文明的精神阵地。这是图书作为精神产品的最突出的价值。

2.学术价值

人类在知识的创造和发展过程中,最大的特点就是可以用文字记载前人的知识,一代一代地积累和传播。对从事科学研究的人们来说,读书就是掌握前人的知识,就是所谓"爬上巨人肩膀"的过程。而在这一过程中,出版业为他们提供了不可缺少的精神食粮,使知识能得以拓展和深化。学术价值是图书作为精神产品的深层因素。

3.经济价值

在完成了原稿的创作劳动之后,复制原稿属于物质生产劳动范畴。图书出版业通过编辑审定、加工整理和技术设计等一系列智力劳动之后,又以消耗一定的物质资料和劳动资料,形成了产品。通过各种推销形式获得利润。这就是图书出版业的经济价值,也是图书作为商品的主要过程。

4.使用价值

图书作为物质产品的使用价值是指它能满足人们精神需要,它对劳动者和消费者来说具有一定的实用性。但这种使用价值往往难以用货币间接体现,并且其使用价值中还存在着有益、无害、有害之分。

5.转化价值

图书记载着作者的智力信息、知识成果,一经出版,便传播到社会,在社会实际应用中转化为直接的生产力,带来了社会经济发展的具体效益。同时,也起到洗涤心灵、陶冶情操,提高人们的精神素质的作用。追求有益无害、促进社会进步的转化价值正是图书出版业追求的目标。

此外,图书出版业作为沟通知识创作者和知识需求者的关系而存在,当这种知识通过有形的产品——图书传播之后,实际上与人类求知需求发生了肯定与否定的关系。

从图书出版业价值的形成角度来看,它的特性表现在,它属于第三产业(中共中央 1993 年 5 号文件已将新闻、出版业划为第三产业)中高科技投入、知识密集型的商品,它凝聚的劳动远远多于简单劳动,是马克思所说的复杂劳动的商品。对于作者脑力劳动的劳动消耗,很难按物质产品生产方法来计算了。所以出版物的交换价值不像物质产品那样能够简单地计算出来。因此,我们可以简单地说,图书是商品,但是一种特殊的商品。而出版业价值的实现就有它的特殊性。

二、图书出版业价值的实现

宋木文同志指出:"经验告诉我们,在新闻出版工作中,对于市场经济既要适应它,又要驾驭它,掌握主动权的关键在于处理好两个效益的关系。"从对图书出版业价值的分析中,我们也可以看出,图书作为商品,它的价值实现必须通过市场来实现;但从图书这一商品的特殊性中,要实现它的社会价值,又必须对市场进行引导、驾驭,而不是简单地追逐市场。

1.在适应市场经济中实现图书出版业的价值

图书是为读者生产、为读者服务的,它的好坏优劣、有用无用最终要接受读者的检验,接受读者检验首先就要接受市场的检验。书不拿到市场上去,没有和读者见面,它的所有价值的实现都是一句空话。是不是好书,是不是有价值的书,不是出版社或编辑人员的一厢情愿。事实上,图书的社会效益与经济效益如何,只有通过市场的检验才能体现出来。

既然我们明确了市场对图书价值的实现起着决定性的作用,那么,一切市场上的经营运作手段都应为我所用。出版社应该办成既是图书的生产者,又是图书的经营者。目前在出版图书的过程中,各种不健全或不适应市场经济规律的制约是图书出版业价值实现过程中遇到的内在障碍。重生产,轻流通是我们出版业长期以来存在的一个弊端。出版单位缺乏必要的生产经营权,缺乏活力,也抑制了出版工作者的积极性。此外,发行折扣不是由市场调节,而是由国家行政规定,书价由国家按印张统一规定,也不能反映价值规律的要求。目前的图书征订办法,新华书店的经营方式已成为中国图书出版业进一步发展的瓶颈。现在新华书店的订数完全不能反映市场的真实需求。对新华书店这一最大的买方市场,唯一有把握的就是少订或不订,这样可以避免积压和亏损。新华书店保守的订数造成"出书难、卖书难、买书难"的局面。此外,我们也可以看到这样一种现象,即图书一旦被送进新华书店,出版社就不再关心这部分图书的市场问题,使图书处于被动销售的状态。我赞成这样一种观点，即市场的发育不应是小而全，而是分工越来越细，出版社的主要精力还是要放在图书的出版上，而图书的市场主要还是要依靠主渠道，自办发行是一种迫不得已的办法。但出版社的多渠道经营也是迈向市场经济的必不可少的环节。最近，我们接待了台湾出版业代表团，他们的书商经营方式是大有可鉴之处。他们在推销图书的过程中，采用了送货上门、分期付款、有奖销售、有奖智力竞赛等多种多样的促销形式。此外，他们还将书店办成文化娱乐场所，读者既可在书店买书，也可在那里读书、娱乐、交谊。图书的销售确实有如一般商品销售一样。

要在市场中完成图书出版业的价值，从我们的现实来看，其突破口在于狠抓发行，大力培育全国统一的开放的图书市场。发行一头连着出版，一头连着市场，这个环节如果不能适应市场经济的需要，出版工作与出版市场的发展都是一句空话。因此，建立一个发育成熟、运转良好的发行市场，是适应市场经济的关键点。我们要进一步放开图书的批发渠道，让出版、发行单位在发行业务中有更多的双向选择。要利用价格规律调整出版发行各方面的经济利益关系，扩大产销双方自主经营的权利。同时，还应充分利用社会力量发展各类图书销售点，扩大图书销售的渠道。总之，图书出版者应千方百计地运用市场经济的各种机制，去达到其价值实现的目的。

2.在引导、驾驭市场中实现图书出版业的价值

图书作为特殊的精神产品，具有明显的社会功能。在人类的进程中，它发挥着巨大的社会引导和推动作用。它能影响、改变人们的思想和行为，特别是对于世界观正尚待形成的青少年来说，优秀的图书是他们走上正确的人生之路不可缺少的精神动力。这种巨大的社会价值的作用，使得图书出版不能简单地追逐市场，更不能完全等同于"市场需要什么就生产什么"的操作模式。出版物属于上层建筑，改革的目的是使出版更好地为建设有中国特色的社会主义服务，这一点务必十分清醒。

在我国社会主义现代化建设中，需要有大量的科学家和科学发现，需要理论的深化和知识的普及。然而，这种现实社会需求、个人需求又与客观环境、条件发生了矛盾，这就是有限的社会经济条件无形中抑制着科学教育文化的发展需求，追求眼前经济效益的短期行为，使知识的科学价值受到冷落。而社会分配中的歧见陋习与不合理分配制度，又使复杂劳动与简单劳

动的收入差距逆向拉大。在这种氛围中，人们需求的天平倒向追求物质利益，致使图书销售数量降低、优秀学术著作难以出版，制约了出版业价值的实现。与此同时，我们也应看到，一个人对知识的需求，特别是对图书需求，与掌握知识的程度是相关的，同样，社会对知识和人才的需求程度是与社会的文化程度及人才拥有程度相关的。我国社会中文盲率高、拥有大学文化程度的人口比重低，不能不说是知识产品——图书需求弱的又一重要原因。另一方面，在现实社会中的许多人，往往认为社会财富仅仅是或主要是体力劳动的结果，没有把科学知识看做是发展社会生产力的强大动力。这种轻视科学的现象，抑制了作者著书立说的积极性，图书受到冷落，图书的质量也在下滑，严重阻碍了图书价值的实现。

图书出版业是上层建筑的一个重要方面，它要为一定的经济基础服务。不管那个国家，不论它怎样标榜自己多么民主、多么自由，都离不开它那个社会形态所容许的范围。我国社会主义出版业，同样离不开建设社会主义精神文明这一主题。在图书市场的发育受一定的客观条件制约，经济功利主义与经济短期行为一时难以避免的现实下，更要从国家发展的长远大计着眼，引导人们认识到经济建设只有依靠科技进步和提高劳动者的素质，才有长久的后劲。因此，图书出版业一定要有自己的坚定方向，注重图书的社会价值，坚决反对和取缔粗制滥造、封建迷信、淫秽图书的出笼。使图书出版业能够遵循精神产品的规律，全面发挥图书的社会功能。重视社会效益，为经济建设和改革开放提供精神动力、智力支持、舆论环境和思想保证，使爱国主义、社会主义和集体主义成为我们社会的主旋律。事实上，随着经济建设的不断发展，改革开放的不断深化，那种轻视知识的现象将会逐渐被淘汰，那种宣扬迷信、淫秽的书刊也会逐渐失去市场。1992年在广州举行的全国书市中出现的购买图书热，正说明经济发达离不开图书的智力支持。出版业在市场中不断推出优秀、高水平，适合各种层次、不同读者需求的图书，正是对市场引导、驾驭的结果。也只有强化出版业对图书市场的引导作用，才能促使新的、优秀的、受读者喜爱的图书不断地问世，从而在实现社会价值的同时获得经济效益。《读者文摘》杂志长期坚持高品位、高格调，以其清新隽永、雅俗共赏的办刊思想，十几年来一直居于全国刊物发行量的榜首，就是一个很好的佐证。

引导和驾驭市场需要一定的超前投入，也需要一定的政策性亏损补贴。具有较高学术价值的图书，由于层次较高、读者面窄、销量小，其本身的价值与经济效益往往是背离的。学术著作出版难已经是困扰出版业发展的主要矛盾。因此，对于这些于社会有益的亏损图书，应实行优惠扶持的政策，这无论是在发达的资本主义国家还是在其他社会主义国家都不乏先例。美国政府对于出版学术著作采取普遍的财政补贴的优惠政策；法国文化部不仅每年都要拨出几千万法郎补贴出版业，而且航空、铁路部门对图书运输都以最低费率收费；日本则早就实行图书免税政策。依靠国家的政策杠杆来引导市场，提高图书的层次，是必不可少的。此外，应从出版业内部调动各方面的积极性，对于具有一定学术价值的图书，应不摈弃各种形式的合作，合作出书的形式应该有更广阔的思路、更灵活的措施，甚至于对这些学术著作的定价也可放松管制，放开定价。要知道，出版物能使读者在吸取全人类优秀文化的基础上提高劳动素质，从而开始新的创造，它所产生的使用价值往往是远不可比的。就这个意义上说，出版工作还是以较小的社会投入换取了极大的社会价值。

综上所述，我们认为，图书作为商品，它既要遵循市场经济规律，要大胆地采用市场经济的各种运行方法，使其走上市场经济轨道，又要遵循精神产品的规律，注重社会效益，注重图书对人们精神生活的引导作用。只有这样，我们的图书出版业才能真正地实现其各种价值，走上健康发展的道路。

大学社改制三题[*]

一、根植高校，大学社生存的土壤

教育部、新闻出版总署在有关大学出版社改制的文件中明确指出，改制后的大学出版社有几个不变：即大学出版社服务高校教学科研的办社宗旨不变；高校对出版社主要负责人的管理办法不变；高校对出版社的把关责任不变；大学出版社的名称不变。这几个不变，充分说明大学出版社仍然要根植高校，生存在大学这片土壤里，才有成长的空间。

说句实在话，尽管业内人士经常呼吁大学出版社对于大学的重要性，是大学里的"第三势力"，但对于大学的领导来说，比出版社发展更重要的事太多了，出版社只要能稳定发展，不出乱子就可以了。在大学里，出版社处在边缘地带。大学的教学科研、人才培养是第一位的工作，而出版社的事，很难引起学校领导充分的重视。即使在地方出版系统，大学出版社也因其主管单位不同处在边缘之间。但大学出版社担负着宣传马列主义，传播科学知识，积累学术文化之职，是重要的阵地，是社会的主流。因此，大学出版社是处在主流与边缘之间的一种尴尬的生存状态。有时给你的是关注，是赞誉；有时得到的是冷落，是寂寞。当你想去争取出版的资源，争取更好的办社条件，你会觉得满腔热忱未必都会得到理解。因此，寻找自己工作的真实意义，把感觉建立在更为可靠的基础上，是摆脱尴尬的出路。

大学是各种专业的综合体，是各种学术的诞生地。大学出版社与大学有天生的不解之缘，大学出版社的读者和作者主要在大学。大学出版社正

---

　　*　本文原载《科技与出版》2008 年第 11 期。

是生长在这片沃土,直接依托大学,与专家、学者联系密切,与学术创新联系密切,与科学研究的前沿联系密切,所以大学出版社离不开大学,这也是大学出版社自身的优势和生存之道。改制无论是过程或目的,都只能强化大学与出版社的联系。是主流也好,是边缘也罢,只要我们确信自己的工作是有价值的,只要我们热爱自己的这份工作。在竞争社会里我们勇敢面对,对肩上的文化责任我们于心无愧,无论在主流或边缘,快乐地存在就是一种智慧的生存。

二、学术为本,大学社不变的使命

改制后的大学出版社,首要的目标或使命仍然是学术积累、传播知识,这是由大学出版社天然的条件和自身的优势所决定的。从整个社会的层面来看,大学是最高的教育机构,也是文化发展的区域中心,他集精神建构、学术研究、科学发现、技术发明及人才培养于一体,是人们心目中的文化高地。我社的出版理念是"蕴大学精神,铸学术精品",大学精神的主要内涵就是科学、民主、创新的精神,并具有开放、平等、自由的学术气氛。大学出版社的出版物就是要不断促进探索和争鸣,激励新思想、新学术的产生。因此大学出版社的出版物应坚持学术为本,为社会提供学术研究和创新的支持,构建文化高地,这也是全球大学出版社成败经验的结论和共同的使命。从主办方的大学来看,把出版社仅作为上缴利润的财源地是不多的。学校办出版社,更多地希望出版社成为反映和传播本校科研成就的窗口,为教师出版活动提供便利,并能通过出版社来提高学校的声望。厦大朱校长就曾说,"大学出版社固然要讲经济效益,但它更重要的使命是使出版社能促进它所在大学的整个学术水平的提高,如果它不能实现这个目的,作为大学出版社也就违背了创办它的初衷。"因此,大学出版社无论怎样改制,加强大学对出版社的关注和支持是校社双方的共同需求。

从大学出版社自身的发展历程来看,他所熟悉的作者群,他所培养的人才队伍,他的营销对象,他的企业文化内涵,都集中在学术和教育这个特定的环境。特别是大学出版这支队伍,他们都明白自己肩上的学术使命,因此,无论是主观还是客观的条件,大学出版社都只有朝着学术出版、教育出版这个方向发展才是唯一的出路。我想特别提到的是,在各社改制的设计中,与经营管理有关的,如董事会、监事会的机构设置考虑得比较多,但如果要提高学术出版的水平,应引入国外学术出版的一些经验,如严格的专家审稿制度,学术出版基金资助体系、奖励制度和出版后的追踪反馈制度。

三、增强活力,大学社发展的动力

改制对于大学出版社意味着什么。仅从可免几年的所得税,可以增加书号来理解显然是不够的。我以为,改制最根本的目的就是转变观念,扩大视野,增强活力。

观念的转变我以为有二:一是转变只有事业单位才能保证出版社的服务宗旨和意识形态导向的观念;二是转变只要保证社会效益而不需要考虑经济效益的观念。导向正确是出版社的社会责任,必须靠法律来规范;而出版社只有增强经济效益才能保证社会效益。以往我们常把二者对立起来,在观念上阻碍了我们自身的发展。

扩大视野,这是大学出版社"走出去"战略的必要前提。大学出版社根植大学,为学校教学科研服务,但也要避免过于局限自己,囿于小天地。随着我国对外文化交流的频繁,学术研究的国际化和高等教育发展需求,特别是多媒体数字出版的发展,任何出版人都不可能只坐在家里等着财富送上门。扩大视野,就是要求我们不仅要把纸质图书做好,还要考虑多媒体的出版,还要谋划所谓"社刊工程",还要把策划选题的目标放到全球,还要追求产学研一体化。我所理解的"做大做强",就是在出版领域有你的品牌产品,可以长期或永远占有国内外市场,而不仅只是规模的不断扩张,产值不断的上升。

增强活力,就是在新观念和新视野的支配下,增强出版社面对竞争的能力。改制后,我们期望出版社的经营机制和人员机制更符合现代企业的要求。国外,特别是美国大学出版社长期坚持学术出版的努力得到我们的认同和尊敬,但他们的问题也是发展的活力不够,学术出版举步维艰,特别是网络传播的兴起给美国大学出版社带来很大的冲击。不可否认,我国大部分大学出版社在发展中已经形成一整套符合市场竞争的企业模式,但也同时存在一些无法避免的问题,如市场主体的地位问题,与学校在资产、人员方面的问题,特别是观念上的问题。因此,通过积极、稳妥并且符合实际的改革,在资源配套、管理更新、人才流动、市场竞争、产权确立、投资融资、企业文化方面做出扎实的工作,就一定能够为大学出版社的发展带来活力。

大学出版社学术出版的"四个着力点"*

在一个市场化、产业化、速度与规模至上的出版时代，大学出版社如何以学术出版为使命，胸怀自己的理想，发挥自身的优势，是业内人士经常思考和实践的话题。大学出版社在学术出版方面有大量的工作要做，本文谈的是自己对学术出版几个着力点的认识，期待听到更多有识之士的高见。

一、挖掘学术资源

出版是选择。出版的本质是对知识的选择和编辑。人类几千年的文化积淀浩瀚如海，且每时每刻都在产生大量的新知识。出版业与其他信息行业最大的不同，就是按照一定的目的进行选择和编辑。学术出版之根是文化创新和积累，学术出版之源是学术和思想的价值。

大学出版社的学术出版，主要的特点就是依托母体大学，将学校的学科优势转化成出版优势。不是学校所有的学科优势都可以成为出版优势，但经过发挥出版的力量却可以大大增强学科的优势，这是大学出版社存在的理由。大学出版社一旦发现了具有出版价值的学术宝藏，你需要做的就是选择的专注，这种"选择的专注"就是"挖掘"。所以，大学出版人就必须有学术价值判断的眼光，有锲而不舍的钉子精神，慎重把握每一次选择机会，时刻掂量挖掘的方向。

厦门大学出版社长年进行文献整理和出版工作，正是基于厦门大学悠久历史所积淀的宝贵文献资料，以及其台湾、东南亚研究的学科优势。我们出版的100册之巨的《台湾文献汇刊》成为学者的宝贝，并作为党和国家领导人访美的赠品；大型史料丛书《中国稀见史料》《中国会馆志史料》等成为

* 本文原载《现代出版》2017年第5期。

研究者书架上的必备用书,正是其学术价值的体现。最近,《厦门大学海疆剪报资料选编》的出版,更是多年辛勤挖掘的硕果。

厦门大学图书馆珍藏着一套数万册的"海疆学术资料剪报",那是闽南学人陈盛明先生从民国时期起创办的"海疆剪报资料馆",以南洋问题为中心,长年收集海内外报刊资料,内容极为丰富。中华人民共和国成立后,厦门大学接收了陈老先生捐献的这些资料,并专门成立机构,继续收集剪报资料,为厦门大学建立我国南洋问题研究中心奠定了坚实的基础。但这些资料由于年代久远,逐年破损,岌岌可危。在厦门大学图书馆的数字化抢修中,厦大出版社发现其出版价值,及时跟进。在多方努力下,我们经过整理、分类、修复,出版了《厦门大学海疆剪报资料选编》(40卷)。此书出版后,得到学术界的高度称赞。值得一提的是,出版人的眼光有时并不能得到他人的认同,所以,挖掘学术资源有时也如同矿工采矿一样,充满艰辛和磨难。专注挖掘学术资源是一个厚积薄发的过程,需要韧劲和胆识,但只要坚守,就一定会有收获。

二、整合学术力量

出版是整合。当你发现一个有价值的选题时,就可以利用出版社的平台,吹响整合作者力量的"集结号",让各路好手为了一个共同的目标各显其能。这种整合和创意是最能体现编辑的出版眼界和组织活动能力,也是出版业存在的价值之一。

由厦门大学出版社出版的"凤凰树下随笔集"丛书,整合了几十位学术大师的学术随笔。这些充满灵性的学术感悟文字,体现了厦大学人的深厚学术积淀,成为读者喜爱的学术品牌。我社荣获中国图书奖的《透视中国东南——文化经济的整合研究》,也是一次作者研究力量整合的结果。厦门大学在研究中国东南地区的政治、历史、经济、文化、民族、宗教等方面拥有一批堪称国际一流的专家学者。但是,长期以来,在我国学术界(特别是人文社科方面),单兵作战、各自为域的研究方式几成定势。尤其在高校,你上你的课,我做我的研究,互不往来。在《透视中国东南》的出版过程中,不同研究方向的专家,不同高校(或研究单位)的学者,为了同一个研究课题,走到一起来了。该书经过几十位专家、学者历经四年的努力终于出版,得到学术界的高度评价,——以中国东南经济的发展为主线,论述该区域的文化经济特质,不仅深入研究了东南文化经济在历史进程中的互动现象,而且整合了诸多学者的学术精髓,是该学术领域最为全面的学术论著,在同类研究中并不多见。值得高兴的是,这种研究力量的整合,是通过出版社的精心策划和组织,以选题来起到凝聚的作用,将学者吸引到集体研究的行列。

在当今科学研究领域,学科交叉、优势整合是必然的趋势。在强调合作的今天,出版社的作用更显得不同寻常。作为大学出版社,如何从一般意义上为学校教师出版教材专著提供服务,上升到如何将学校的研究资源转化成为出版资源,这是大学出版社更深层次的任务。大学出版社需要出精品,需要创品牌,就需要研究学术价值,跟踪学术动态,了解学者的研究前沿,进而能提出出版的选题构想,并与作者形成认同,借学者之势,使出版物达到学术上的影响和商业上的利好。

三、培育学术新人

出版是发现。大学的知名学者众多,他们的声望无疑是各家出版社追逐的目标。作为大学出版社,利用自己的天然优势,依靠这些专家学者的学术影响力进行选题开发,是一项重要工作,也取得很好的效果。但作为与大学紧密联系的大学出版社,他有一个为校外出版社所不具备的优势,就是他能更及时了解学术新人的潜在能力。同时,学术新人最倾心的是出版自己第一本书的出版社,只要我们是真心实意帮他们的,就会得到作者的最大忠诚度。出版的乐趣在于发现完全陌生的新人,出版他的书,看着他一夜成名,盼着他成为又一颗学术新星。

厦门大学出版社经过30多年的积累创建的"南洋问题研究"和"法学研究"的学术品牌,就是通过培育学术新人而创立成长的佐证。现在已是我国南洋问题专家,厦大国际关系学院院长庄国土教授,在30年前,我社出版了他的第一部专著,也是他的博士论文《中国封建政府的华侨政策》。当时出版一本书很不容易,文字用铅排,插图制锌版,作者和编辑还要乘火车到印刷厂校对,为了赶工,还要与印刷厂工人打交道,封面设计的文字图案要用手绘。千辛万苦地把书印出来，作者和编辑的喜悦之情连同深厚的友情就永远地凝固了。知名民诉法专家，厦大法学院齐树洁教授，也是我社30多年的合作伙伴。他自第一本书在我社出版后，便成了我们的知心朋友，还被我们聘为法律顾问。他说，我写了30多本专著，都在同一家出版社出版，这肯定不多见。庄教授为我们开辟了南洋问题研究的系列，齐教授为我们建起了法学研究图书的阵地，厦大出版社这两大品牌都是通过长期培育作者而发展起来的。出版的品牌建立首先是作者队伍的建设，大学出版的优势是和大学学术队伍的特殊关系而获得的，二者相得益彰，显示出大学出版的独特作用。

四、传播学术成果

出版是呈现。出版人把一连串枯燥的字符变成沾满墨香的书籍，完成了从电脑文件到可欣赏的艺术品间的华丽转身。但这只是出版工作完成的第一步，出版工作还在继续，要把这件凝聚作者和编者心血的作品传播出去，用书籍这种最好的呈现方式，给读者在有限的页面产生无限的想象空间，让读者通过阅读，去采撷人类文明的奇卉丽范。

学术书籍的传播并不完全在于她华丽的外表和包装，更在于她能体现作者对这个世界人文关怀的思想，追求真善美的情怀。因此，学术成果的传播，其营销手段除了一般发行方式外，更需要读懂作品的精妙之处，引导读者去关注作品。学术书籍的传播不能期望像大众畅销书一样轰动热销，也不会像教辅材料、少儿图书那样有众多的读者群。真正有价值的学术专著，她的传播过程比较漫长，销量也不会很疯狂，但需要者一定会努力争取拥有。所以，学术书籍的出版者最看重的是她的被引用率和海内外图书馆的馆藏量。很高兴的是，厦大出版社的学术图书在历年的海外馆藏影响力排名方面一直处于前茅。

学术书籍只有超越读者的期待，才能满足读者的需求；只有超越出版才能彰显销售本质。当一个出版企业，不仅仅是销售产品，而是在销售一种文化和理念时，才是真正意义上的成功。要从更高的文化层次上观照出版行为，让书籍出版的意义远远超越书籍本身。

大学出版：学术的坚守与竞争的智慧[*]

厦门大学出版社成立于 1985 年。20 多年来，沐浴着祖国改革开放的春风，和着时代前进的步伐，厦大出版人筚路蓝缕，艰苦创业，取得了一定的成绩。作为福建省唯一的高校出版社，厦大出版社始终坚持正确的出版导向，坚持学术为本，服务高校教学科研而又高度市场化的办社方针，一大批精品图书、品牌图书、高校教材和学术著作的出版，形成了自己鲜明的出版特色。20 多年来，厦大出版社的出版物共获 400 多项获省部级以上的图书奖，其中曾 4 度摘取中国图书奖，获奖图书的数量在全国大学出版社名列前茅。

20 多年来，厦大出版社坚持"以人为本"，探索出一套适合自身发展的管理模式，极大地调动了员工的积极性，形成了以"进取、竞争、和谐、温馨"为主要特点的企业精神。20 多年来，厦大出版社共出版新书近 3500 种，重印书近 2000 种，近几年年出书销售码洋超过 6000 万，人均创利排在全国大学出版社的前 30 名，在信息化管理和多媒体出版方面，我社也取得了实质性的突破，正在健康地发展中。20 多年来的坚实步伐，使厦大出版社的综合实力大大加强。值此纪念改革开放 30 周年，结合我社所走过的路，我以为有两点值得一提。

一、学术的坚守——注重对创建学术品牌的持久努力

大学出版社，根本的使命是学术积累、传播知识，这是由大学出版社天然的条件和自身的优势所决定的。从整个社会的层面来看，大学是最高的教育机构，也是文化发展的区域中心，他集精神建构、学术研究、科学发现、

---

[*] 本文原载《福建出版科学论集》，福建科技出版社 2011 年 6 月版。

技术发明及人才培养于一体,是人们心目中的文化高地。我社在20多年的发展中,领悟出我们的出版理念就是"蕴大学精神,铸学术精品"。大学精神的主要内涵是科学、民主、创新的精神,并具有开放、平等、自由的学术气氛。大学出版社的出版物就是要不断促进探索和争鸣,激励新思想、新学术的产生。因此大学出版社的出版物应坚持学术为本,为社会提供学术研究和创新的支持,构建文化高地,这也是全球大学出版社成败经验的结论和共同的使命。

大学出版社的核心产品应该以学术为本,把出版学术著作和高校教材作为双翼,努力打造精品,提升我国科学文化水平,这一点毋庸置疑,也得到业界的普遍共识。但在实际工作中,要做到坚守"学术为本"则远不是那么简单。首先,出版资源的限制,生存的压力,将使你每天都要面临着两难的选择。一方面是看得见的经济效益,另一方面可能是有学术价值但还谈不上经济效益的选题。厦大社曾经在这种徘徊中度过,有时迫于生存的压力,很难有选择的底气,也出版过一些比较杂乱的图书。但在面临选择的关口时,我们比较清醒地意识到,办好出版,本质上是一种文化责任,厦大社只有利用自身的优势,由来稿加工型为主向以本社策划为主的出版方式转变,才能在学术出版方面认认真真进行一些积累工作。如能坚持下去,不仅会对学术发展和思想传衍做出贡献,也能获得读者的认可,同时又是别的出版机构很难取代的。实践证明,这一发展战略的制定,对我社的发展至关重要,也是我社的立身之本。

此后,我社采取一系列措施,在选题分布,人员的配备,奖励措施、资金的倾斜方面得到保证。我社利用高校扩招的有利时机,进行大规模的高校教材建设。我们组织编辑队伍深入高校和教育主管部门,策划出版了高职高专、本科、研究生的公共课,专业课教材和考试指导用书。我社专门成立教材发行部门,发行人员与编辑联手进入高校的教材市场,出版印制和储运部门调整运作方式,保障教材印制发行的顺利进行,在短短的三年里,使发行码洋翻了三番。同时,我社大胆舍弃中小学教材教辅和其他方面的出版诱惑(这种诱惑有时是很大的),在学术著作出版方面选择本校特色优势学科,集中出版了有关台湾研究、东南亚华侨华人研究、财金、会计、企管、法律、广告教育和古籍整理方面的图书,很快就形成了规模优势,进而打造出了学术的品牌。几年来,我社图书的品牌影响力大大增强,获得"第十四届中国图书奖"的《透视中国东南:文化经济的整合研究》,以及《台湾文献汇刊》、《中国稀见史料》、《吧国公堂公案簿》、《穿透灵魂之旅》、《南强丛书》、《高校法学精品教材系列》、《戏剧影视研究丛书》等一大批优秀图书,都是从策划、编写、出版到宣传发行由我社组织进行,取得良好的双效益。我社出版新书中,高校教材和学术著作占 87%,高校作者占 73%,体现了以出版高校教材学术著作为主,为高校教学科研服务的办社宗旨。更为重要的是在这过程中培养了一批懂策划营销的人才,形成了自己的出版理念,并使这种理念成为大家工作中的自觉行动。现在,出版界时尚的口号是"做大做强",我所理解的"做大做强",就是在出版领域有你的品牌产品,可以长期占有国内外市场,而不仅只是规模的不断扩张,产值不断的上升。

二、竞争的智慧——寻找出版工作的真正意义

大学出版社在大学里处在边缘地带。大学的教学科研、人才培养是第一位的工作,而出版社的事,很难引起学校领导充分的重视。即使在出版系统,大学出版社因其主管单位不同也同样处在边缘之间。而在宣传意识领域,大学出版社担负着宣传先进文化,传播科学知识,积累学术文化之职,是重要的阵地,是社会的主流。主流与边缘之间的存在是一种尴尬的存在。有时给你的是关注,是赞誉;有时得到的是冷落,是寂寞。因此,寻找自己工作的真实意义,把感觉建立在更为可靠的基础上,是摆脱尴尬的出路。我们确信自己的工作是很有价值的。在竞争社会里我们勇敢面对,对肩上的文化责任我们于心无愧,一本精彩的图书得到读者的喜爱就是我们最大的满足。

竞争,是我们这个时代的主要生存方式。对作者,对读者,对同行,对发行商,对主管部门,都有服务好坏的竞争,都有品牌影响力的竞争。我以为竞争的本质是产品质量和品牌的优劣,竞争的方式是服务水平和诚信度,竞争的核心是人的素质。竞争本身并不可怕,快乐地生存源于自信和亲和力。我们全心打造内部和谐的人际关系,树立领导班子团结进取的事业心和责任感。领导的正气和温馨的人文关怀是激发员工潜能的重要条件。有了比

较清晰的办社思路,有领导班子开拓进取,职工爱岗敬业,有不断提高的管理水平,有和谐的社风和敢于面对市场挑战的勇气,任何成绩的取得都不是不可能的。

作为一个经营性的出版社,没有经济效益就很难保证有社会效益,没有经济效益就创造不了品牌效应,没有经济效益就很难凝聚队伍。"君子爱财,取之有道",这个"道"就是要在保证品牌集中度和团队战斗力的基础上,在经营中突出诚信度和亲和力。让你的客户成为你的朋友,愿与你长久打交道,愿真心实意地帮助你,为你的工作出谋划策。如能这样,在市场的经营中你就是最大的赢家,你就是最有智慧的人。

近几年,我国大学出版社的发展迅速,我社也正亟待寻找新的发展突破点。我社今后发展的主要思路仍要坚持办社宗旨,明确定位,更加紧密地依托高校,发挥大学出版社优势。针对目前主要存在图书的市场影响力有限,高水平的图书还不多的问题,要转变观念,创新机制,开拓新的增长点。坚持精品战略,力争每年要有一批图书(丛书)在全国有大的影响,在国家级的图书大奖评比中要继续有所收获。要把组稿的视野扩大到全球,盯住我社品牌产品的知名作者。要进一步挖掘学校的出版资源,争取与我校新闻传播学院联合创办出版学科硕士点,与校图书馆等文献集中地建立古籍出版资源库,与校现代教育技术中心、软件学院等单位进行电子出版合作。要加大对数字出版的人力和物力的投入,形成新的增长点。要利用大学出版社改制和我社搬迁新址的契机,改进和完善社内管理机制。对员工考核聘任、奖励分配办法,考勤办法要进一步完善。改变靠单兵作战为主为靠团队力量为主的策划运作机制。要高度重视领导班子和干部队伍建设、职工的岗位培训和职业素质培养;要继续培育温馨和谐的工作氛围,形成团结合作、爱岗敬业的良好作风。只要把自己的事做好,在竞争中就能满怀信心,迎接挑战!

大学底蕴造就出版的品质[*]

——《出版参考》记者访谈

记者：厦门大学出版社建社 20 年来取得了有目共睹的成绩。能否概述 20 年来贵社的主要发展阶段、办社理念的形成和确立的轨迹？

蒋东明：厦大出版社成立于 1985 年，20 年来取得了很大的成绩。虽然我们人数不多，但我们在出版方向、出书码洋、销售收入、人均创利、图书获奖率等主要效益指标上都处在全国大学出版社的先进行列。尤其是我社曾四次获得中国图书奖，这是相当不容易的。作为一家不到 40 人的小型综合性大学出版社，我社一直保持着很好的发展势头，突出的一点就是我们始终坚持大学出版社的出版理念，以构筑特色、树立品牌，出版学术精品，弘扬大学精神为目标。

任何经营活动，都想尽快获取最大利益。厦大出版社实行企业化管理，要求自负盈亏，自我发展。20 年来，我们一直都没有放弃寻找发展的机会，但真正快速发展却还是在大学教材和学术专著这个领域里得到机会。分析起来，其实道理很简单，厦门大学是福建省唯一的一所国家重点大学，厦大出版社是福建省唯一的一所大学出版社，我们编辑队伍熟悉的是大学的教材建设和大学里专家学者的科研动态，我们的营销推广工作最容易接触的对象也是大学，我们出版工作最受欢迎的还是大学。所有这些，就是我社发展的优势。

在当今，出版活动受到各种利益驱动的机会很多。在有限的出版资源里，选择的专注则体现了一种战略思维。厦大出版社之所以能够发展，靠的就是我们的优势和特色。因此，创立品牌是我们的努力方向，出版学术精品是我们的崇高使命，在这个领域里同样也有很大的发展空间，唯有坚持不懈，才能有所作为。

---

[*] 本文原载《出版参考》2005 年第 5 期。

　　记者：作为福建唯一的一所教育部部属大学出版社，你们是如何发挥大学学科优势，同时立足福建对台及面向东南亚的地域优势，形成自己的图书结构和品牌影响力的？

　　蒋东明：厦门大学在台湾及东南亚研究方面有雄厚实力，这种学术的优势也形成了我社的图书品牌。我社出版的《透视中国东南：文化经济的整合研究》获得第十四届中国图书奖，这是继《毛泽东思想与中国文化传统》《税利分流研究》《膜分子生物学》之后，我社第四次获此殊荣；我社与九州出版社合作出版了百册历史文献——《台湾文献汇刊》，这部传世文献不独具有其历史意义，而且在揭露"文化台独"、增强民族向心力方面极具现实意义。当然，这只是其中有代表意义的两项，其他如启动厦门大学整合"21世纪学术新视野大系"等等，从学术积累与文化积累的层面上来说，无不具有较高的社会效益。

　　记者：厦大出版社在企业文化建设及人才培养方面有哪些举措和成果？

　　蒋东明：大学出版社产生在大学里，它带有许多大学校园的人文特点。但同时大学出版社又是一个文化企业，需要制度的建设、人员的管理、经营的利润。大学出版社要实现可持续发展，根本之道是将其管理模式纳入"人本管理"。大学出版社的员工不是简单的生产工具，而是一批有其充分的主体性、意志力和文化内涵的知识分子，必须尊重他们的主体意志和文化需求，坚持"以人为本"，实现管理的重点由"物"到"人"的根本转变。大学出版社要充分利用身处大学校园这一优势，建立起有自身特色的企业精神和文化，以激发员工的工作热情，建立起富有竞争力和亲和力的和谐组织。

　　我社历任领导都十分重视企业文化建设。我们的口号是"把出版社办成一个温馨的家"。这个温馨家庭的形成，是有许多实在内容的。首先，我们领导班子要作风正派，无私敬业，以自己的人格魅力来带动大家。其次，要真心实意地去关爱员工，切实把员工的切身利益挂在心上，不仅仅是物质上的，更重要的是给予员工能力的培养、生活的关爱、学习的机会、思想的进步，竭力创造舒心的工作环境和积极健康的团队氛围。只要员工把出版社当作"家"，只要他们把心系在事业上，他们的激情就会源源不断地为出版社带来回报，出版社就拥有最强大的核心竞争力。

　　记者：当前，体制、机制创新是出版界关注的重要话题，贵社在管理体制、运行机制改革创新方面有何成效,未来的改革方向是什么?

蒋东明:任何改革,都是以激发人的潜能为目的的。我认为,商战的真谛就是做人之道。20 年来,厦大出版社在图书市场赢得了良好的声誉,我认为经营技巧还在其次,关键在于我们的诚信待人和良好的服务。靠喝喝酒、套近乎赢得市场的做法是不能长久的。说实在,我们社里的人都不是能说会道的"生意人",但我们和作者、书店、大学教材部门、印刷厂甚至是主管单位接触下来,他们信任我们,他们愿意同我们合作。做人以诚,做事以实,彼此心坦诚,没有什么解决不了的问题。我社任何制度的建设都围绕着诚信经营来展开。虽然我国社会主义市场经济的法制环境和信用环境还不健全,但诚信原则仍然是最根本的经营之道。只要你坚持做人之道,坚持这种经营理念,那么经营的利润就会是它的自然结果。

研究力量的整合与出版资源的借势[*]

厦门大学出版社的国家"十五"重点图书《透视中国东南——文化经济的整合研究》荣获第十四届中国图书奖。在欣喜之余,我们回顾整个出版过程,值得提到的是本书的问世,是一次作者研究力量的整合的结果。

记得厦门大学校长朱崇实教授在《透视中国东南》一书的首发式上高兴地指出:"在《透视中国东南》的出版过程中,不同研究方向的专家,不同高校(或研究单位)的学者,为了同一个研究课题,走到一起来了。这是一次研究力量的成功整合,它的合作模式是非常有意义的,并将因此产生深远的影响。"朱校长的一番话,不仅表示了对该书出版的衷心祝贺,同时也指出了这种研究的合作模式产生的重大意义。

厦大出版社的国家"十五"重点图书《透视中国东南——文化经济的整合研究》的出版过程,是一次研究力量的整合过程。长期以来,厦门大学在中国经济史研究方面有着雄厚实力,同时在研究中国东南的历史、文化、民族、宗教等方面拥有一批堪称国内一流的专家学者。我社提出了这样的选题思路,是否可以将厦大和本省有关高校、研究单位的研究力量整合,以中国东南经济的发展为主线,论述该区域的文化经济特质。在出版社的召集和出版经费的支持下,通过总编的精心策划和主编的组织,本书经过几十位专家、学者历经四年的努力终于出版,得到学术界的好评:该书不仅深入研究了东南文化经济在历史进程中的互动现象,而且整合了诸多学者的学术精髓,是该学术领域最为全面的学术论著,在同类研究中并不多见。

长期以来,在我国学术界(特别是人文社科方面),单兵作战、各自为域的研究方式几成定势。尤其在高校,你上你的课,我做我的研究,互不往来,这种现象的弊端已经被许多有识之士提出批评。交流、沟通、合作是时代的

---

* 本文原载《科技与出版》2005 年第 3 期。

潮流,厦大要办成国际一流的大学,孤芳自赏的小城心态是最大的阻碍。学科交叉、跨越校门、优势整合是必然的趋势。值得高兴的是,这种研究力量的整合,可以通过出版社的选题来起到凝聚的作用。应出版社之约而将学者吸引到集体研究的行列,这在古今中外都不乏先例,但在强调合作的今天,出版社的作用更显得特别不同寻常。

作为大学出版社,如何从一般意义上的为教学科研服务,即为学校教师出版教材专著提供服务,上升到如何将学校的研究资源转化成为出版资源,这是大学出版社更深层次的任务。我一直坚信文化创新和积累是出版之根,学术和思想是图书的价值之源。大学出版社需要出精品,需要创品牌,她就需要研究学术价值,跟踪学术动态,了解学者的研究前沿,进而能提出出版的选题构想,并与作者形成认同,借学者之势,使出版物达到学术上的影响和商业上的利好。值得指出的是,学者的优势与出版社的优势是互相辉映的。我社在组织我校法学院教师编写教材的过程中,就是一段互相借势的蜜月期。厦大法学院在我社的教材策划出版中,已成功推出了《诉讼法学系列》、《民商法学系列》、《商法系列》、《国际经济法学系列》、《经济法学系列》等一大批法学系列教材。该系列教材主编就感慨地对我说,厦大出版社为我院出版了这么多教材,不仅使我院的教材建设达到一个新的水平,提升了我院的地位,而且大大促进了我们教师的研究水平。他说,过去有的教师整天无精打采,通过写书,人的精神面貌焕然一新,研究成果多了,课也上得好了,职称也上了。同时,我社的法律教材在全国同类教材中占有一席之地,获得很好的双效益。我社出版的《21世纪广告教材》也是这样,正因为这套教材的推出,使我校新闻系广告专业被公认为最为规范化的广告教育基地,成为全国首屈一指的名牌专业。在这种品牌效益的影响下,我们的广告教材也成为长销不衰的品牌图书。

在出版业竞争日益激烈的今天,要想在竞争中立于不败之地就必须具备核心竞争力。核心竞争力是一种综合实力,是一种他人无法取代的综合优势。大学出版社就应该在挖掘大学出版资源,整合研究力量中发挥出版优势,这对我们大学出版社的工作者提出了更艰巨的任务。但唯有如此,出版工作才能在大学里彰显其不可替代的作用,出版社才能以其不同凡响的特色在图书市场的竞争中谋求立身之地。

出版浪潮中的独立思考*

　　许多有识之士认为,转企改制对大学出版社变化不大,或者说意义不大。这听起来好像令人沮丧,但事实确实如此,至少大部分大学社是如此。以至于在面对中国出版业出现市场化、集团化、兼并、重组、上市、融资、规模扩张的浪潮中,大学出版社大多束手无策,人心惶惶。我倒以为,大学出版社应正视两个问题:一是你的唯一出资人(母体学校)对你的期望;二是你是否能满足这个期望。

　　既然母体学校是大学出版社的唯一出资人,那么从现代企业制度来说,学校对出版社发展的思考和决策就是决定性的。我所了解的是,绝大多数的大学——从校长到教师——对出版社的期望是:通过出版社出版的优秀学术著作和高水平教材,来提升本校的学术影响力,这比多交些利润更为重要。这个期望就决定了大学出版社的生存和发展空间只能在学术出版。因此,在汹涌的出版浪潮,我们更应冷静地扪心自问:我们能满足出资人的期望吗?

　　其一,我们大学社的出版队伍建设好了吗? 出版是一门专业性很强的工作,其中人的素质和能力最为重要。面对学术出版的重任,面对年轻队伍的成长现实,面对新的用人机制环境,我们的队伍还有职业自豪感和为人作嫁的理想吗? 我们的专业水平能达到要求吗? 这几年,我社下功夫培养年轻编辑,在几次全国出版社青年编校大赛中,以我社年轻编辑为主的福建代表队屡获佳绩,得到省版协的高度赞扬,也受到同行的认可和尊重。任何时候,只要把人才队伍培养好了,你就拥有核心竞争力。

　　其二,大学的出版资源已经深入挖掘了吗? 大学出版社依托大学,这是我们的优势所在。但我们也许忽视了身边的出版资源,而一味望着他山的

美景。学校的各个部门,都有出版的潜在资源。教学科研部门自不待言,需要我们不断跟踪教学改革需求和学术动态,避免只盯着名家而忽视年轻学者;学生也是出版资源的宝藏。我校一位学生到西部支教,我们出版了他的亲身经历《把梦留住》,感人的内容吸引了学生、教师和领导。此书由校党委书记题词,校长作序,形成了很大的影响,也为学生思想政治工作出了一分力。围绕宣传学校,我们还有很多事可做,关键是我们要真正深入。

其三,我们真正做好学术出版了吗?学术出版是以其知识创新和理论创新为标准的。要达到这个目标,首先要求我们的编辑是学者型的,选题确立是严格的,编校质量是过关的,宣传是有效的,营销服务是到位的。我们不仅要重视成系列的、装帧精美的丛书套书,也要做好单本书、小册子的学术书,只要它是值得出版的。在做好学术出版,尤其是学术规范方面,我们还有太多的事还没做好,但只要持之以恒,就能以学术高度营造大学社的品牌,而品牌就是你的生命。

我对大学出版业充满乐观和信心,尽管前行的路并不平坦。

出版专注度决定品牌拓新度[*]

　　厦门大学出版社近年来,在坚持走学术出版、教育出版路子上,思路更为清晰、选择更加专注。厦大社有自己的优势,她是福建省唯一的大学社,又是全国百佳图书出版单位,在近 30 年的发展历程中,较好地形成了自己的学术品牌。特别要说的是,在《中国出版传媒商报》发布的海外馆藏"中国图书世界馆藏影响力"报告(2014 版)中显示,厦大社跻身"2013 中国图书世界影响力评价"出版百强,影响力排名位居全国大学出版社第 13 名。该排名比较公正而客观地反映了中国大陆出版机构的国际影响力,受到业界、学界的高度认同。

　　2014 年,厦大社推出的《台海文献汇刊》(60 册)、"南海海洋研究丛书"、"中国金融大变革丛书"等都是围绕学校特色优势学科的出版工程。同时,厦大社在与福建省各高校的合作方面迈开步伐,与多家高校签订战略合作协议,并开展了有规划、实质性的工作,如与闽浙赣中央苏区的本科院校将合作进行"中央苏区的革命史、财政史、军事史"的专题研究。厦大社与部分高校合作的《闽商发展史》《福建海洋发展战略研究》等都是不断开拓的新成果。作为大学出版社,我们的市场和服务对象在大学,这里有丰富的宝藏,关键是我们对学术出版的专注度。

　　2014 年,厦大社在"台湾问题研究新跨越"的出版工程方面,规划了新的蓝图。首先,围绕着实现中华民族伟大复兴的"中国梦",福建省对台工作要有大思路、大步伐,在经济、文化方面要赶超台湾地区,为两岸和平统一作出独有的贡献。厦门大学作为"211"、"985"工程高校,在其中将起重要作用。学校将台湾大学作为厦门大学赶超的对象,将全面深入研究学习台湾大学,加强与台湾大学的交流。刚刚通过的"国家 2011 协同创新计划",厦

---

　　* 本文原载《中国出版传媒商报》2014 年 10 月 28 日。

门大学"两岸关系和平发展协同创新中心"名列其中,这意味着台湾研究将是厦门大学特殊的使命。作为"台湾研究出版重镇"的厦大社,长期以来出版了一大批有影响的台湾研究方面的学术著作和文献图书。在新的背景下,厦大社在"台湾问题研究新跨越"的出版工程设计上,提出新思路。出版社把策划组稿的范围扩大到福建省几所具有台湾研究实力的高校,与他们共同规划台湾研究的出版项目,如福建师范大学、闽南师范大学等,近期已推出《台海文献汇刊》(60 册)、"漳州与台湾关系丛书"(8 卷)等。今年 10 月,厦大社参加在台北举行的"海峡两岸图书交易会",深入开展两岸的文化交流活动。厦大社与台大出版中心过去曾有过良好的交往。厦大社还计划组织人员赴台,专门到台湾大学了解其出版工作,进行出版合作,并就两岸出版的技术规范、繁简体问题、专有名称统一等问题进行商讨。大学出版社要服务大学教学科研,只要瞄准大学教学科研活动的需求,就会大有作为。

数字出版方兴未艾,厦大社也发挥原有基础优势,把自行研发的"南强出版管理系统"不断扩充和完善。这套系统不仅是出版社管理工作的必需手段,更是数字出版的基础条件。我们往往重在出版物产品的数字化形式,期望在网上建平台,但遇到后续乏力的现象。其实,在编辑、出版、印制、文档管理、营销手段以及出版流程管理上,都必须进行数字化的工作。通过长期运行"南强出版管理系统",厦大社在这方面的工作有了坚实的基础。社里的书稿文档、编校文档、三审文档、封面设计文档、销售记录、财务资料甚至作者文档,都可以很方便地查询、比较研究,这些基础工作的扎实推进对数字出版工作也会起到至关重要的作用。"南强出版管理系统"正以其优势受到越来越多出版社的青睐。

打造强壮的"小舢板"[*]

——再谈"独体社"发展之道(《出版广角》记者访谈)

编者按:本刊 2012 年第 5 期推出的"独体社"专题受到了业内的广泛好评,很多读者给我们来信,表示专题中提出的问题和经验值得借鉴和思考,并希望就此话题进行延续性的探讨。为此,本期我们请来中国妇女出版社杨光辉社长和厦门大学出版社蒋东明社长,继续聊一聊"独体社"的话题。

记者:首先非常感谢两位社长在百忙之中接受我们的访问。我们知道,部委社和大学社在我国出版体系中占据着相当重要的地位,然而,近年来政府相关部门似乎对出版集团之外 200 多家"独体社"的发展缺乏"实质性"的指导。当然,如今这些"独体社"的情况也千差万别,强的完全有实力和某些出版传媒集团单挑,差的时时在生死线上受煎熬。所以,尽管政府相关部门一时还未就"独体社"的未来发展给出明确的定位,但"独体社"必须有自己的应对招式。在此,我们请两位社长谈谈对"独体社"未来发展的一些想法。

......

蒋东明:《出版广角》开展的关于"独体社"的讨论很有现实意义。关于在集团化、数字化的背景下,我国中小型出版社在出版产业的作用、发展的道路和面临的困境,不少业内专家都给出了他们的想法,很有启发性。归为"独体社"第一类的就是大学出版社,这是因为 100 多家大学社基本上都游离于出版集团之外,因此大学出版社更关心"独体社"未来的命运。

厦门大学出版社在福建省不仅是"独体",而且"孤单"。因为福建海峡出版发行集团几乎囊括了福建所有出版社,只有厦门大学出版社置身其外,又只身地处厦门(其他出版社均在省会福州)。但对于"独体社"的未来,我们还是充满信心。

---

[*] 本文原载《出版广角》2012 年第 8 期。

记者：当前 200 多家"独体社"的情况也很不一样，两极分化很厉害，少数几家大社实力不亚于"出版集团"。发挥各自优势，走"专、精、特"之路，也是目前世界出版的常见格局。就你们自身而言，在出版集团化背景下，竞争的最大难题和优势在哪里？

……

蒋东明：大学出版社作为"小舢板"，是由她的许多属性所决定的。规模小并不一定做不了大事，关键是我们不要只以码洋和利润来衡量她的优劣。

首先，走专业化和特色化道路已成为大学出版社的基本共识。这是中小出版社在充分市场竞争环境下立足的根本，更是大学出版社自身的优势所在。大学出版社最有可能依托高校的学科优势，形成自己的出版特色，这是别的出版社所无法取代的。

其次，大学出版社的出版人才与大学的教学科研队伍水乳交融，紧密相连。厦门大学出版社编辑队伍的专业特长，基本上涵盖了本校的优势学科。我们社还聘请一些本校的知名教授到出版社兼职，这使得我们出版的目标能密切追踪学科的最新动态。在新的形势下，我们还要改变观念，扩大出版社的原有专业功能，与学校期刊、图书馆进行更有效的实质性合作，甚至于利用孔子学院南方基地、网络学院等进行数字出版合作。在大学这块沃土上，大学出版社是大有可为的。

再次，中小型出版社组织精干，协调性更好。出版社应对市场或服务读者方面，时机是非常重要的。没有长时间的扯皮，没有冗长的出版程序，决策的效率往往决定了效益。这就是"小舢板"的灵活优势。

记者：在"独体社"的生存路径和盈利模式探索上，请两位社长跟我们一起分享成功的经验和做法。

……

蒋东明：古今中外，从事出版业的人都要有点理想主义色彩。这是因为世人所应具备的崇高的人生价值观和科学精神，都是从出版物中一点一点吸取的。因此，这个行业的人永远都要担负着对读者正面教育的责任。数字技术和互联网技术的飞速发展，使得人们接受知识的信息泥沙俱下。但互联网的各种博文，充其量只能作为"发表"的一家之言，而不是所谓的出版。出版的这种特性，使得从事这项工作的人，任何时候都不能只把经济利益挂在前面。对专业出版的追求,需要的唯有坚守,选择专注、长时间努力,才有可能独创特色,形成优势。我常说,所谓做大做强,就是在某一领域,你的产品最全、最精、最深。这点虽然说得容易,实践起来却很难,但对于目前的大学出版社,都正走在这条路上,并已尝到甜头,个中的甘苦冷暖,已然相知。

我接触过许多港台出版商,特别是最近到英国伦敦参加书展,与一些海外出版机构做交流。他们对于出版业的理想主义追求,对于如何尽力满足读者的需求,对于出版走专业化和特色化的道路,几乎都有近似的看法。当我们在不遗余力地扩充规模、强扭入伙、打造集团时,我们是否认真思考过出版的自身发展规律?

记者:联盟或集团化,会不会成为"独体社"未来发展的一种可能?

……

蒋东明:优秀图书可以没有高深和大众之分,但却有编辑和作者水平之别。《读者》是一本定价只有4元的杂志,但它却吸引千万读者,影响几代人的心灵,《读者》杂志的编辑是很了不起的。对于众多的出版社,无论是庞大的集团,还是寥寥几人的小社,最重要的人才都是富有激情、拥有品位、甘为作嫁、踏实前行的出版人。即使出版集团再庞大,一本书的产生也是由少数几位编辑策划出来的。

说到底,出版业是智力密集型的产业。业内人士都知道,投资巨大、装帧考究、皇皇巨册的图书,大都是用来撑门面、赶评奖或不差钱的形象工程。书在市场上之所以为读者所喜爱,是因为埋藏在书里的思想光芒和艺术魅力。读者对于出版物,他们只选择自己喜欢的作品,而不太注重出版社的大小。从这个意义上来说,资本雄厚和规模庞大并不是产生优秀出版物的第一要素,而是出版者的眼光和品位。

记者:感谢两位社长与我们分享以上观点和宝贵经验。正如两位社长所言,不少"独体社"发展后劲很足,尽管当前有些政策还不明朗,但依然不乏中流击水各领风骚者,这使得我们对未来充满信心。再次感谢两位社长。

守住理想　耐住寂寞[*]

目前,全国大学出版社基本完成改制工作,同时,不少大学出版社也都进入"而立之年"。改制,使得主办学校对出版社工作更加重视,聚集了更多的出版资源;而进入"而立之年",意味着大学出版社度过草创时期的懵懂和无奈,更有能力考虑自己的发展前景。

总体来说,经过 50 年的发展,大学出版社已有了基本的共识,就是大学出版社应以学术出版为根本,发挥学术出版方面的优势。要生存下去,经济效益必不可少,但大学出版社应始终把自己的生存方式寄托在学术出版上。尽管出版的市场变化莫测,但出版比拼的还是专业化。英国剑桥大学出版社,这个在世界学术出版居于领先地位的出版社,其理念就是"以商业形式配合她至高无上的目标"。我国目前的学术出版规模巨大,学术出版工程量剧增,国家对学术出版的扶持力度不断加大,学者与出版者对学术出版的热情持续增长。但学术著作的整体水平不高、精品不多,出版者的挖掘整合工作仍很繁重,学术出版的空间和机遇还很大。

大学出版社对母体大学的依存度很高。应该说,通过改制,主办学校对出版社的要求更加明确,更加重视。最近召开的厦门大学第十次党代会报告中,对学校出版单位提出明确的要求:"加强期刊、出版等高水平学术载体建设,着力提升学术影响力。"这一要求明确了出版社是学术载体,今后的任务就是继续不断地提升出版物的学术影响力。同时,由于改制而成立的董事会,将学校的许多部门资源整合进来,为出版社发展提供了机遇。

也有部分主办学校提高了对出版社的利润上缴要求,使得出版社经济压力增大;有的出版社引入行业外资本,扩充自己的主营业务,如涉足房地产、教育培训或其他文化产业;也有的出版社自我扩展,加大在异地办工作

---

*　本文原载《出版人》2013 年第 10 期。

室、分社的步伐。在数字出版方面,各社虽然一直非常重视,但仍然苦于"盈利模式"的欠缺而只能徘徊。对于众多游离于大型出版集团之外的大学出版社,前面的路怎么走还在摸索中。但我认为,坚守住大学出版社的理想和信念,耐住寂寞,静下心来,认真做好学术出版的工作,这才是大学出版社生存发展的有效途径。

弘扬传统文化是出版人的重要使命[＊]

　　国之盛衰,关乎教育;教育成败,出版尤重。综观我们的教育,我们宁可从小学就开始进行英语教育,却很少对我们的未来进行中国古典文化启蒙。图书市场里孩子们读的大多是哈利·波特、机器猫、蜡笔小新等国外读物,却鲜有传统中国文化的清新隽永的作品。应试英语的图书大行其道,就是因为从小学、中学、大学一直到参加工作评职称,英语的考试始终是不可缺少的,人生的每一次跃迁,必定与英语考试联系在一起。学生在学校要花大量的时间去读外语、去考四六级英语,而一篇简单的汉语文章却可能错误百出;电脑高手比比皆是,但会写一手好字的学生则少得可怜。

　　我们对西方文化的态度,一直坚持"取其精华,弃其糟粕"的原则。改革开放以来,国门打开,我们在吸收西方先进文明,推动前进的同时,也感到在当今社会,对西方文化的追求已经达到盲目的病态程度。在我们的传统经典受到西方文化强大冲击的今天,许多有识之士强烈地意识到,我们对传统文化的教育已经失去太多了。一个没有传统文明的民族,是一个不完美的民族;而有了传统文明却不知珍惜的民族,则是一个可悲的民族。

　　温家宝总理有着深厚的传统文化修养,他在履新的首场记者招待会上曾经说过:"在我当选以后,我心里总默念着林则徐的两句诗:'苟利国家生死以,岂因祸福避趋之。'这就是我今后的工作态度。"在谈到农业问题时,总理引用《大学》中一句话:"'生财有道,生之者众,食之者寡,为之者疾,用之者舒。'现在在农村倒过来了,食之者众,生之者寡。"在出席香港与内地CEPA协议签字仪式后,他的演讲又以晚清外交家黄遵宪的七言诗为开场白:"寸寸河山寸寸金,侉离分裂力谁任? 杜鹃再拜忧天泪,精卫无穷填海心。"在与香港各界人员抗击"非典"的聚会上,温总理又引用《礼记》中的一

　　＊　本文原载《编辑之友》2005 年第 3 期。

句话来勉励大家："上不忧天,下不忧人。"在一次中秋节聚会上,温总理要求当领导的要心里想着群众,倾听群众呼声时,动情地引用唐代诗人白居易的两句诗："心中为念农桑苦,耳里如闻饥冻声。"

可以这么说,温总理的每一次援引传统经典,言简意赅,爱之深沉,都在老百姓心中掀起一阵温情的波澜和久远的感动。从另一种意义上说,温总理无疑给我们维护传统文明以强大的支持。看到许多年轻人热衷于西方的"情人节",人大代表就提出要将"七七牛郎织女相会"作为中国的"情人节",将中国的传统节日如"元宵节"、"清明节"、"中秋节"、"端午节"等列入公民的节假日。传承传统的文明是需要载体,这些提案能否实施自然要等待论证,但这种对传统文明的关注却值得肯定。

对于从事出版工作的出版人,我们应抓住这个机遇,以历史的使命感和责任感,研究在 21 世纪的信息时代,我们要如何引导青年读者认识并热爱我们的传统文化。首先,我们应认识到,有五千年文明史的中国传统文化,是光辉灿烂的,是值得骄傲与自豪的。中国汉语的博大精深是他国文字所不能及的,我们时常津津乐道于这样一个事实,在联合国的几种官方文字翻译的文件资料里,汉文版是最薄的译本。殊不知,我们先人的千古绝唱《史记》,只有那么一本,却记载了三皇五帝到汉朝的历史。优秀的汉语读物其根源在中国的传统文化里,人文教育的思想基础也在传统文化里。我们的出版物常常拿历代英雄人物教育我们的孩子,我们更应告诉他们,这些英雄当年读了什么书,他们的成长源头在那里。

只有民族性的,才具有世界性。温总理在美国哈佛大学所作的题为"把目光投向中国"的演讲中,他引述宋代哲学家张载"为天地立心,为生民立命,为往圣断绝学,为万世太平"一言来表达中国的文明姿态。最近,我接触了两位"老外",一位美国人,在厦大管理学院教管理学;另一位韩国人,在厦大艺术学院教书法,他们均是我们社的作者。美国人写《魅力厦门》,把厦门的风土人情写得具体入微,让我们这些土生土长的厦门人汗颜不已。而这位韩国人写《中国古典书法理论》,则让我大开眼界,他的中国书法也有很深的造诣。他们两位的共同点就是对中国的传统文化十分热爱。在世界上许多国家,喜欢中国传统文化的人越来越多。中华民族要屹立于世界,不仅要有经济的腾飞,还要有文化的跨越,综合国力的竞争一个很重要的方面是她的文化力。对我们自己的传统文化，也存在着"取其精华，弃其糟粕"的问题。出版工作者的任务，就是如何扬弃的问题。要积极组织出版那些体现优秀传统文化的出版物，他们是我们民族宝贵的精神财富，同时也是全人类共同的精神财富。

西方的先进文化，只有在我们自己的文化土壤里加以吸收，才能为我所用，才不会水土不服。人类进入 21 世纪，信息化技术的飞速发展，互联网的广泛使用，国门的打开，使得地球上的人类正在迅速地缩短沟通的距离。然而，各民族的文化背景依然在很大程度上影响着人们的人文习惯、性格、气质甚至是世界观和思维方式，如对待家庭、婚姻、上下级、情欲乃至政治、民主、权利等。我们出版物的导向，就应该建立在培养中华民族成为"人文与科技交融"的文明新人的基础上。

对传统的经典文化的教育和灌输正在兴起，我国各地的少儿读经活动雨后春笋般地开展，课堂里又闻朗朗的读经声，这些活动深得学生和家长的欢迎。近年来，厦门大学出版社与台湾读经推广者王财贵先生联手推出《儿童中华文化导读》（包括《学庸论语》、《老子庄子选》、《孟子》、《诗经》、《易经》等共 12 种），并进行一系列的读经推广活动，得到了很好的效果，在市场上有不错的销售业绩。

我们的传统经典读本中的精华，是我们的先人留下来的宝贵财富，断代和失传只能让我们成为历史的罪人。这是一个需要文化沟通的时代，更是一个需要文化传承的时代。作为出版工作者，我们有责任来弘扬中国的传统文化，并把它付诸我们的工作中去，成为我们的文化自觉。

出版失信"败血症"要根治[*]

日新月异的中国,在飞速发展的同时,笔者感到与发达国家最大的差距,不是城市的高楼彩灯,不是现代化的公路桥梁,而是深存于人们内心的诚信守则。笔者在日本访问时,曾问东贩公司的工作人员:"你们怎样对付盗版图书?"想不到他们几位竟面面相觑,彼此咕噜了半天才说:"我们日本没有'盗版书'。"确实,我们了解到在日本很少有盗版现象。在美国访问时,我亲眼见证了被国人羡慕的夜晚无人,街头红灯闪亮,车辆自觉停驶的那一幕。其实,我还看到了国外许多比这更动人的诚信举动,如公园门前随意停放婴儿车从不丢失,单人驾车从不驶入快车道等。反观我国,近些年来,虚假广告、逃废债务、偷税骗税、造假贩假等失信现象愈演愈烈,市场秩序受到严重干扰,交易成本不断放大。据报道,我国每年因逃废债务的直接损失达1800亿元,因造假贩假造成的损失至少2000亿元。显然,企业失信的问题已经成为中国市场经济的"败血症"。

反映在出版界,"败血症"的表现则是虚假信息和被归纳为"偷梁换柱"、"超级克隆"、"似是而非"、"无中生有"的"伪书"现象(见《中华读书报》2005年3月2日)正大行其道。只要有利可图,一些出版社便假冒知名作家出版伪作粉墨上市。这使出版行业遭遇到严重的诚信危机,影响了社会公众对精神文明产品生产保持纯洁性的期待。邬书林副署长对此严词痛斥,说文化产品造假是最大的腐败!这是欺诈!是奸商行为!对出版行业出现的这种诚信缺失现象,我们必须加以制止,为此笔者不妨开出两剂药方。

其一,出版应成为建立诚信社会环境的模范。我国正处在社会转型期,在目不暇接的体制转型中,巨大的利益诱惑催化急功近利的浮躁心态,对金钱的追逐抑制了人们道德责任感的生长。信念扭曲、价值错位,使本应该受

---

* 本文原载《出版发行研究》2005 年第 5 期。

到尊重的遵纪守法、诚实守信等美德被人们认为"不开窍"，"劣币驱逐良币"的现象大行其道。见惯不惊之下，社会对失信的容忍度也为之大增。出版社身处这一经济大环境，自然无法置身其外，笔者在工作中就曾因对"买卖书号，一号多书"不予合作被有些人视为"思想不解放，别人不都是这样做，为什么你们却不敢"。

市场经济是人类文明的一种历史形式，因此必定有其特定的社会道德基础。市场秩序的建立同样应当包括道德秩序的建立，这一秩序的基础就是诚信原则。作为从事精神文明产品生产的出版工作者，应该也必须保持出版环境的纯洁性，应该也有条件成为全社会各个行业讲诚信的模范。我们应充分利用媒体宣传和舆论监督的手段，利用行业自律的引导作用，在市场竞争中形成诚信的社会道德和伦理规范，并在全社会建立诚信的良好社会环境。

出版应依法管理，保证竞争的公平性。诚信缺失，大量表现在道德层面，但许多问题也上升到法律层面，只有依法整治才能遏制。依法惩治本是治理的重要手段，但在现实中，我国又是一个浓厚人治传统的国家，情大于法、权大于法的观念占据许多人的头脑。司法活动常常受到各方面的干扰，有法不依、执法不严的问题在多重失范因素的促成下变得愈来愈严重。比如因受地方利益、部门利益、司法机关自身的利益的影响，使得原本应人人喊打的图书盗版现象，成为出版社"孤军捉贼"，头疼不已的棘手问题。

市场经济秩序的建立，既依赖于内在的竞争规则，又离不开国家和法律等外部力量的调控干预。要维护社会公正和社会利益，就要纠正市场活动本身局限性所产生的偏差，在全社会道德意识和国家法律基础上，建立行业自身的"游戏规则"，保障竞争的公正性。把强化行政管理、行业自律同法律规范结合起来，严格执法，才能有效遏制出版行业诸如"伪书"的失信行为。

其二，建立出版的诚信环境在于规范各种经济制度。诚信缺失基于无序的利益选择，而利益关系又是经济关系。规范各种经济关系的经济制度是对利益选择的根本性约束。但恰恰在这样一个问题上，我国的诚信体系硬伤凸现。在产权制度方面，有效的产权制度能提供稳定的预期并实现经济后果的内部化，从而引导企业基于长远利益而尊崇信用。但我国的产权制度存在许多缺陷，比如我国的出版社均是被宪法视为"神圣不可侵犯"的公有财产,但有时却成了"看守者"最好吃的"唐僧肉"。个别经营者"捞一把是一把"的行为使之视诚信为草芥,企业的失信缺乏产权的约束力。在业绩标准方面,许多主管部门衡量出版社的领导人业绩好坏,不是注重其对出版社长远发展的贡献,主要看任期内能赚多少钱,码洋能涨多少。这种短视行为使得他们为了任期内的"业绩",便不惜以出版社的诚信为赌注,玩起了"伪书"、"蒙钱"的把戏。在信用管理方面,有效的信用管理体系是市场经济运行的基础条件,它能通过对失信者的惩罚改善交易双方的信息不对称。我国的信用管理体系不健全,对企业失信缺乏有效的惩罚,企业的失信行为由此泛滥成灾。如出版社最为头疼的书店不按时结账、无理退货,无道理可讲,无条件约束,无信用可言,订单合约只是一纸空文。

产权制度、经理人制度和信用制度的改革,实际上正是我国改革的重点和难点。"伪书"的出现,大的时空背景是社会的转型,小的范围则依附于出版行业转轨过程。这些问题的产生,恰恰说明出版体制改革的必要性和艰巨性。国家对产权制度改革的思路,就是要将所有权和经营权分离,这是目前改革试点的主要问题。但这个改革不是孤立的,它牵涉到上述提出的社会环境、法律环境、政府职能转变以及信用体系,特别是人们的观念转变问题。我们呼唤诚信的出版环境,我们努力营造诚信的出版环境,要达到这一目标,只有不断地发展,通过积极的改革才能实现。

出版专业分工:从行政约束到主动追求[*]

　　我国大陆出版单位实行专业分工的行政约束由来已久。早在新中国成立之初,新中国出版界领导人就提出,出版部门应"各专一类"的设想。1950年,政务院发布的《政务院关于改进和发展全国出版事业的指示》中明确规定:"为了便于提高出版物的质量,专营出版工作的出版社,首先是公营出版社,应当按出版物的性质而逐步实行大致的分工……以克服出版工作中的盲目竞争和重复浪费现象。"1983年,中共中央、国务院颁发的《关于加强出版工作的决定》要求:"抓好各类出版单位的合理分工和统筹安排的工作。""不同性质的出版社,要按照各自的分工和特点,确定出书范围。"1997年,国家将解决超专业分工范围出书列为出版业治散、治滥的重要内容之一,也曾处罚过一些超分工范围出书且情节严重的出版单位。即使在全国出版单位完成体制改革后的今天,出版社在年检、营业执照的经营范围确定、选题申报中,基本上也还是执行了这一规定。

　　我曾接待了台湾地区"行政院政府出版品管理处"的几名官员。交谈中,我介绍了大陆出版社的专业分工特点,不料,台湾客人对此十分感兴趣,并就此做了深入的交流。我们知道,在海外,出版社出书没有选题申报、专业分工这一做法。一般的商业出版社完全根据市场需求自我调节,而有些大学、社会团体或财团所办的出版社,在保证充裕的资金前提下,会专心做某一专业的出版物。对于大陆出版社的专业分工政策,台湾客人虽不是首次听说,但经过双方系统地交流后,他们还是对这一举措的积极作用产生极大的兴趣。

　　60多年来,我国在出版管理中所形成的独具中国特色的出版专业分工,因其实施过程中时而强制约束,时而淡出放任,使得出版专业分工一直

---

　　[*]　本文原载《现代出版》2013年第6期。

成为众说纷纭的话题。

一、专业分工成为主动追求是一个不可逾越的认知过程

从渊源上看,专业分工是计划经济体制下的产物。我国现有的出版社,一大批是近 30 年来建立的,是按照某一部门、某一学科领域的需要创办的。许多新诞生的出版社原本只是综合出版社中的一个专业编辑室,而 100 多家大学出版社,更是以母体大学的学科特色而划定出版范围。这些出版社成立之初,恰好都是处在市场经济大潮来临之际,他们大多仅从主办单位获得少许的开办费后,面临的问题就是如何应对市场竞争,如何养活自己,如何生存下去。毋庸置疑,我国的出版单位在成立之初,都有自己的专业理想,但"先有饭吃"成了每个幼小出版社当家人的首要选择,所以"找米下锅","捡到篮子都是菜","广种薄收"的现象是再自然不过的了。此时,所谓坚持特色、品牌建设的设想,都只能让位于来钱快的选题。笔者也亲身经历了出版社初创阶段的艰难,那种缺钱的窘境,内心的挣扎,是旁人很难体会的。此时要求出版社坚持"专业分工",对许多出版社而言,是"饱汉不知饿汉饥"的叫喊。为了生存,他们是一定要想尽办法打"擦边球",千方百计逾越红线。

专业分工是社会化大生产的必然结果。但是,作为社会主义市场经济条件下出版体制的专业分工,必须是社会主义出版事业发展的必然结果,必须适应社会主义市场经济的基本要求,必须符合出版规律。按照专业分工的一般规律,专业分工是生产力高度发展和竞争日益激化的必然结果。从中外出版史来看,在发展和竞争的双重车轮的驱使下走向专业分工,是出版专业分工形成的一般途径。而我国现行的出版专业分工的形成则与此不同,我国的出版专业分工是与新中国出版框架的建立同时建立的,并随着新中国出版框架的扩大同步扩大。也就是说,我国实行的出版社专业分工并不是在社会主义出版事业高度发展之后,以竞争为杠杆逐步实现的,而是与生俱来的。由于这种强制性的专业分工约束,不是在市场高度竞争中自我分化中实现的,而是在出版社成立之始就划定框架,给人感觉以专业分工的约束只是为了管理上的方便,客观上给专业分工的实施带来极大的阻力。

经过 30 来年的有序或无序的竞争,我国各出版业都不同程度获得发展,取得了辉煌的成就。在有一定经济能力的基础上,出版人也在不停地探索并基本达成共识,即出版社的发展之路应按专业化的方向,建立了一支有自己专业优势的编辑队伍,培养和吸引了一批有关专业的作者队伍,从而逐步形成了自己的出书特色。坚持专业化办社方针,把出版社办得更有特色和权威,应该是繁荣出版的有效途径,是中国出版业的主要成长之路。我认为,出版社从被动地受专业分工的约束,到主动追求走专业化发展道路,是一个不可逾越的认知过程,符合出版发展的客观规律。如果说早年专业分工是行政管理形成的,今天的这种"专业分工"则是出版社在市场竞争中自己的主动追求,是市场竞争的需要。但值得一提的是,在这一转变过程中,出版人的责任意识和使命感起到关键作用。

二、出版社要想脱颖而出,就必须坚持走专业化的发展道路

纵观我国出版专业分工形成的历史与客观条件,我们可以看出,出版社专业分工的行政约束,虽然有先天不足之处,但却是我国出版工作实行宏观管理的一项行之有效的重要制度,也是具有中国特色社会主义出版事业的特征之一。出版是专业性很强的行业,尤其是读者在面对海量信息时不知所措,编辑能给他们提供相对准确、科学,具有传播价值的信息,这就是出版的价值。因为其专业才使之具有生命力,才不为其他行业能够轻易取代。越是相对专业的出版机构,越能吸引大众眼球,越能获得更多的效益。

近几年,随着出版业改革的深入,特别是鼓励出版社实行兼并、联营、合资、重组以后,虽然未见明文废止专业分工,但在各出版社心中都觉得,只要图书内容不出问题,好像出什么书不再会受到限制。对于这种变化,有人叫好,也有人担忧。叫好者认为,谁掌握出版资源,谁就可以出版;而担忧者觉得,各人不种好"自留地",老是盯着别人家的好庄稼,市场迟早会乱套。CCTV"新闻联播"曾报道,某省出版集团改制后取得丰硕成果,打破专业分工界限,原先的专业少儿社现在亦可经营青年读物,改变伊始就一炮打响,推出的首本青春小说就成了畅销书。有的出版社改制后,开始经营房地产、金融、教育培训或艺术品等其他领域,看到这儿不禁感慨良多。

　　我以为，围绕主业谋发展，不过多涉足自己不熟悉的行业，应是企业经营的普遍规律，也是出版行业的普遍共识。房地产、金融行业虽然看上去很美，但凡是相对成熟的行业，都有一大批经验丰富的专业人士在那里开拓逐利，外行进入，往往成为行家的垫脚石。对于中国这样一个年出新书量达到40多万种的出版大国，没有专业优势和出版特色，是很难在市场上立足的，也不可能经营好自己的团队。出版社要形成专业优势是一项长期的系统工程，他要根据自身的资源条件、人才实力和高效管理所合成的经营优势，在总体上或特定领域中，特质明显，信誉优良，产品竞争力强，市场占有率高。正因为发挥出自己特有的优势，注重优势积累而形成特色，从而转化成在公众中可信赖的出版品牌。目前，虽然专业分工有所淡出，但并不表明出版社出书就可以不要章法了。那种见什么书畅销，就一窝蜂都跟风去抢出同类书的做法，不仅短视，而且绝非都能尝到甜头。那种拾人牙慧，或盲目涉猎自己不熟悉的行业，将终因非己所长而难有持久后劲。作为有追求的出版社，为长久生存计，还是要努力营造和积累自己的出版特色，要突出个性化，在自己所长之处用足优势，形成你无我有，你弱我强，有了这样的特色，才能立于不败之地。我一直以为，对于大多数中小型出版社，所谓"做大做强"，就是在某个专业领域，你的产品最齐全、最权威、最有影响力。厦门大学出版社长期以来在台湾问题研究、南洋问题研究等优势学科不断耕耘，形成了品牌产品，得到学界的认可，对此我们是深有体会。我国众多发展成熟的出版社，在这方面都有太多的实例，值得我们研究和学习。

　　透过出版专业分工的发展历史分析，我们再来关注目前数字出版的风起云涌之现象，可以断定，在数字出版发展的前期，千军万马竞相厮杀，互相倾轧的乱象，虽是可以理解的，但却是不能长久的。数字出版要得到健康发展，一定会呼唤其产业链的专业化分工。如有专家呼吁，电子书不要求"高大全"，把过多内容放进去，"交互性适当就好"，这就是对专业化的要求。对于期望发展数字出版的有识之士来说，寻找自己的专业定位，尤其是利用传统出版社的专业优势来发展数字出版，应该是一条可取的发展之路。

著作权法与编辑的职能[*]

编辑在出版活动中的诸多职能常常涉及著作权问题，甚至可以说编辑工作行为直接影响到著作权法的具体实施。在我国著作权法日益深入实施，保护知识产权的自觉性不断提高的今天，不仅著作权人需要用著作权法来保护自己，编辑人员更应熟悉和掌握这项法律，以其规范自己的行为，并渗入到自己的各项职能中去。

权利与义务——编辑的组稿职能

编辑的重要职能是组织、策划选题。面对着不尽相同的作者，面对着不断发现的新选题，编辑人员的组稿取向与操作要素离不开著作权法。

根据著作权法，著作权人对自己的作品享有精神权益和经济权益，著作权人合法的创作成果得到法律保护。编辑在组稿过程中，应明确作者和出版者双方的权利和义务。作者享有作品的发表权、署名权、修改权、保持作品完整权和使用权，以及因出版社使用其作品而取得报酬的权利。同时，作者也有义务对出版者作出保证，其内容主要有三点：（1）保证自己是某作品的合法著作权人，即保证自己的权利主体合法；（2）保证授予出版社专有出版权的作品是自己创作的，没有剽窃、抄袭等侵权行为；（3）如有侵权行为，由作者负全部责任并赔偿由此给出版社造成的损失。作者与出版社双方都必须以著作权法来规范自己的行为。编辑在组稿过程中，应从尊重和维护作者的权益出发，在平等的基础上，在充分协商、双方自愿的原则下，明确各自的出版条件；在作品的质量要求、使用方式、范围、期间、付酬标准和方法、违约责任等方面作出明确的规定，并以合同的形式确定下来。编辑在组稿

＊ 本文原载《大学出版》1995 年第 4 期。

过程中,同时应注意到作品的著作权人的身份是否明确、真实,其作品是否属著作权人智力劳动成果。

还可能出现一些意料不到的情况,因此还需提出一些双方需要约定的其他内容,主要应考虑以下几点:(1)著作权人行使著作权时,不得违反宪法和法律;(2)著作权人对自己的作品应作出不侵犯他人权利的允诺和担保;(3)著作权人应确保出版者按合同规定享有专有出版权。编辑在组稿中,应杜绝侵犯作者著作权的行为。以出版者的有利地位强加于作者,分享署名权、索要报酬、故意刁难,甚至于抄袭作者的作品内容为己所用,都是为职业道德和法律所不容的。

情与法——编辑的中介职能

编辑处在作者与读者之间,编辑对作者作品的出版起着"催生"的作用。因此,编辑的另一职能——中介职能对作品的出版功不可没。一般地说,作者对本专业的内容有相当研究,但对出版业则可能完全是门外汉,对于图书出版的各种要求可能完全陌生。因此,编辑的中介职能正可弥补这一不足,使作品得以顺利出版。编辑与作者这种职业关系所带来的情感,其基础应建立在高尚的道德基础上,建立在著作权法律的规范之上。由于编辑的工作,使作者的著作权得以真正的实现,使他原来对作品潜在的出版权、获酬权等有了成为现实的可能。作者对编辑的辛勤劳动一般都怀有感激之情,这时,作为编辑更要注意维护作者所应得的权利,把自己的工作放在一个恰当的位置。要明白自己的工作是一种职业所应尽的责任,自己的行为代表着出版社的形象,任何超越著作权法的行为都有损法律的尊严,也损坏了自己的人格。编辑与作者建立良好的关系,对履行合同也会起到很好的作用。尤其在当前出书难的情况下,编辑通过自己满腔热情的服务,一定程度上也会缓解各种可能发生的矛盾,使双方都在良好的氛围中达成共识,这正是著作权法所要达到的最终目的。

尊重与取舍——编辑的加工职能

编辑的加工职能应包括两个方面，一方面指组稿中或在作品初审中对作者的写作意图提出自己的编辑设想，分析稿件的主题和结构，使作者不仅能按自己对某一事物、某一学科的认识和研究进行写作，并能按照社会需求、出版的要求（如某些丛书的总体要求）来写作。这就将编辑的意见化为作者的行动。另一方面，主要是指对决定采用的稿件进行框架的调整、提炼与补充、文字的润饰、版式的设计、装帧的设想以及书评等。在这一系列工作过程中，编辑的加工职能仍应体现著作权法的精神，即尊重作者的精神权益。除了明显的笔误或合同约定之外，重大的修改都应尽可能地尊重作者的意见。加工过程似应注意这几方面：（1）没有把握的不改；可改可不改的不改；对作者言之有理且持之有据的观点、见解不改。（2）不能包办修改，重大的问题最好由作者自己修改或取得作者的授权。（3）最优化原则，即改后的文字观点要与原作风格大体相近，前后不矛盾，内容与文字要比原稿更出色。合理的加工是编辑的职责，但尊重作者却是编辑的工作准则。将两者很好地结合起来，正是编辑所要做到的。

编辑加工，其性质是对社会文化的加工。编辑的好意见为作者采纳，编辑输出了智能，并融于著作中，但却未留下任何痕迹。作为编辑，应自觉地摆正自己非主流的从属地位。编辑的工作离不开稿件，没有稿件，就没有编辑的生花妙笔。因此，既不能淡化编辑的职能作用，又不能过于夸大编辑的职能作用。

编辑是干什么的呢[*]

——谈编辑工作的加工性和创造性

三百六十行里,编辑肯定是不可缺少的一行。可经常有人问:编辑究竟是干什么的? 这个问题确实一言难尽。有人赞美编辑工作是"为他人作嫁衣裳""水泥柱里的钢筋,光使劲,不露面""把自己的心血藏到别人的成绩里去"。但也有另一说:"编辑是自己写不了书而又不让别人写书的人。"

以编辑为业的人,分布在许多不同的领域里,如出版社、杂志社、报社、广播电台、电视台、电影制片厂里都有编辑。对于从事图书出版的编辑人员来说,编辑工作是出版物由书稿直至投入印制生产之前,一系列工序中作用于作品本身的一种精神劳动,这过程包括规划、选题、组稿、加工、审校等。一般地说,编辑在这过程中并不独立地创造新的精神产品,从这个意义上说,编辑工作的确是一种加工性的劳动。一部新书与读者见面,是将作者的思想传播到社会,是要提供给人们可靠、健康的知识。不少人用"书上是这么讲的"来修正自己的认识,影响自己的理想、事业乃至生活的许多方面,显然,印在纸上的文字对人们来说是一种有生命的、神圣的东西。应该说,编辑是书稿的最后把关人,其审读、改稿、编排、加工、润色、校对等劳动是作者劳动的继续和补充,起到提高图书质量的作用。我曾经在书稿中读过这样一段话"西安事变后,党内许多人力主杀蒋介石。毛主席则主张……"在这句话中,作者将蒋介石后的句号只是顺手一点,成了顿号,这样一来,整个意思就大不一样了。如果不是编辑发现,就要酿成大错。又如我编一部汉英对照手册,由于内容上的需要,作者用了(一)(二)(三),(1)(2)(3),……①②③等来表示不同类词条的区别。编辑中,我利用不同字号及缩格处理,使不同类词条的区别一目了然,版式也清楚得多,作者很满意,感到编辑加工很重要,编辑工作确实很不一般。

---

[*] 本文原载《福建出版》1992 年第 3 期。

　　然而，编辑事实上不仅是精神产品被动、消极的检查者，编辑还是一部书稿的组织者、设计者和评论者。从他的工作中可以发现人才、发现新思想，以此来达到最广泛传播知识的目的。对于编辑来说，他周围的每件事都可能引起其组稿的欲望，脑海里应经常出现"这个选题怎么样"的念头。他在思考问题和预测未来方面应独具职业的敏感性，能注意那些不被人们注意的微小细节。现代编辑活动的过程起于获取与出版相关的社会文化信息，终于读者的信息反馈。每个出版社都有自己的出书特色，这种特色就是编辑思想的表现。编辑从组稿开始，就是在对图书生产进行宏观和微观的规划设计，对书稿进行鉴别，发现选择作者创作的精神产品。一旦确定书稿，又要对原稿作文字上的加工润色，为图书写作序跋索引等辅文，设计图书的外观形式等，因此，在图书的出版过程中，编辑活动具有规划设计和选择加工等多种功能，具有直接创造和间接创造的双重性质，从这个意义上说，编辑工作又具有创造性。

　　编辑工作的这种加工性和创造性，要求编辑具备广博而又扎实的知识，成为视野开阔、思维敏捷、活动能力强的社会活动家。编辑工作又是一种常新的工作，因为每处理一部新的书稿，编辑往往会遇到新的思想，新的问题，其所处理的每一本新书都是一个崭新的实体。对编辑来说，最大的喜悦莫过于从作者手里接过的一大沓书稿，通过自己的劳动编印成图书并输送给读者。

　　编辑的加工性劳动是一项艰苦细致的工作，要吃苦，有时还得受气，又不能出名。有时搜索枯肠而得出绝妙构思或隽词妙语，但全得挂在作者名下，因此编辑需要心地善良和无私。同时，编辑的创造性劳动又需要心智的敏捷，思路的开阔，这两者也许很难铢两悉称地结合在一起，然而称职的编辑就应该这两者兼而有之。

滕王阁前话出版[*]

——对出版工作的一点感悟

近日,曾到南昌,特参观滕王阁。建于唐代的滕王阁有一千三百多年的历史,在这漫长的岁月里,被屡毁屡建。如今的滕王阁是近年重新修建的,就其建筑的规模和风格,并没有太多的特别之处,使滕王阁扬名天下的是唐代天才少年王勃的一首即席之作《滕王阁序》,代代相传的是"落霞与孤鹜齐飞,秋水共长天一色"这一脍炙人口的千古佳句。后因毛泽东手书,更成为滕王阁最值得荣耀、最吸引人的金字招牌。

徜徉在这被称为"瑰丽绝诗"的"西江第一阁"前,作为出版人,我仿佛领悟到出版工作的真谛……

《滕王阁序》能流传久远,是因为她的字里行间携带的豪迈诗意和厚重的历史积淀,是中华民族文化的魅力所在,她早已飞跃出滕王阁本身的地理局限而回荡在历史的天空。作为大学出版社这样一个有特别文化内涵的机构,要使我们的出版物传播久远,魅力永存,靠的是蕴藏在书中的不朽思想。

在大学出版界,有一句名言,"一流的大学要有一流的大学出版社"。优秀的师资、优良的图书仪器设备以及健全的大学出版社,被公认为大学教育的三大支柱力量,可见大学出版社的作用不可低估。作为"大学的第三势力"的大学出版社,她被赋予传播学术与知识的功能,被认为具有影响社会、启迪思想的教育功能,还要具有为本校反映科研成果、推行办学理念和树立特色形象的公关功能。同时,大学出版社要成为会"下金蛋的金母鸡",要为本校的教育事业发展筹措资金。但无论如何,大学出版社真正的生存之道,是要把自己摆在推进和弘扬大学学术成就这样一个地位,走一条学术化出版的道路,把出版优秀学术图书作为自己的办社理想和不懈追求。在中国的出版社,每年的出书数量、范围是受到限制的,对于有限的出版资源,你所

---

  * 本文原载《厦门大学报》2003 年 12 月 5 日。

做的选择便是你的出版价值取向。厦大出版社经过近 20 年的努力，初步形成了"弘扬学术、服务高教、构筑特色、壮大实力"的办社思路，在出版经管、法律、广告、台湾及东南亚研究方面的图书做出了特色，在出版高校教材方面形成了优势。最近推出的《透视中国东南——文化经济的整合研究》在学术界引起重视，即将出版的百卷巨书《台湾文献汇刊》和《固体表面物理化学：回顾与前瞻》，将使我校重点学科的优势得以弘扬。一流的大学是由许多一流的元素组成的，一流的大学出版社则应由许多一流的学术精品汇集而成。为了厦大的一流，我们在编织着这一梦想。

一首《滕王阁序》千年传诵，给滕王阁留下千古佳话；作为一个规模不大的厦门大学出版社，愿我们的精品图书，能构成不朽的篇章，长留于学人的心中。

"嫁裳"与"新衣"*

　　《大学出版》编辑部曹巍主任几次约我写一篇"我与大学出版"的文章，以纪念该杂志创刊十周年。我虽满口应允，但说实在的，我在厦门大学出版社工作18年了，要谈这项自己十分熟悉的工作，一时竟不知从何说起。

　　这几天我接待了几位年轻的作者，言谈中突然理出一条思路——"嫁裳"与"新衣"哪个更需要，而事实上这个话题一直在我的脑海里萦绕着。

　　18年来，我从编辑、社长助理、副社长到社长，出版社的大部分工作环节自己都经历过。我经常在想，出版工作"为人做嫁裳"，但在出版资源有限的条件下，在商业盈利和学术追求的撞击下，锦上添花的"嫁裳"与雪中送炭的"新衣"哪个更需要，虽然这是个难题，但它却直指一个命题，大学出版社如何追逐名家和成就新人。

　　我刚到出版社时，"出版难"是比较普遍的问题。大学者的著作要出版已经十分不容易，要课题经费赞助，要作者协助包销，以至于不少作者的书是出了，但大部分都堆在地下室。而对那些不知名的年轻作者，要出一本学术专著，难度之大更是可想而知。但这几年，随着我国出版业的蓬勃发展，各出版社经济实力的增强，名家之作成了"香饽饽"，各出版社不惜重金相约，除了高额的稿酬，还要支付"启动费"。如果是名人出书，出版社甚至还不惜花大把钞票来"包装"宣传，以引发轰动效应。大学出版社里请名家写教材、教辅、考试书，看准的是巨大的商业利润；而请名家写学术著作，有的也看上的是为出版社争名誉、创品牌。作为出版社，商业利益和品牌名誉"一个都不能少"，上述的举动完全是必需的。作为社长，我也一直在这两方面努力着。但我们在追逐名家"锦上添花"的同时，是否更应考虑如何"雪中送炭"。

---

　　* 本文原载《大学出版》2004年第4期。

　　大学出版工作与一般商业出版工作最大的不同之处，就在于大学出版社普遍要走的是一条学术化的出版道路。这种强化学术功能、淡化商业功能的出版理念无疑是中国大学出版社应予充分重视的。事实上，许多尖端问题的解决最终是通过大学出版社的出版物揭示出来的，经过更多的学者的参与而最终得以解决。大学出版社往往最易站在学术前沿，承担理论攻坚的深度出版使命。从这一命题出发，大学出版社要把一部分眼光盯在学术前沿的变化上，盯着从事这些工作的学者，哪怕是初出茅庐的年轻人，确实为他们处女作提供出版方面的支持，即使这些著作很难形成商业的利润，或者难以一时在学术上引起反响。只要在出版价值上有超前的学术眼光和规范的判断程序，有出版上的有力保障，大学出版物就有可能出新思想、新成果。

　　面对那些年轻学者等待新作那种无限的期盼和渴望的表情，我感觉就像孩子过年期盼穿上新衣的等待。此时，我真恨不得马上将书稿变成油墨喷香的新书，这对于一颗学术新苗的破土而出是多么重要。此时的我仿佛为自己肩负出版使命的崇高而精神振奋，少了一些商场追逐的疲惫和无奈。"嫁裳"本不同于"新衣"，"嫁裳"对新娘来说是最为珍贵的，穿上它，新娘便完成了她人生中最为壮观的美丽升华。而"新衣"对初出茅庐的学人，则是成长飞跃的标志，二者都是出版工作的意义所在。

　　谨以此文纪念《大学出版》创刊十周年。

大学环境中大学出版社的"人本"管理*

一般认为,企业管理经历了经验管理、科学管理和文化管理三个发展阶段。初期的经验管理,主要以资本家凭经验管理企业为特征。从19世纪末到20世纪80年代,企业的经营权和所有权分离,出现职业管理层。企业依靠各种科学管理制度和方法,包括引入计算机为辅助工具的管理模式一直是主流,这个阶段称为科学管理阶段。从20世纪80年代开始,文化管理逐渐兴起。简单地说,文化管理是将企业文化作为管理工具,让全体员工树立共同的理念,为共同的理念而奋斗。其核心就是"人本管理"。

大学出版社产生在大学里,带有许多大学校园的人文特点。但同时大学出版社又是一个文化企业,需要制度的建设、人员的管理、效益的讲求。大学出版社要实现可持续发展,根本之道是将其管理模式纳入"人本管理"。特别是大学出版社的员工不是简单的生产工具,而是一批有其充分的主体性、意志力和文化内涵的知识分子,必须尊重他们的主体意志和文化需求,坚持"以人为本",实现管理的重点由"物"到"人"的根本性转变。大学出版社要充分利用身处大学校园这一优势,建立起有自身特色的企业精神和文化,以激发员工的工作热情,构建一个和谐组织,使之成为社会主义和谐社会中一个鲜亮的和谐元素。

一、大学环境中大学出版社的人员特征

学历、素质普遍较高。大学出版社属于知识分子集聚的地方,人员的学历、素质普遍较高。就厦大出版社而言,目前具有中高级职称的人员占全社人员的40％左右;具有学士、硕士、博士学历的人员占60％以上。受教育程

---

* 本文原载《中国出版》2005年第9期。

度的提高,必然会大大提高人员的文化素质。同时,在这种高学历的人才氛围里,在就业压力下,学历低的人利用在职求学深造,提高学历的热情很高。因此,出版社的人员管理根本的还是知识分子的管理问题。

民主意识空前增强。大学校园是出思想的土壤,是民主意识产生的摇篮。大学里校长、教授、工作人员之间的交流并没有彼此森严的等级障碍。在大学校园,校长骑自行车上班,教授提篮买菜都是司空见惯的。因此,大学出版社的等级观念被大大淡化,要求公平公正的心理不断地升华,员工畅所欲言、思想解放、民主参与的意识和热情空前增强。因此,科学、公开、公正的管理方式是调动员工积极性的基础性工作。

竞争精神逐渐形成。大学出版社目前的主要员工群体大都是从中考、高考、就业一路杀来,竞争就没有停止过。今天的大学校园也不是世外桃源,竞争的程度从没有像今天这么激烈。作为出版社,引入竞争机制是其生存的必要手段。关键是建立竞争的公平条件和引导员工学会与人和谐相处。

完美追求日趋强烈。对于高学历人才集聚的大学出版社,其员工更希望通过工作本身使他们的自我实现需要得到满足。因此,工作的性质、工作的责任感、工作的挑战性、工作的自豪感以及工作得到他人的赏识程度,成了影响他们工作积极性的最重要的因素。因此,出版社管理中要十分重视如何通过工作本身使个人目标和组织目标都能得到实现。

二、大学出版社"人本管理"的主要着力点

(一)以不息的激情培育职业精神

不少人一到出版社,便会很快被出版社的工作节奏和工作特点所吸引。在出版社,你每天都会面对新的内容、新的挑战。当你结识一位新作者,当你发现一个新选题,当你编的新书上市热卖,当你编辑的书获奖,那种喜悦会不断地点燃你的激情,你会觉得出版工作很富有挑战性、很有意思。

持久的工作激情应建立在员工的奋斗目标与出版社发展目标一致的基础上。每一个出版社,从它创立的那一天起,就有自己的经营目标和理想追求。当个人对自己人生设计的追求与出版社的理想相吻合时,当出版社为

他所提供的舞台能使他尽显才能时,每个人的激情才能持久。必须提到,作为出版社的管理者,激发员工激情的手段不能仅仅是物质的,更重要的是在员工能力的培养、生活的关爱、学习的机会、思想的进步、舒心的环境等方面提供条件。当员工的心和出版社一起跳动,他的激情就会源源不断地为出版社带来回报,出版社就拥有最强大的核心竞争力。

(二)以对学术的专注构筑出版特色

大学出版社要走学术化的出版道路,强化其学术功能,是因为大学出版社与大学天然的学缘和地缘优势,最易站在学术前沿,最了解大学课程改革与设置,因而最能直接参与理论攻坚和创新以及新教材的编写。大学出版社要达到这些目的,主要依靠编辑人员的学术积累和专业的敏感。在现代社会越来越追求专业分工时,我们要引导编辑能够专注于学术积累,形成每个人自己的学术范围和选题特色。长期坚持下去,我们的工作不仅会对学术发展和思想传承做出自己的贡献,还会因其不可替代性而获得社会的认可。在出版市场激烈竞争中,出版社要靠自己的优势和特色来赢得市场,而出版社的优势和特色正是每个编辑的优势和特色的聚合。

大学出版社对员工的管理,特别是对编辑的管理,有一点不同于一般企业员工管理的地方,就是要强化编辑对学术的专注。大学出版社所面对的学科很多,每个编辑的学术范围不可能面面俱到,即使在同一学科,也有不同专业的划分。但在不同学科领域,会有不同的两个效益。有个例子曾让我陷入深深的思考。北京中关村的"亚都科技股份有限公司"总裁何鲁敏从五万元起家,十几年一直从事加湿器的研发工作,并一直在这一领域独领风骚,但也仅仅局限在这一领域。事实上,何鲁敏也是走了不少弯路。他在公司赚了大钱后,便把钱投向许多不同的领域,房地产、酒店——只要时兴什么,就做什么,结果大起大落,曾经一败涂地。何鲁敏在总结他的事业历程时说了一段很值得回味的话:"摸着石头过河,大家都认为要把鸡蛋分放在几个篮子里,这样的风险才最小,殊不知,背着好几个篮子的鸡蛋,你要过河时连跳都跳不起来,还怎么过河。"在实际工作中,特别是对于像出版社这样一个说到底还是要考虑经营创利的部门,更要有长远发展和人才战略的眼光。当出版社认准了方向,就必须持之以恒。这种对学术的专注,体现在对编辑知识结构体系的培养;体现在对该学科编辑队伍的建设;体现在资金和政策的扶持上。当出版社培养了一批在某个学科能长袖善舞的人才,就能在这个学科形成出版的优势和特色,出版社因此就有了竞争的优势。

(三)以不断的学习提高创新能力

大学出版社作为知识密集型的行业,客观上要求员工具有合理的知识结构。员工的知识与其学历和文凭有一定关系,但又不完全等同于学历和文凭。出版社既要重文凭,更要重水平;既要重学历,更要重能力。大学出版社要求员工所具备的能力是多方面的,主要包括专业能力、文字能力、交际能力、协调能力、操作能力等。但敏捷的反应能力和持久的创新能力是最为可贵的。员工敏捷的反应是创新的前提,创新是其成才的主要标志。虽然出版社的员工在岗位、职位和专业分工不同,其能力应有所侧重,但创新的意识却应深入人心。

提高创新能力来源于提高员工素质,而提高员工的素质是企业发展的关键环节和最重要手段。对员工的培训是企业风险最小、收益最大的战略性投资。大学出版社更要充分利用身处校园的有利条件,把员工的岗位培训放在战略高度来认识,构建一个学习型组织。这种培训有新老员工的传带、有国内外的培训进修、有在职的学历教育、有实际工作的锻炼等。但大学出版社由于自己学术出版的需要,应着重要求员工积极参加专门的学术会议,关注学术动态,结交专家学者;另一方面就是要了解图书市场,学会营销,在出版策划的过程中提高创新能力。

(四)用"人本"的思维凝聚团队力量

创造一个健康愉快的工作环境,是每个员工的共同愿望。但因为个体的差异必然会带来对名利、工作方法、工作态度的不同认识。因此,人际关系中矛盾的存在是绝对的,是不可避免的。我认为,人本管理突出"以人为本",不回避人际关系中存在的矛盾,但应以"心灵的互动"和"宽容与善待"方式解决矛盾,结果要达到真正得人心。"人本管理"过程中主要包含几方面的内容:一是以德服人。管理者自身的德、识、才、学和人格魅力及容才胸怀是吸引人才的关键。以身作则是最有说服力和号召力,是形成团队精神的一面旗帜。二是以情感人。管理者要善待员工,彼此真诚,共建温馨集体,要关心他们的生活、家庭,更要关心他们的学习机会、成长机会。一个团队健康温馨的人际氛围是千金难买的,一定要十分珍惜,百倍呵护。三是因才用人。每个员工都是智力资源的宝库,就看你怎么打开。把最合适的人放在最合适的岗位上,这是一种用人的艺术。四是民主集中。没有员工的充分参与,是不可能管好企业的。在涉及企业发展的重大问题和职工切身利益问题时,一定要多听员工的意见,尽量做到公正、公开、公平,使得我们的决策都是在集思广益基础上产生的,这是能否真正调动员工积极性的重要因素。但在民主的基础上,一定要有集中。要建立科学的议事决策程序,防止个人独断专行。

出版社赢得发展是从赢得人才开始的。同样,出版社失去市场也是从失去人才开始的。大学出版社虽然身处大学环境中,高学历的员工也许不少,但要使他们真正成为出版事业的中坚力量,成为德才兼备的出版家,我们需要识才的智慧,选才的勇气,容才的胸怀和用才的艺术。

新机制下人才结构变化的特点及其影响*

大学出版社是属于"智本运作"的文化企业，在改制过程中如何保证其继续稳步发展，我认为还是人的问题最为重要。

目前大学出版社的从业人员结构有很大的变化。从编制上划分主要有两类，一类是属于学校事业编制，他们大部分是出版社的骨干力量，年龄上也多在三四十岁以上，是属于所谓"老人"。这部分人所占员工比例大多在30％以下，人数不多并不断在减少，但他们对出版社的事业和母体高校有较强的认同感和归属感。另一类人员属于由出版社自主招聘的人员，不仅用人机制是新的，年龄也比较轻，是各出版社人数最多的部分，我们简称为"80后"的一代。总体来说，"80后"一代富有创意，不墨守成规，不因循守旧，他们没有精神和思想的包袱；他们知识和信息充分，对新事物接受快；他们蔑视权威，直接、简单而无畏。不管你愿不愿意，"80后"已经成为我们的重要伙伴，成为出版社的主力军。他们随时要接过我们的权力，接过我们的责任。我认为在改制的过程中，如何正确认识、理解和培养"80后"，在制度建设和企业文化培育方面加予创新，使他们健康成长是非常重要的。

一、强化对母体高校的认同感和归属感

按照改制后的发展趋势，大学出版社主要领导由学校任命，其他员工由出版社自己招聘。也就是说，"80后"的员工加入出版队伍后，他们只与出版社发生契约关系，而对出版社的母体大学关注不多。他们认为按岗位定责，完成自己的工作就可以了，普遍存在"打工"的思想。特别是学校对社聘员工的政策与本校员工有许多不同，有"另眼相看"之嫌，使他们对于出版社

＊ 本文原载《大学出版》2009 年第 2 期。

所依托的母体大学更缺少认同感和归属感。

我们知道,大学出版社与主办大学有着天然的密切联系,也是大学出版社成长的沃土。出版社从出版方面为学校教学科研提供服务是一个长期的,系统的工程。出版社的任务是要挖掘大学的学术资源、整合学术力量、扶植学术新人、传播学术成果。这就要求出版社人员对学校的历史变迁、学科发展、学术资源有深入的了解,有良好的作者人脉,对策划本校选题充满热情和敏感。而社聘人员对母体高校归属感的弱化,将影响出版社依托高校、服务高校使命的完成,应予以重视。我认为,在改制过程中应积极向学校呼吁,希望学校除了任命出版社领导以外,还应让一些学有专长,对出版工作有兴趣的教师到社里兼职(可减免一定教学工作量),成为联系出版社与学校的纽带。而出版社利用自己的优势,主动为学校院系(如新闻传播学院)提供学生实训基地,与学报、图书馆等部门建立密切的业务协作关系,为社聘员工加强与学校的沟通创造更多的机会,让他们更多地参与学校的活动,包括学术、工会、党团、妇女、体育等活动,使出版社的根深植于母体学校。

二、在竞争的压力中造就学术出版的宽松氛围

"80后"作为中国人口政策的结果,他们个人肯定有一些不足和缺点。但客观地讲,这不是他们的错,错在他们一出生就受到家庭和社会的溺爱和放纵。他们从小到大就是考考考,竞争压力一直伴随着!倏忽一瞬间,80后毕业啦,走向工作岗位,他们与前辈的就业心态是完全不相同的。他们的前辈有自己选择的事业,有自己那个时代的理想、追求和关注。尽管物质生活并不丰富,但他们内心深处是稳定和满足的。而"80后"的就业,是一份通过竞争得来不易的饭碗,他们普遍感到莫大的压力,缺乏稳定感。他们对出版工作可能没有太多的了解,也没有太多的选择,甚至不敢有太多的创意和思想。他们很想回报家庭对自己的养育之恩,但现实的收入和必需的支出使他们在经济上还战战兢兢,更遑论靠自己的收入完成买房结婚。社会给"80后"太大的压力,没有给他们太多空间,从"80后"的焦虑,可以看出我们自己的困惑与内心的挣扎。

大学出版社面对生存的压力，要讲求经济效益，要保证利润的最大化，给员工的压力肯定是不轻的。而大学出版社面对学术著作的出版，又要求有宽松的心境，文化的理性；不求一时的得失，只求积累的厚重。对学术出版的追求与利润的压力，两者的不平衡有时会令年轻的"80后"陷入迷茫境地。既要能潜心案头，与大师对话，又要能叱咤风云，驰骋市场，这样三头六臂的人才肯定是少数的。从根本上说，大学出版社培养人才的方向，应以学术品格和学术能力为主，这就要求我们必须努力营造比较宽松策划环境和学术氛围。我认为出版社即需要有策划营销能力的人，也需要习惯案头工作能力的编辑，虽然对市场把握和对学术的了解都是必备的素质，但应根据不同特点的人安排不同的岗位，提出不同的要求。鼓励年轻人多出思想火花，允许有失败，培养他们对本学科的组稿策划能力，培养他们对学术出版的价值和理念的认同。

三、价值观的碰撞与企业文化的构建

在社会的转型期，"80后"的一代对现实社会中嘴上一套，实际上却另行一套的价值观错乱感到迷惑，甚至是愤怒，他们从根本上对此是鄙视的。所以，很多的"80后"表面上听长辈的，心底却是不以为然的。实际上我们必须反省，我们拆掉了古老的院落，建起了所谓现代化的大厦，却让他们去保留传统；我们消灭了传统工艺、抛弃了美食小吃，却对KFC说三道四；我们崇尚权力和金钱，却要求他们淡泊名利；我们希望他们年轻有活力，却又希望他们老成、四平八稳，甚至希望他们工于算计。社会现实混乱了信仰和价值观，让涉世不深的年轻人倍感迷茫。

"80后"出生的时代和环境不一样，我们不能要求他们像前辈一样劳其筋骨，只讲奉献，不计报酬。但其实在内心深处，他们敬佩这种奉献精神，渴望尽快实现自我的价值。他们愿意付出，但更会从现实考虑是否值得去做。大学出版社这样的文化企业，天然地有条件构建自己的核心价值观和企业理念。高尚的精神力量永远是一面旗帜，不因时代变迁而褪色，关键是我们要敞开沟通的大门，传承自己的价值观和企业理念。"80后"一代最需要的是找到内心真正的自我，而我们要做的就是帮他们发现自己的优势，利用好自己的优势。我们要创造一种环境,寻找他们最适合发挥的位置,发挥他们的才干。不要老想让"80 后"成为和我们一样的人,他们每一个人都是神奇的,都是与众不同的,所以要肯定他们,而不是想要改变他们。尊重"80 后"的想法和选择,鼓励多样化的观点和行为,我们应减少对"80 后"的批评和指责,放松自己的心态,让他们真正自觉地融入整个团队。我们要理解这个时代精神力量和经济利益同样重要,"80 后"渴望得到重视和提携,希望努力的付出能获得更多的经济回报都是无可厚非的。我社长期以来倡导"进取、奉献、温馨、和谐"的企业文化,尽力让不同编制的员工体会到同样的关怀,让不同等级的员工感受到同样的重视。让在新机制下加入我们队伍的年轻人觉得这里是他们的事业天地,在这里是大有前途的,这才是我们事业发展的根本保证。

多一双慧眼看出版*

2016 年,我国出版界大潮涌动。传统出版这部不断加速的车正面临着从匝道进入高速路的阶段。在前面的高速路上,路牌指向着"融合出版"。

在出版事业的高速路上,我们需要多一双慧眼,因为宽阔的道路增加了"资本"和"技术"两条车道。出版业前行的目标没有变化,安全行驶的要求也没有改变,增加的只是更宽敞的道路和更良好的视野。

长期以来,传统出版业从崎岖的小路走上国道,本以为这条路已经很不错了,如果有所不足,只要稍加拓宽,铺上柏油或水泥,就可相安无事。没想到身旁又出现高速公路,那"千里之行一日还"的诱人便利,让你无法不心动。更可恶的是,这条国道已没人理会修补,让你的车不得不走上高速路。

令人咋舌的互联网技术飞速前行,颠覆了出版业的传播形态,也正改变出版人的观念。在我国出版社普遍属于体量不大的中小型企业,底子薄是裹足不前的主要原因。国家也看到这一点,大笔一挥,几百万几千万就到你的腰包。"技术"和"资本"推着你朝着高速路走。在传统出版拥抱新技术,加速出版融合的今天,你永远无法预计明天会有什么样的新技术在等待着你,但你只要上路,眼前的风景会让你心领神会。2017 年,也许你还在国道上,也许你上了匝道,也许你已经在高速路上飞奔了。

前行的目标没有变化,意味着出版业仍要坚守初心,牢记责任,随意变道或调头是危险的。安全行驶是根本,说明把握方向,打造精品,提高质量是永恒的主题。而在高速路上,你需要一部好车,才能适应这高速行驶的要求。他也告诉我们,内容是出版的生命,"专精特新"则是手中的利器。

作为出版人,我们还是有点忧心忡忡。在被技术眩晕中,在被资本牵引中,我们还是不能忘记出版企业存在的价值和意义。在今天的背景下,出版

---

* 本文原载《中国新闻出版广电报》2017 年 2 月 21 日。

的"主业"内涵及外延应重新界定。将"主业"仅限于传统纸介出版物的生产经营肯定是作茧自缚。但对于大多数中小型出版企业来说，坚持紧盯主业的专业化、特色化、集约化发展道路，仍然是一种正确选择。美国著名出版人安德烈西弗林以 40 年圈内人的经历，大声地呼吁，千万不要抽空了传统出版产业的智性价值、美学价值和社会批判功能，使出版业沦为娱乐业的附庸。美国出版人的警醒和反思，值得我们思考。我们出版业还需保持"纯真"的理想，我们的产品还需让读者有所思考和受益。新鲜的技术如果让知识碎片化、幼稚化，让编辑代替读者思考，那么，出版的功能就彻底变了。

多一双慧眼看出版，2017 年，我们又将大开眼界，值得期待。

数字出版，想说爱你不容易[*]

数字出版是人类文化的数字化传承。数字技术和互联网技术的迅猛发展，改变了传统出版业知识传播的单向性，使得作者、读者得以交流互动；他提供了无处不在，方便及时的信息内容，并具有主动推送和单项检索的诱人功能；他也颠覆了传统书店的购书行为，不可思议的低折扣和方便的物流配送，使人们认为传统书店正在沦为网络书店的免费橱窗。

套用一句名言，这是一个最美好的时代，这也是一个最坏的时代。在网络时代，数字出版所展现的美妙优势，令网络技术商手舞足蹈，也使传统出版业者坐立不安。在传统与数字的风云变幻中，人们或欢呼雀跃，甚嚣尘上；或妄自菲薄，身影黯然。我们多么需要借一双慧眼，把这纷扰的世界看个明白。

实体书店会关门吗

爱书的人都知道，仅两年的功夫，多家知名的书店纷纷倒闭，尤其是2011年10月，正值海峡两岸图书交易会在厦门举办期间，有着厦门情结的"光合作用书房"宣布歇业，更是让舆论重新关注这个行业的生存困境。而在淘宝、当当、京东商城、易购等财大气粗的网络书店以一种昂扬的姿态杀入图书发行业，对于需要高昂成本的书店，关门就只能是他们无奈的选择。

另一方面，2011年我国大陆地区出版单位共出版图书37万种，较上一年增长12.5%；报纸总印数467.2亿份，比上一年增长3.4%；期刊总印数32.9亿，也比上一年增长2.2%，图书和报刊均创历史新高。也就是说，尽管数字出版的营业收入1377.9亿，比增31.0%，是最大的赢家，但纸介质出

---

* 本文原载《厦门大学报》2012年11月7日。

版物在数字阅读不断增长的情况下仍然有发展的空间,读者购买阅读的纸质书的量在持续增加,"书店关门"现象更多是由于网络渠道分流所致。

书店作为文化交流和文化品位的象征,仍是不可或缺的。只是未来的书店需要政府的刻意扶持和功能的不断创新。书店应不仅只有售书的单一功能,在这典雅、温馨的环境里,在开放的 WiFi 网络环境中,读者从网上浏览、收听、娱乐,享受到试读、交友、思想交流的乐趣。当他兴致满满地从书架上取下自己喜爱的书,或是留下自己中意的书单,等待着送书上门。

书店,您仍是读书人最喜爱的场所。

纸书会消亡吗

在书店劲吹"关门风"时,又适逢"苹果"等数字产品大行其道。人们到处追捧 iPad、iPhone 等手持阅读器,其强大的链接功能和全新的声、像视觉效果,方便快捷的网络阅读体验,使人们认为,纸质图书存在的意义会越来越模糊。权威调查显示,数字化阅读方式接触人群中,40 岁以下人群就达85.2%,因此有人急不可待地高呼,不出 20 年,纸书就会消亡,最多也只能占出版物的 20%,他的存在只是一种怀旧的情愫,或者说是有钱人的装饰品。

与"纸书消亡论"相对立的另一种说法,就是传统出版物的纸书所呈现的美感是无法取代的。手捧一卷纸书品读和抱着一个电子阅读器的感觉是完全不一样的,纸书的厚重感是电子书永远无法表达的。纸书的装帧设计、字体、排版和插图、纸的物理肌理、书本散发的淡淡墨香,本身就是具有收藏价值的艺术品,是作者想要表达的一部分,也是吸引读者购买欲望的要素。对大多数作者来说,在网络上看到自己的作品只是电脑文件,好像与他没有关系,只有拿在手中沉甸甸的书,才是自己的心血成果。甚至是网络写手,也在热衷于出版纸质图书。易中天教授更形象地说:"好的作品放在电子阅读器读,就像满汉全席盛在塑料盘里一样毫无美感。"

从碎片化阅读与系统化学习的不同需求来看,数字阅读与纸质书阅读在这两方面各显其能。以浏览、搜索、便捷了解资讯为主要目的的碎片化阅读,网络的数字阅读优势可以征服读者;而以教育、研究为目的的阅读,纸质读物则更为读者喜爱。作为华文读物的主要读者对象在中国，因此现实的国情是不可逾越的。在一个相当长的历史阶段，我国大部分国民教育的教材还只能是纸质书籍，所谓"电子书包"还难以成为现实；我国 50 岁以上的人群占总人口 25％，这个年龄层次阅读纸质书的习惯是难以改变的；特别是我国广大农村地区现在还在为解决图书数量不足而努力，数字阅读对他们来说仍是遥远的梦想。

因此，我们可以说，纸质书是不会消亡的。但随着时间的推移，习惯数字阅读人群的增长，某些门类的纸质书籍和报刊，如新闻、工具书等会失去不小的份额，而这失去的部分将让位给数字读物，最终将会出现某种共存的平衡。

我们喜爱数字空间的多彩绚丽，但对纸质图书却也情有独钟。

"内容为王"吗

虽然数字出版是一种全新的出版形式，但其本质仍然是出版。出版的策划、编辑、装帧、印制、传播的活动以及传播知识、交流思想、教育培养、文化积累的本质属性没有改变。因此人们认为数字化转变的是载体，永恒不变的是优秀的内容，"内容为王"的法则永远适合。

但在数字出版新媒体的产业链中，以出版单位为核心的内容提供商却始终处于弱势地位，如电子阅读器 Kindle 唱主角的是亚马逊，而 iPad 后台老板是技术巨头苹果公司。在中国手机出版的产业链中，移动运营商的支配地位无法撼动。换句话说，面对财大气粗的数字出版运营商，内容提供者要想加入其中，分得一杯羹，也只能任人宰割，哪还有王者风范。我们甚至看到运营商将书按 3 元、5 元包销售，或不论内容质量，通通都标 9.99 美元销售，电子书在数字出版商那里成了按字节计算的信息流量。他们还抛出比传统出版业更高的稿酬去发展穿越、玄幻、言情等原创文学，金钱与技术拥有者还来不及或者根本不想培养专业素养，就已经迫不及待地要投入出版战场了。

出版业是产业，更是专业性很强的文化事业。出版的本质意义在于文化的整合、积累与传播，担负着思想引导和科学教育的责任。因此出版人需要有很强的编辑专业知识,更需要有行业的职业操守和人文关怀。"要以赚钱为第一目的,就别进出版这一行"的古训,已为古今中外的实践所证实并将继续证实。从表面上看,手持阅读器生产商和网络商都拥有"海量"的阅读资源,但与这些海量资源相伴的是海量的"文化垃圾"。大多数的网络文学属于一次性快餐式消费品,优秀作品还是凤毛麟角,甚至大量是色情文学,读者很难在大量的"文化垃圾"中挑选出适合自己阅读的文章。文化快餐多了,人们只能追求快阅读、浅阅读,必将影响健康思想营养的吸收,长期下去,整个民族的文化素养就将岌岌可危。因此,传统出版业者应该坚信自己的编辑优势,坚守自己的出版理念,掌握优秀的内容资源,在策划、编辑、加工等专业方面做到高水平、高质量,把真正优秀的精神食粮奉献给读者。当泥沙俱下的海量资源令读者感到愤怒时,当整个社会回归理性阅读时,"内容为王"就会成为真正的法则。到那时,一部优秀作品一定是包含优质的内容质量,高水平的编辑能力和令人耳目一新的多媒体数字技术。

我们喜爱阅读好作品,但我们需要戴上防护镜去淘宝。

版权需要保护吗

网上盗版泛滥是一个世界性的难题。从 2005 年的谷歌网上图书馆侵权事件,到 2011 年"百度文库侵权门"以及 2012 年盛大文学被诉侵权案,网络著作权侵权事件层出不穷。网络商的"零版税使用"和"自由传播,填平信息鸿沟"的说法,为其大范围侵权行为竖起挡箭牌。而传统出版的"版权保护,付费使用"则是尊重版权人的权益,让作者的劳动付出能得到相应的回报,使优秀作品能不断产生。毫无疑问,数字版权的"免费大餐",侵权者的暴敛豪夺将严重损害作者的利益,断送出版业的美好前程。

版权保护的关键是意识而不是技术。现代版权意识对使用作品是"付费使用而不是免费大餐"。但人们对网络阅读的免费使用已经习以为常,即使有人付费下载阅读,也会免费传播。网络技术商靠广告收入和免费豪取他人作品获利,电子阅读器商家靠免费提供他人作品来推销自己的产品,这种"鲨鱼"式的行为,破坏了出版传媒的产业链,因而是不能持久的。在新媒体时代,版权保护法规的滞后也是全球性问题。美国司法部起诉苹果公司垄断和操纵电子书价格,是数字时代新的法律课题。在我国,知名作家贾平凹将其小说《古炉》版权既授人民文学出版社纸质书,又将电子版权授予网易读书频道独家使用,此"一女二嫁"行为带来版权诉争。出版社称"数字版权是依附于传统纸质出版权而存在的,是一种邻接权,不是独立于版权之外的一种权利,是专有出版权的组成部分"。当然也有不同的声音,那么应如何界定数字版权的"游戏规则"呢?凡此种种,都说明数字时代版权保护任重道远。

"免费大餐"固然诱人,但我们知道那是不能长久的。

作品出版需要门槛吗

在中国大陆地区,出版往往狭义地指具有新闻出版总署审批的具有出版资质的出版社的出版活动。即使在海外,作品的发表也是通过出版社来实现的。然而,在新媒体时代,出版业的主体多样化,出现了很多非常规的出版对手,产生了与传统出版不同的出版活动,像苹果、亚马逊、汉王等。中国最大的"手机出版社"不是来自传统的出版业,而是中国移动手机阅读基地。他们除了向传统出版社购买电子书版权,也直接向作者购买作品发布。甚至于作者可以不通过出版社,直接将内容通过网络实现自己作品的发布和交易。而人们关心的网上开设博客,发表博文,是否也是一种出版行为。

从出版的定义来看,网络发布符合"可以复制、便于传播"的特点,但出版的根本属性是"选择与编辑"。如果"人人都能出版"的时代来临,我们的出版需要门槛吗?从出版的本质意义来说,出版活动是引领思想、积累文化、传播科学,因此作品的出版要达到一定的标准,能给读者提供积极的、正面的、准确的知识。人类接受知识的途径很大程度是通过读书获得的,传统出版社在图书出版过程中,有严格的选题申报制度、质量控制体系和专业标准要求。在内容的思想性、知识的科学性、语言的规范性和文字差错率方面都有严格要求,彰显对读者负责的专业态度,从而使出版物成为读者可信赖的知识载体。图书的这一作用,说明出版不仅需要门槛,而且要有一定高度的门槛。

出版是一门专业,而专业就一定是有价值的。

出版业的新天地

出版业在数字化时代一定要寻找自己发展空间。在出版的形式上,出版业者正在摸索的所谓"主动出版"、"个性化出版"、"按需印刷",就是要走出传统出版的桎梏,更加贴近读者的需求。"主动出版"就是在传统出版物的单一内容基础上,链接大量相关信息,随时可以扩展和延伸知识,让读者成为阅读的主人,而不是跟着作者、编辑的思路行走;"个性化出版"则是根据读者个体的阅读需求,量身定做其所需的内容,甚至于在装帧设计、开本、纸张选择上也凸显个性化;"按需出版"就是照顾到作者、读者的需求,从内容、形式、册数上准确服务到每个个体。

数字出版改变的是内容的表现形式和传播方式,无法改变内容本身对读者的吸引力。所以,出版业要做的就是提供经过专业编辑后的优质内容。

我们还是要充满信心地说——内容为王。

中美两国大学出版业发展比较 [*]

　　2004年，我随中国大学版协代表团赴美国，访问了位于华盛顿的国家学术出版中心、巴尔的摩的约翰·霍普金斯大学出版社、纽约大学出版社。在纽约大学出版社的座谈会上，还邀请了牛津大学出版社和哥伦比亚大学出版社的代表参加。在霍普金斯大学出版社，我们还详细参观了出版社办公大楼，与该社各部门的员工面对面交谈。通过实地交流，我们对美国大学出版社的历史、现状和他们发展方向及所关心的问题，有了更多的感性认识。在我国出版业进行体制变革的深刻背景下，比较中美大学出版社的异同点，我以为有几方面值得关注。

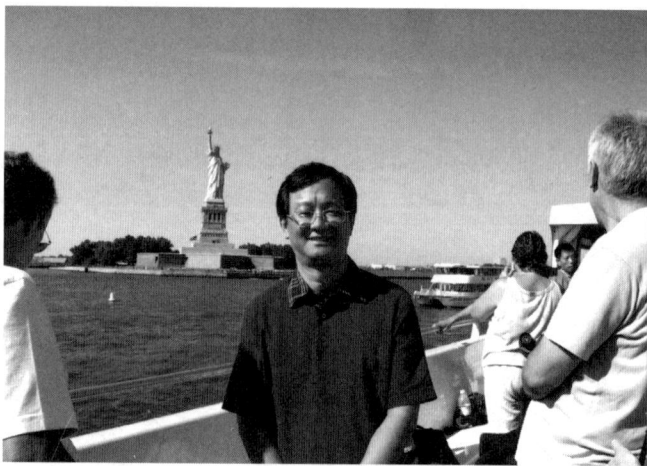

2004年9月访问美国

---

　　* 本文原载《科技与出版》2005年第2期。

一、面临共同的难题

美国共有 103 家大学出版社,与我国大学出版社数量差不多。美国大学出版社基本上都是各大学的直属部门,很受学校的重视。在美国,大学出版社是学术出版的主力军,20 世纪 60 年代它曾极大地推动了美国教育的发展,也为自己迎来了黄金时代。美国各大学出版社的办社宗旨也都强调为各大学的学术研究服务,属于非赢利性(nonprofit)机构,因而获得美国政府在出版方面的免税待遇。但目前,学术出版受到前所未有的挑战,其压力主要来自几方面:一是电视传媒对读者的争夺。据统计,美国人每年花在看电视的时间是 1050～1120 小时,而花在看书的时间是 123～127 小时。二是互联网对读者的吸引力,读者把许多时间用在上网。三是原来各图书馆是出版社的最主要客户,现在图书馆却宁可花大量的钱用在网络建设上,购书量每年都在下降。统计表明,图书馆的图书采购量近年来减少了 80%,馆际借阅的数量也大大减少,代之而起的是网上阅读。此外还有如人口增长率趋于稳定,教材需求量变化不大;书店进货减少,折扣提高等因素。还有一个重要的因素,那就是近年来,受经济持续疲软的影响,美国政府对高等教育的投资明显减少,各大学出版社都陷入财政困境。

这些难题,与我国大学出版社所面对的问题,有许多相似之处。因此,如何面对这些挑战,走出困境,便成了双方共同感兴趣的话题。美国大学出版社也十分关注中国同行的发展,对中国大学出版社的迅速发展十分羡慕,每年的北京国际图书博览会吸引了越来越多的美国出版商。他们对中国政府将在 2006 年 12 月 31 日以后开放图书销售市场十分关注,而我们则对美国出版商准备如何进入中国市场也抱有极大兴趣。

二、美国大学出版社更强调"学术为本", 中国大学出版社则坚持两个效益并重

美国大学出版社的历史都比较长,上百年的大学出版社不在少数。长期的历史和文化积淀,使得美国大学出版社有比较明确的办社思路和经营

理念。由于大学出版社隶属学校,依托学校的学术优势就成了出版社的天然出版资源。我们所参观的大学出版社,无一例外地成了学校学术传播的主要出版基地。如霍普金斯大学出版社,他们学校的医学专业在全美大学里赫赫有名,他们出版社医学方面的图书也成了主打品牌。美国大学出版社的同行们尽管流露出对学术出版的担忧,但他们认为,大学的学者对出版他们的学术专著仍有极大的需求和渴望。一本印制精美的纸质图书,仍是其他出版物所无法替代的。大学出版社是依托研究型大学而存在的,大学的学术研究成果是人类科学活动的最宝贵结晶之一,大学出版社应该承担起学术积累和传播的责任。同时,大学出版社所处的地位无人可及,历史和现实都使他们知道,在激烈的市场竞争中,只有奉行"学术为本、专业立社"的秘籍,才能形成自己的专业化发展优势。在这个问题上,美国同行们显得非常自信,他们对学术著作出版的专注程度和敬业精神,也给我们留下深刻的印象。

中国大学出版社主要建于20世纪七八十年代,办社初衷是各大学的学术传播机构,但出版业在中国的特殊地位,受到许多产业政策的保护。加上中国的改革开放大潮的兴起,特别是高校大规模扩招以及大学自身的资源和人才的优势,使得中国大学出版社得到超常规的发展。各大学出版社的主办者自然除了确保本校学科建设对出版的要求外,也希望大学出版社能为本校办学经费提供支持。在保证办社方向不偏差,也就是确保社会效益的同时,努力提高经济效益。由此,许多大学出版社在出版一大批优秀图书的同时,自身的经济实力得到急速壮大,也为本校提供了可观的经济收入。中国大学出版社不仅能在经济上独立,而且成为学校的办学经费来源之一,这也得到了美国同行的羡慕。

三、中美大学出版社发展模式虽不同,但终极目标应是一样

美国是市场化程度最高的资本主义国家,大学出版社说到底还是一个必须关注资本和利润的企业。即便如此,美国政府对承担学术传播重任的大学出版社还是给予一贯的扶持。这是因为美国政府知道,教育关系民族前途,出版是知识传播的手段,必须给予政策上和资金上的支持。20世纪

60年代,美国国会颁布《国防教育法》(National Education Act),把教育提高到国防的高度;国家人文和艺术基金的设立,各大学对大学出版社的扶持,才形成大学出版社的辉煌。即使在目前的经济疲软中,各大学出版社仍得到政府或大学的大力支持。美国各大学对出版社的基本态度,都认为大学出版社作为学校一个重要部门,兴衰与学校的声誉有关,应尽力扶持。他们除了提供必要的经费支持外,还积极申请各种出版基金,保证出版社不受经费的困扰,使得许多大学出版社在作为"非赢利性"机构的保护下,能专心致志地从事学术出版的神圣工作。美国的大学出版社因此撑起了美国学术出版的半壁江山,成为学者们实现自己学术梦想的理想家园,更是实现自己学术上飞跃的跑道。从这里我们可以看出,这种政策不仅是为了保护学术出版的需要,也是教育发展和人才培养的必要途径。

显然,中国大学出版社的发展走的是一条既不同于美国等国大学出版社纯学术性、公益性的出版之路,也不同于国内外纯商业化出版的经营之道。中国大学出版社走的是介于两者之间,以学术为依托,以服务教学和科研为宗旨而又高度市场化的出版之路。中国大学出版社近年来发展迅速,受到国内外同行的关注甚至是赞叹,说明中国大学出版社所探索的这条具有自身特色的发展道路,是值得肯定的。

教育事关民族前途,科技是第一生产力。在我国,教育与科技的作用没有任何一个历史时期比现在更受到重视。但在市场经济的大潮中,大学出版社不可避免地要为经济指标而奔波。但从我们对美国大学出版社的现实状况了解和分析中,我们认为,我国大学出版社无论处在什么样的历史状态,都要处理好学术价值和市场价值的关系。而要平衡这一点,单靠大学出版社的力量是不够的,国家的资金扶持和政策倾斜是必需的。同时,我国大学出版社自身亟待解决的问题则是,大学出版社学术品牌的构建、经营管理水平的提高、市场营销服务手段的完善、专业人才的培养和使用。

对比美国大学出版社,从他们的发展道路和他们在出版界所处的地位来看,我认为中国大学出版社不能忘记自己办社的初衷,即对办好大学的作用,对繁荣和发展我国学术事业的特殊地位。当大学出版社自身实力发展后,千万不能忘记自己的终极目标——"回归学术"。这在我们大学出版社的有识之士的心目中,始终是一份挥之不去的使命感,我们也在不断的努力之中。但我感觉到更深层次的问题，也就是如何保证所出版的学术专著的权威性及可信度。美国大学出版社的学术图书给人们以信任感和荣耀感，他们在确定学术著作出版的过程中，有一套专家与编辑共同承担的严格的评审机制。评审中只评价著作本身的学术价值而不需考虑经济价值。但在我们的大学出版社里，浮躁、平庸、堆砌而成的学术著作并不是少数，以致人们评价有些学术专著时，甚至认为"有钱就可以出书"，许多大学评职称并不把学术著作看成主要成果。反过来，一流学者潜心研究的著作往往因为市场价值不高、印数少而出版困难。因此，在保证出版基金扶持的前提下，应造成这样一种氛围，只要是高水平的书，出版应无忧。我国大学出版社要坚持学术为本，就要净化学术环境，鼓励原创，鼓励出精品，使得自己的出版物在学术上名至实归，真正构建起品牌，真正起到别人无法替代的作用。

日本图书发行机制面面观[*]

2000 年 8 月,笔者作为中国大学出版社协会代表团成员,赴日参加在日本滋贺县举行的中、日、韩三国大学出版社研讨会。会后又在日本东京、京都等城市访问,考察了日本的大学出版社、书店、发行机构。这些活动使我们开阔了眼界,得到了许多启发。

2000 年 8 月参加在日本举行的中、日、韩三国大学出版社研讨会

留给我们印象最深的是日本的图书发行机构。这次我们特地参观了日本最大的出版经销公司——东贩。东贩原名为日本东京出版贩卖株式会社,始建于 1949 年,1992 年改名为株式会社 TOHAN。日本大约有 4300 家出版社(不到 10 人的占 2/3),28000 家书店,每年发行约 14 亿册图书、46

---

  * 本文原载《大学出版》2000 年第 4 期,《读者导报》2000 年 11 月 5 日转载。

亿册杂志,出版市场销售金额每年大约是 2.7 兆亿日元。在日本,出版社一般不直接面对书店,出版物的主要流通途径是"出版社—经销公司—书店"。日本国内出版物有 70% 是通过这种途径送到读者手中。处于出版社与书店之间的经销公司在日本有 42 家,东贩是出版经销业的第一大公司。东贩位于东京的繁华地段——新宿区,拥有一座 20 多层高的大楼。整个东贩的主要功能包括:(1)商务流通功能:对出版社和书店进行商品销售、代理进货及收款和付款;(2)物品流通功能:对进货的商品进行分类、打包、出货、配送、库存管理、补书调配、退货处理;(3)情报流通功能:定期刊行根据调查、收集、计算、分析所得到的各种数据资料,为出版、销售提供信息;(4)培训、咨询、版权贸易等功能:公司有相当数量的人员在进行市场调查、人才培训、经营咨询及版权贸易。我们代表团一行人仔细地参观了每一个环节,亲眼看到业务人员洽谈签约,工人在配送、打包、装车等,并与市场部的经理们座谈。作为出版业一员,我们真羡慕日本的出版经销公司,因此,一个又一个的问题问得日方接待人员应接不暇。归纳起来,东贩乃至日本的出版发行系统有几点值得借鉴。

　　——在日本,为什么出版社可以不必直接找书店推销?此问题言下之意,出版社为了推销自己的出版物,是否可以直接与书店联系,采取一些促销手段,要么降低折扣,要么借书店开展宣传攻势。事实上,日本书店一般不直接与出版社打交道,主要在于市场竞争的规范性。出版社凡有新书出版,就先与经销商联系。比如找到东贩,东贩的业务人员根据书的情况,采取先向各合约书店主动发货。因此,每一本新书都有一定的起印数作为保证。同时,东贩也会根据市场的情况,向出版社提出此书的营销前景预测。由于东贩的网络优势、服务水平、商业信誉值得信赖,更为重要的是日本尽管有大大小小的经销商在互相竞争,但在折扣上却完全一致,没有一家经销商会因销量的大小而搞折扣大战。因为一旦被发现,马上就会为行业规范所不容而被淘汰出局。所以,出版社主要精力用在搞好书的质量,经销商搞好配送、回款服务,书店搞好销售,各尽所能,发挥所长。

　　——在日本,回款、退货、添货会令人放心吗?这也是我们大家所关心的问题。仍以东贩为例,据介绍,该公司在接到出版社送来的书后,应保证在三四天内完成配货、打包,并运送到日本各书店。东贩在三个月内先付出版社 50％的书款,书店如要退货,应在 105 天内退还东贩,再由东贩退还出版社,6 个月内结清书款。如书店要求添货,一般是不能退货。日本书店整体的退货率大约为 38％,经销商与出版社结算折扣为 68％,经销商自留8％作为运费(大约 2.5％)、管理费、工资、利润。由于各个环节运转有序,出版社免去了推销奔波之累,而回款有保证,何乐而不为。

——在日本,竞争主要表现在服务质量上。总的看,日本的出版发行业增长势头趋缓,不景气的原因有三:一是日本经济的不景气;二是青少年不愿意看印刷品,尤其不爱看图书,杂志还好些;三是电子出版、网络出版日益占上风。因此,在发行销售领域,提高服务水平就显得十分重要。在委托销售机制比较健全的情况下,各销售代理商也纷纷在如何争取出版社、书店上下功夫;而书店处于销售第一线,也加大销售网络建设,广布 24 小时售货店,推行生活协同组合渠道,自动售货机渠道,直销、月销渠道及弘济会的即销渠道。日本书店的人口覆盖面为平均 4800 人有一个站点,书店一般都实行店内外开架陈列、读者自选等灵活方式。出版物更趋向大众的阅读习惯,卡通书、小开本书等便于阅读、携带的书大量出版,以满足读者的需求。我们在滋贺县看到的该县历史介绍书籍,竟然也都是卡通书。由于日本人工作紧张,喜爱读书的人也多,地铁、候车室、商场休息室都可以看到读书的人,喧哗闲聊的人很少,因此,图书的销售还是有很大的空间。

——在日本,盗版现象严重吗? 提出这一问题是基于我们对国内盗版现象既痛恨又无可奈何的心理而发。日方人员听了这话,一直没有明白过来,他们几个同行交头接耳,好像无以应答。最后,他们说,即使有盗版现象,他们也很少听到,更不用说见到盗版书。至此,我们不禁有点汗颜,我们所关心的折扣大战、回款不及时、盗版现象,都是建立在一种无序的竞争中。联想到我们在日本市场上购物,无论那一家商店,价格基本上都是一致的;即使是在小饭店吃一碗面条,店主也要认真打上税单,按章交税,一点不含糊;乘坐地铁、投币购物、乘车排队,一切都是那么井然有序。从根本上说,是日本人的国民素质在起作用,是长期的社会规范形成的道德约束,是人与社会相互依存的一种软件在起作用。从这个意义上说,我国的市场经济过程,将是国人素质提高的过程,是市场竞争规范化与人的道德素质相互作用的过程。加入 WTO 后,人们关心的是关税降低、外资涌入、国外商品涌入,事实上,WTO 带给我们的绝不只是这些,它把我们与世界相融合,给我们一套与世界交往的软件系统,让我们在新的平台上参与竞争,这新的平台就是规范、素质。

只着眼于个别的日本出版发行业,我们可能只是窥一斑而未能见全豹,但我们却感受到我们与发达国家的差距。要求国内图书市场在一夜之间变得规范有序,这对仍处于市场经济初级阶段的中国来说,是不可能的。但我们却应树立一个奋斗目标,一个发展方向,一个未来前景,把别人的成功经验变成我们的现实可能。这样,我们的出版发行业就能立于不败之地。

春风四月访英伦

　　2012 年 4 月 16 日，为期三天的伦敦国际书展正式拉开帷幕。本次书展因为中国作为主宾国参展，引起世界各国出版界的广泛关注。我国出版界也非常重视，总署及各省局、各出版集团组织了近千人前往伦敦参加书展。我作为中国大学出版社代表团成员参加此次书展，深感机会难得。我们团由 10 多家大学社领导和大学版协领导组成。我到北京集合时才知道自己被大学版协任命为团长，其实出访具体工作都是版协同志操办，我这个团长就是挂名而已。

　　伦敦书展是全球第二大书业盛会(第一当属法兰克福书展)。中央领导李长春、刘延东参加开幕式并访问英国，总署和各出版社领导都来了，相关的书展内容许多媒体都做了报道，恕不赘言。在现场，令人感受很深的是大学出版社的力量相当活跃，上海交大、北大、清华、人大、浙大主办的许多活动人气很旺，总署、学校的主要领导都亲临讲话。伦敦展会上见到许多出版的同行，他乡遇故知，很是亲切。

2012 年 4 月在英国爱丁堡大学校园里

中国主宾国的场馆超过 2000 平方米,创伦敦书展主宾国展馆面积之最。在场外和街道上,还可看到巨幅的中国书展广告牌。平心而论,中国展馆内容丰富,做了精心的准备,有近 200 项活动,公开的访谈内容也很不错,展示泱泱出版大国向世界开放的胸襟。但与其他国家相比,我觉得在务实方面还有许多差距。书展的会场外,主办方只是挂着简单的伦敦书展会标,没有我们常见的气球、红布条、广告牌,更没有国内常见的秧歌表演、锣鼓喧天。在展馆布置上,各国或各大出版公司也费了心思,很有创意,其中给我印象深刻的是他们把许多空间留给来访者,洽谈桌椅提供充足,书摆得比较集中,许多展馆看到的都是在认真洽谈版权贸易的书商(在展馆二楼还有巨大的洽谈室和咖啡厅,坐满了洽谈的人群)。相反,我们除了预先准备的活动人较多外,其他展馆精心摆放的书却很少人驻足或能坐下来看看,因为没有可让他们坐的地方。有的国家展馆请来一些按摩师现场按摩,或提供水、小食品、小礼品和书袋(有些书袋设计得很有特色),因为在偌大的展场走几天,很累,如能在你这小憩一番,说不定一笔生意就来了。

书展中,专业出版和数字出版也是很吸引人的。各大出版公司都是以专业特色吸引人,而数字出版区,苹果的 ipad 成了宠儿,五花八门的数字阅读器成了主角。华文出版走向世界还有漫长的路要走,但已经开始了。

奥运前夕的伦敦

伦敦是今年夏季奥运会的主办城市,距 7 月 27 日开幕也就三个月的时间。因此到伦敦之前,我们都想象伦敦可能正在奥运前夕的准备中,按北京奥运会前全民热烈参与的场景,伦敦可能也正紧锣密鼓,一片紧张又喜庆的气氛。到了伦敦,却完全不是这样,别的不说,光是奥运产品的销售,在各种旅游景点和超市上基本看不到,我只在机场看到一幅大标语,一家小商店的角落看到几样为伦敦奥运销售的小东西,主要是印有伦敦奥运标志的钥匙扣、T 恤衫和苏格兰卫队士兵模型,这在其他商店基本看不到。在曼彻斯特下榻的小旅店,看到在门口和大堂,以及电梯门上和电梯间内有关于奥运的宣传画,其他地方也不见迎接奥运的任何动静。车子经过奥运主场馆,可以看到正在建设中的繁忙工地。也许我们去的地方不多,但英国人对奥运会远没有中国人那么热情是毋庸置疑的。英国人对什么事情都是不温不火，伦敦市长就说，我们现在经济不景气，不可能把奥运会办得像北京那么好。有的英国人干脆说，北京办得那么好，为什么不能继续再办一届呢。据报道，有 12% 的英国人称要在奥运期间外出旅游，避开喧扰去安静的地方呆着。

在曼彻斯特，我们参观了素有"红魔主场"之称的曼联足球俱乐部"老特拉夫"足球场，这是全世界足球迷都非常熟悉且向往的地方。英国人对足球运动的热爱达到狂热的地步，据说每张球票 60 镑起售，购整赛季的会员票是 800 镑。可惜球场没有开放，我们只能在外面转转，买些纪念品。

花园般的国度

英国国土面积 24 万平方公里，人口 5800 万。主要包括英格兰、苏格兰、威尔士和北爱尔兰四部分。全称为"大不列颠及北爱尔兰联合王国"。所谓英伦三岛是指大不列颠岛的英格兰、苏格兰、威尔士。作为世界上最老牌的资本主义国家，他的建设历经了三四百年，除了几个主要城市人口集中、商业发达外，其他地方都是地广人稀。即使这些发达城市，主要商业街也没有什么高楼大厦，道路也很窄，倒是教堂或古老的建筑显得高耸精致。乡村小镇生活自在，各家彼此相距遥远，想必生活也是单调乏味。沿高速公路行驶，两旁都是无边的牧场草地，牛羊悠闲地吃着它们一辈子都不愁缺少的绿草。上帝太眷顾这片土地，全英 60% 以上是平原，土壤肥沃，雨水充沛，最高的海拔也才 2000 多米。常年气温在 15 度左右，夏天最热 25 度，且时间很短。冬天低温也在 0 度上下。在英国，下雨是经常的，一会儿阳光灿烂，一会儿大雨滂沱，天空中总是乌云和蓝天交替出现。

干净、整洁，精心修整是我们对这个国家最深刻的印象。无论是卓地、花丛、树木和街道，还是室内的每一个空间，处处都留下人为精心修葺的痕迹，构成了花园般的国度。从飞机往下看（所乘空客 A380 大屏幕上可清楚显示地面的景色），欧洲的许多国家都是平坦绿油，而飞机经过蒙古国进入我国时，看到的是一片崇山峻岭加上稀疏的植被，我国西北大片土地都是这番景致。特别是在北京停留时，正好赶上满城尽飘柳絮风，车窗都不敢打开,许多北京朋友都正患气管,生态环境之差令人无语。还好,我们有幸住在厦门,除了人多稍显喧闹,我们还是有许多地方可以和人家媲美。

剑桥大学

剑桥大学位于伦敦郊外90公里的一个剑桥小镇。这所目前世界排名第一的大学无疑最吸引来访者。剑桥大学有960年的历史,该小镇因有一条康河环绕,古罗马人在此驻兵练剑,又将此河称为剑河,河上的桥自然就是剑桥,也称康桥。徐志摩先生曾在此学习,作了《再别康桥》的佳作而为世人传颂。剑桥大学由31个本科学院,两个女子学院和两个研究生院共35个学院组成,各自独立办学。最著名的是国王学院、女王学院、三一学院和圣约翰学院。大物理学家牛顿26岁在三一学院任教授,至今该学院门前还有一棵苹果树,传说是牛顿在树下被苹果砸到,因而发现万有引力。从照片可看到,这棵苹果树不高,显然是山寨版的。其实牛顿因苹果落地而发现万有引力本身就是美丽的传说,不可当真,特地将苹果树栽种于此,更多是出自对牛顿的敬仰和纪念。

剑桥大学的建筑至今仍保留古老的哥特式建筑风格,每一幢建筑都是那么精致,写尽了历史的沧桑和岁月的流逝。田园式的校园清净优雅,26平方公里的面积只有1.2万名学生,汽车不多,自行车是学生的主要交通工具。这所大学堪称贵族学校,80％招收本国学生。学费不菲,本国学生每年学费15000镑,国际学生26000镑。读完本科一年级后学生的淘汰率是40％,想在这完成全部学业确实不容易。

此行最为遗憾的是未能访问剑桥大学出版社(还有牛津大学出版社)。因为伦敦书展,他们的外联部人员都到伦敦接待去了,所以没能安排参观访问。我们在外面观看出版大楼及边上的书店,大楼与其他建筑一样气派非凡。

牛津大学

牛津(Oxford)大学距伦敦240公里处,创办于1167年。英文Ox是牛,ford是浅滩河流的意思,"牵牛过河的渡口"便是牛津的意思。这是个古老的小镇,当年亨利二世与法国人冲突,便召回在法国读书的英国人,在自己的行宫——牛津镇——办学校进行教育。牛津大学最早是培养宗教人才,所以基督学院是最古老的学院,电影《哈利·波特》拍摄的魔法学院就是以此为背景的。

牛津大学历史比剑桥大学早60年,剑桥大学是牛津人前去创办的。牛津大学以培养政治、经济、人文方面人才而闻名,在2011年全球大学排行榜上名列第六(剑桥第一,剑桥以自然科学更负盛名),英国首相布朗、卡梅伦、美国总统克林顿都是在此毕业的。牛津大学有39个学院,规模比剑桥更大些,但我感觉这里比较嘈杂,没有剑桥的宁静。其建筑风格和做派与剑桥一脉相承。同样遗憾的是牛津大学出版社也因伦敦书展而人去楼空,只能外围看看。

英国人的生活点滴

伦敦和英国其他几个大城市的街道并不宽大,车辆也很多,到了上下班时间也是堵车高峰。但因为有良好的秩序使得交通事故并不多,人车互让,车辆始终能保持畅通。街道两边很少有高楼大厦,基本以四层楼居多,灯光炫耀。因为气候原因,住户很少使用空调。英国街道最典型的红色双层巴士和红色电话亭处处可见。在北京奥运会闭幕式上,英国人的"十分钟表演"就将红色双层巴士开进体育场,可见红色双层巴士已成英国印记。

街道上或公共场所经常能看到CCTV的标志,那不是中国中央电视台的标志,而是表明此处有监控的摄像头在盯着您。

英国人以绅士风度闻名,待人彬彬有礼是普遍行为,迎面相遇总是笑容可掬地打招呼。年轻人热情浪漫又率真朴实,想和他们合影总是毫不腼腆,非常配合,哪怕小孩子也一样。我在爱丁堡大学与一群学生交谈,那些男孩子朴实得清澈透明,非常可爱。路边年轻情侣相拥长吻也是司空见惯,老人相伴坐享阳光更显得安逸悠闲。

英国人生活的闲适来源于他们完善的社会保障体系,养老、失业、子女教育(大学前)、医疗等都有稳定的保障。想买房、买车都是贷款消费,分期付款。没有欠银行的钱的人是非常了不起的，或者说是不可想象的。英国的公务员和一般服务员的收入差不多，收入高的反而是某些蓝领工种，如掏烟囱工人每小时工资 35 镑，理发师每小时 8 镑，另还加小费收入，也是不错的行业。高收入的行业如律师、医生、警察等，但他们的税赋也很高，因此工作期间收入的贫富差距不大。高低税赋的人体现在退休金的不同，晚年生活质量的差距。他们对职业的优劣没有太大的计较，而是对工资的标准算得很清。同样，对拿多少钱，就该干多少事也毫不含糊。为我们开车的老司机，技术高超不说，服务到位也是一流的，年纪虽大，但准时到达，搬运行李，西装领带，彬彬有礼，总之，对"该我做"的工作，绝不偷懒。

英国人对待结婚非常慎重。他们一般不轻易结婚，男女双方同居甚至有了好几个孩子还未婚的相当普遍。因为一旦结婚，法律要求一年内不能离婚。过了一年想提出离婚的，法院要至少 6 个月后才能办理，如有财产和子女，则必须支付高额费用聘请律师。如男方提出离婚，需付女方抚养费直至再婚或到退休为止，即使女方收入比男方高也必须如此。因此他们的离婚率不高，家庭比较稳定。英国人结婚很简单，只要双方各有一证婚人一起到政府机构登记即可。仪式在教堂或酒店均可，费用一般在 2000 镑足够，而且是由女方支付。到场祝贺的亲友只要送一小礼物即可，如包装精致的巧克力、小装饰品，不像我们国家年轻人胆战心惊地迎接"红色炸弹"的情景那么可怕。

许多国人对欧洲商店周末不开门很不理解。确实，到了周末，特别是星期天，一般商店是上午 11 点开门，下午 4 点就关门了。我们曾到一家商店，快到下班时间，兴致来了，正忙着选购，老板很有礼貌但也很坚决地说，下班了，我们不能卖了。我们都觉得有生意不做，老外真是傻。其实，深入了解才知，一方面，老板对加班的员工必须付 1.5 倍的加班费是不折不扣的。老板不愿意，员工也不愿意。老板不愿多花钱，员工得到加班费要缴纳很高的税，他们也觉得不划算，还不如休息。另一方面，礼拜天是西方人上教堂祈祷的时间，雷打不动。一般上午 9 点全家就得去教堂祈祷，所以 11 点才有人能光顾商店。而星期天下午一般是全家人聚会的时间，英国人子女和父母都是分开住的，往往到周末要相聚在一起吃晚饭。他们把亲情看得比赚钱更重要，如此说来，周末不营业也就不难理解。

有一事说来挺有趣,英国人购物基本是刷卡消费,16 岁后的成年人便可申请办卡。营业员对现金购物的找零很死板,或说很不开窍。我曾购一物,价格为 15.4 镑,我给 20 镑纸币,另给 4 便士硬币,当然希望找回 5 镑的纸币。营业员马上将 4 便士退还给我,说 20 镑足够了,然后找我 4.6 镑的硬币(英国 5 镑以下没有纸币,都是看不懂的各种硬币),我再次申辩,他还是坚持既然 20 镑够了,就不能再多拿我的钱。我拿着沉甸甸的一堆钢镚,无语……导游居然说,这不奇怪,他常遇到。

名　　胜

白金汉宫、国会大厦、大本钟、大英博物馆、伦敦眼(摩天轮)、唐宁街 10 号、圣保罗大教堂、泰晤士河塔桥、二战纪念碑(在马路中)、海德公园、和平广场(白金汉宫门前),这些景点大家都熟悉,实际上他们都集中在伦敦市区泰晤士河边。距伦敦 12 公里处的温莎城堡是女皇伊丽莎白休闲度假的行宫,内有大量的艺术珍品和名画,但禁止拍照。门外有着黑帽红衣大皮靴的苏格兰卫队操练,也是一景。

英国是君主立宪制的国家。国王或女王是国家的化身,但不参与治理国家,首相代表女王执政。英国历史上经历了 10 个朝代,在汉诺威王朝(第 9 个王朝)维多利亚女王时代达到鼎盛时期,治理全球近 1/3 的领土,统治着比本国多 100 倍的人口,号称世界上的日不落帝国。至今英女王还是北欧的丹麦、挪威等国的女王。英女王伊丽莎白今年 86 岁,到今年 6 月要举行女王在位 60 年的庆典。王室的故事一直是英国人的美谈,20 世纪三四十年代的爱德华八世不爱江山爱美人,为娶美国人辛普森而让位于他口吃的弟弟(伊丽莎白的父亲),演绎了一段凄美的爱情故事;查尔斯王子与戴安娜的故事就更为大家所熟知,戴安娜离婚后香消玉殒,查尔斯与卡米拉牵手走进皇室(据说卡米拉以其良好的教养和性格得到女王和两个王子的认可,相处不错)。查尔斯因离过婚而失去继位的资格,将由他和戴安娜的长子威廉王子继位而成为下一任的国王;而威廉王子娶了平民女子凯特(大学同学)在圣保罗大教堂阳台上长吻的镜头也让英国人津津乐道。

英国的贵族文化根深蒂固,等级分明。财富与贵族的身份没有关系,但一旦成为贵族，则世代家族吃穿无忧。贵族等级最高当然是国王（女王），其次是公爵，像皇室成员如查尔斯封为威尔士公爵，威廉王子封为剑桥公爵。第三级是伯爵。第四级子爵。第五为勋爵。第六是爵士。能进入贵族成员的一般都是在战争期间战功卓著的民族英雄，即所谓加官晋爵。一旦封了爵位，便可世袭，代代相传。当然，后人若有才华，便可不断发展，在政治上或经商方面获得成功而增添光彩，也有一代不如一代的成了破落贵族。除了战争英雄，在文学方面取得巨大成就的莎士比亚，当今的足球明星贝克汉姆，也都被封为爵士。宗教文化和贵族文化是英国这个古老国家的宝贵历史文化遗产。

莎士比亚故乡

莎士比亚（1564—1616）是英国人的骄傲，他的文学成就世人皆知。我们怀着崇敬的心情来到离伦敦不远的斯特拉夫德，这是一个只有两万人口的小镇，莎士比亚就是从这里走出去的。他先是在伦敦火车站扛包，后到剧团扫地。一直到剧团对外征集剧本，他的才能才得以崭露头角，成为戏剧大师。此后他创办莎士比亚剧团，风靡于世，而后又投资房地产，成了富甲一方的富豪。晚年他在老家买了庄园，经常呼朋唤友，饮酒作乐，结果只活了52岁便去世。他的出生和去世都是4月23日，人们便把这一天定为"世界读书日"，以纪念这位文豪。巧的是，就在这一天，我们来到莎翁的故乡。值得一提的是，这个小镇还出了一位了不起的人物，约翰·哈佛。就是他创办了美国的哈佛大学。这小镇还真是不得了。

在英国10天，浮光掠影，只见表象。有关访英的认识和感受，特别是对出版的发展思考，还有待进一步学习研究。

2012年5月3日

我与厦大出版社

凤凰树下随笔集

奉献，在他们的脚步声中[*]

——庆祝厦门大学出版社成立 10 周年

厦门大学出版社走过了十年的历程，在强手如林的出版界中，论实力他们还是个小字辈，但他们所创的业绩却格外引人注目。十年，他们奉献给读者千余种图书；十年，他们捧回了百余个奖杯——其中有中国图书的最高奖励；有数不清的学者专家秉笔称颂；有出版界领导同仁的肯定和勉励；还有中央新闻单位记者的"焦点访谈"。

"为人作嫁"是出版者的共同特点。在大学校园里，出版社人员成人之美的恢宏胸襟更是不可或缺。有作者曾问道，你们的工作忙不忙？我们说，你把书稿交给我们，肯定想要又好又快地见到书吧！所有的作者都有同样的愿望。因此，每部书稿都有一种催、压的力量在后。忙，便成了全社上下的一种习以为常的工作节奏；忙，使得编辑人员常在夜灯下与书稿相伴；忙，使得出版发行人员出差在外成了家常便饭；忙，使得寒暑假的优哉生活成了远去的梦境。

不要以为有丰厚的收入在等待着这些忙碌的人们。与那些"先富起来"的人相比，我们自然是小巫见大巫，就是与兄弟出版社相比也是捉襟见肘。记得那一年，巴塞罗那奥运会的烽火触动了我们的神经，只在 20 多天里，我们从编辑到印制，硬是赶制出近三万册的《巴塞罗那奥运会》一书。我们几个人一脸汗水一身油烟，乘着一辆破车穿越在闽中山路。印刷厂的人望着我们这些整天乐哈哈的小伙子，不解地问，你们这样干能得多少钱。大家相视一笑，更加乐起来。并不是不喜欢钱，实在是有比金钱更可贵的东西……

奉献，并不是停留在豪言壮语之间；奉献，融汇在我们匆匆的脚步声中。只要你走近我们中间，每个人都可以告诉你一个动人的故事，或许，每个人都会向你倾诉一大堆忙碌之后的怨言，可是，话音未断，他们又开始为一大堆忙碌的事而奔走。

---

[*] 本文原载《厦门大学校刊》1995 年 5 月 26 日。

117

成绩斐然　任重道远[*]

——庆祝厦门大学出版社建社 15 周年

今年 5 月,厦门大学出版社高兴地迎来了她 15 岁的生日。15 年来,在校领导及广大师生的关怀和扶持下,经过出版社数任领导和全体员工的辛勤耕耘、无私奉献,终于换来了 15 载的春华秋实、累累硕果。15 年来,我社共出版新书 1700 多种,总印数 420 万册,总码洋 1.5 亿元。生产规模不断扩大,两个效益同步增长,特色优势日渐凸现,队伍素质普遍提高,综合实力大大增强。所出的图书中,获省级以上奖励的有 254 项,全国性大奖 78 项,有 3 种书获国家级最高奖——中国图书奖。出版社已走过了初创阶段,形成了稳步发展的良好势头。

2000 年于厦大出版社办公室

---

* 本文原载《厦门大学报》2000 年 5 月 10 日。

　　大学出版社作为高校中学术性较强的事业单位,其主要任务是从出版方面为学校的教学科研和教师队伍的成长做贡献。15 年来,我社始终坚持正确的出版方向,坚持为教学科研服务的办社宗旨,没有出过一本政治上有问题或格调低下的坏书,教材专著占出版总量的 75％以上,而图书获奖率高出全国高校出版社平均水平近 10％。我社的作者队伍中,68％为本校教师,这些教师通过在我社出书,得以传播他们的科研成果,弘扬他们的学术思想。我社出版的“21 世纪广告丛书”、“厦门大学财经类优秀教材丛书”、“台湾研究丛书”、“华侨华人问题研究丛书”等,对满足我校的教学需要、提高科研水平、促进学科建设发挥了积极的作用。1997 年,国家教委组织专家对全国大学出版社进行严格的评估验收,我社以总分 89 分的优异成绩排在参评的 94 家大学出版社的前 20 名。

　　我社是一个具有独立法人资格的一般纳税人企业。自办社以来,自负盈亏、自支工资及各项管理费用,依靠逐年的积累,固定资产大大增加,并通过多种渠道筹集资金 300 多万元作为出版基金,有效地支持我校学术著作的出版。经过 15 年的摸爬滚打,已经造就一支有活力、有朝气的出版队伍,在编、印、发等环节形成一套行之有效的管理方法和经营方略。目前,全社上下精神焕发,豪情满怀地迎接新的挑战。

　　展望新的世纪,我们深知,在当今图书市场的激烈竞争中,作为一个规模不大的高校出版社,要求得生存与发展,任重而道远。15 年的风雨历程,使我们深刻地体会到,只有发挥优势,构筑特色,才能在竞争中占有一席之地。要继续坚持正确的出版方向,走“有所为有所不为”的发展道路,不盲目攀比追附。要突出学术性的基本方向,力求高品位、高层次的文化内涵。立足本校,依靠教师,努力创造条件,把代表我校学科优势和学术水平的教材专著反映出来,特别要使那些题旨宏大、积累丰厚、有经营意义和传世价值的学术精品反映出来,并使其传播功能得以最大限度的实现。

　　作为一个文化企业,我们一定要争取两个效益同步增长。这就要求我们要走向市场,找准选题,争创品牌,提高图书质量,加强发行工作。要培养一支懂经营、善管理、讲奉献的队伍,建立一个团结、务实、奋进的领导班子。我们相信在进行出版社第二次创业中,只要有学校领导和广大师生的关怀和支持,有我社全体员工的奋发进取,我们一定能把出版社办得更好。

营造特色　树立品牌　争创一流业绩[*]

——厦门大学出版社建社 20 周年巡礼

厦门大学出版社创立于 1985 年 5 月。建社 20 年来，我们以不断开拓、勇于进取的精神，脚踏实地，努力奋斗，使我社的各项事业都有了很大的发展。多年来，我们坚持"一流的大学要有一流的大学出版社"的理念，坚持以特色、品牌取胜的经营思想，始终贯彻党的出版方针，坚持为高校教学科研服务的办社宗旨，为读者奉献了一大批具有很高的学术品位和文化品位的优秀图书，没有出版过一本政治上有问题或格调低下的图书，在出版界赢得较高的声誉。

2005 年 9 月在台北上海书店出席《台湾文献汇刊》出版发布会

---

* 本文原载《厦门大学报》，与陈福郎总编合撰，2005 年 4 月 25 日。

作为福建省唯一的一家大学出版社,近 20 年来,我社共出新书 2300 多种,重印 1000 多种(2004 年重印率为 60%)。其中高校教材、学术专著占 80%,本校作者约占 50%。所出版的图书中,获省级以上奖励的 360 多项,其中全国性大奖 80 多项,获奖率为 15%,远高于全国 3% 的平均获奖率。《毛泽东思想与中国文化传统》《税利分流研究》《膜分子生物学》《透视中国东南:文化经济的整合研究》荣获中国图书奖;《当代中国女性文学史论》被列入第四届世界妇女大会代表赠书;《思想道德修养》获教育部首届评选的"全国高校两课优秀教材";《广播电视广告学》《货币银行学》等多种教材获全国大学版协评出的"优秀畅销书";"中央苏区历史研究丛书"被新闻出版总署列为全国建党 80 周年 100 种献礼书之一;"穿透灵魂之旅"丛书为 2002 年全国书市的畅销书;前不久问世的国家"十五"规划重点图书《台湾文献汇刊》(100 册)在社会上引起极大反响。

在学科建设方面,我社发挥了不可替代的作用。近年来,我社为东南亚研究中心出版的"厦门大学东南亚研究中心系列丛书"一套 10 种,以其高质量和高效率赢得了专家的赞誉,为该中心的验收打下坚实的基础;我社为人文学院出版的"文艺学新视野丛书"、"应用语言学丛书"、"传播新视野丛书"、"影视戏剧研究丛书"等,成为该学院在申报博士点的学科建设中的优势条件;我社为法学院出版了 9 个系列,近百种教材专著,为该学院的教学科研、学科建设及申报民商法博士点起到重要作用;即将出版的《固体表面物理化学若干研究前沿》,是作为科技部第三次对国家重点实验室评估的著作项目之一,对评估将起到积极的作用;外文学院的"厦门大学英语语言文学博士文库"的出版,将作为该学院博士后流动站申请的必备条件。随着我社不断推出学术精品,必将极大地推动我校的学科建设。

根据统计,在我社出版著作的我校教师有近千人次。不少教师通过在我社出版发行其著作,大大提高了其学术水平和学术声望,也人人提高了他们的研究和教学水平。由于出版社在推动和整合研究力量上的特殊地位,使之对我校教师的整体学术水平的提高起到了重要的作用。

出版社的经营管理体制,按照"事业单位、企业化管理"的经营模式,具有独立的企业法人地位,自主经营、自负盈亏。近年来,我社的经济效益有了较大的提高。我社以高等教育图书为我们的主要发展领域,利用高校扩招的契机,逐步形成了多学科、多层次、覆盖面广的教材体系。通过我们的努力,我社在高校教材的出版方面占有一席之地,成为我社经济增长的支撑点。其中,法律、会计、财金、计统、企管、计算机、外语、广告等专业的教材,已形成了一定的品牌,满足了教学的需要,促进了学科建设。这不仅为提高厦门大学乃至全省高校的教学水平,加强师资队伍的建设发挥了自己应有的作用,也取得了良好的经济效益。

大学出版社处在大学校园,又是生产精神文化产品的事业单位,我们更应在其企业精神、文化内涵上下功夫,使之拥有奋发向上的人文精神、和谐融洽的人文环境,这其中最根本的就是对人的关爱,使每个人的积极性都能充分发挥,使出版工作成为人们向往的事业。长期以来,我社有一个良好的工作氛围,有一种积极向上的企业文化精神,几任领导班子都十分注意调动职工的积极性,努力把出版社办成一个"温馨的家"。我们充分发挥党支部、工会的作用,关心职工的疾苦,解决他们的实际困难。目前,我社班子团结,富有开拓进取的精神,职工的工作积极性很高,克己奉公、以社为家的精神已蔚然成风。

回顾我社 20 年来所走过的道路,我们倍感欣慰;展望未来,我们充满信心。当前,我国出版业正面对着许多新的机遇,也面临着许多新的挑战。我们要树立出版产业意识、竞争意识。我们坚信,在学校的坚强领导下,有广大师生的大力支持,我们这支有着强烈事业心的出版队伍,一定能把厦大出版社建成一个有鲜明特色、在全国有较大影响的高校出版社。

珍惜我们永恒的精神财富[*]

——纪念厦门大学出版社建社 25 周年

2010 年 5 月 7 日,是我们厦门大学出版社建社 25 周年的纪念日。比起张灯结彩,觥筹交错的庆典大会,大家认为更好的纪念方式还是每人留下一段文字,或回忆,或感悟,或展望……结集成册,流传下去。毫无疑问,真实的感受留在文字中,是最好的纪念。

厦大出版社办社 25 年来,经过几代人的努力,不断壮大,逐渐赢得学界和出版界的好评。在 2009 年新闻出版总署进行的首次全国出版社等级评估中,厦大出版社被评为国家一级出版社,并荣膺"全国百佳图书出版单位"。也是在这一年,出版社搬迁至厦门软件园二期,宽敞明亮的办公室记录了出版社 25 年的丰硕成果。欢乐的笑容挂在每个人的脸上,真实的感动则在文章的每个细处。

25 年来,出版社的工作千头万绪,几代出版人孜孜以求,筚路蓝缕。其实,归纳起来,我们的工作无非就是做两件事——人和书。现在,我们可以总结的是,人是要有点精神的,书是要有点品位的。我们这样一个偏居一隅的小型大学出版社,如果没有我们厦大出版人执着的出版理念和奉献精神,没有准确的图书定位和品牌特色,我们也许不会有今日的自豪与精气,更不会有厦大出版社美好的未来。

大学出版是一项比较特殊的职业。大学出版并非简单地指大学出版社的出版行为,而是指高等学校伴随教学科研需求所开展的编辑出版活动。大学出版社有一般企业经营管理的普适原则,更要以弘扬学术,铸造精品为使命。因此,依托高校,服务高校,学术为本,教材优先便是我们的安身立命之本。所幸的是,25 年来,我们几代出版同仁一直牢记使命,长袖善舞。如果对我们工作的目标作一归纳,那就是:挖掘学术资源,整合学术力量,培养

---

* 本文原载《放歌书林》,与陈福郎总编合撰,厦门大学出版社 2010 年 5 月版。

学术新人,传播学术成果。

翻开《放歌书林》,您会读到不同的故事,品味到曾经的往事带来的思考。您会体会到出版社的每一点滴进步,都是大家迸发出生命的能量换来的。在美好的回忆中,大家对自己曾经的付出倍感欣慰,对自己的这份职业充满热爱,对我们共有的温馨家园寄托着感恩之情。出版社的活力是每个人智慧的凝聚。锐意进取,不断探索,不满足现状,不断与自己较劲。正因如此,我们才能跟上时代的步伐,才能在激烈的图书市场竞争中占有一席之地,才有一批具有适应现代出版活动的青年俊才成长起来,成为我们事业繁荣的可靠保证。

本书作为出版社成立 25 周年的一种纪念形式,得到大家的热烈响应。作者中有退休的老同志,有工作几十年的出版人,也有刚参加工作不久的新人。汇集在本书的出版故事,鲜活生动,虽然每人有不同的经历,不同的视角,却共同照映出了大家的真实感受,凝聚成出版社特有的气质,升华成我们永恒的精神财富。我们所处的时代在快速变化中前进,厦大出版社未来寄托在年轻一代。我们相信,年轻的一代一定会有更活跃的思想,更宏伟的蓝图。让这些宝贵的精神财富,可以穿越时空,成为永恒,激励着一代又一代厦大出版人前行。

寻找厦大出版社的气质[*]

一个团队与一个人的成长是很相似的,到了 25 岁了,就一定会形成相对稳定的个性特点和风格气度,这就是所谓的气质。

25 年来,我们这几十位禀性、气度各异,学养、经历不同的人,汇集在厦门大学出版社这小小的单位。虽有领导更替,也有人员进出;有时会有矛盾,也有争执,但全社却始终保持着一份相处的和谐,一份工作的激情。我想,这其中一定有一种精神力量深入人心,令人自然融入并延续传承。

那么,出版社有什么特别的气质呢?作为在出版社工作整整 23 年的我,也经常在思考这个问题。要想完整准确表述出版社的气质是不容易的,我只想描述存在于出版社的某些特点,作为表达出版社气质的注解。

---

* 本文原载《放歌书林》,厦门大学出版社 2010 年 5 月版。

一曰"正气"。

一个单位,人员各异;出版工作,精神物质都参与其中,行有准则的"正气"是不可或缺的。25年来,出版社始终坚持大学社的办社方向,打造自己的学术品牌,坚持为人作嫁的热忱,坚持以人为本的和善,坚持勤俭节约的风尚,循规蹈矩,从不买卖书号,从未出版过低俗或政治上有问题的图书。在编辑、印刷、发行,包括人事、财务的管理上一丝不苟,即使在市场经济的混战中也没有偏离过方向,被人称为有点"傻气"。在社内,从领导到员工,没有暗地里的钩心斗角,拉帮结派。在工作中坚持民主集中制,凡事先沟通,互相交心,遇到问题互相补台,群策群力。在干部选拔、招聘员工、奖金分配等重大问题上坚持公平公正。我们深知弘扬正气必须从领导做起,正所谓"上梁不正下梁歪"。"以义取利"是我们判断是非的标准,"以人为本"是我们制定政策的优先考虑。当"正气"主导着我们的行为准则,大家心情舒畅,何事不能为。这种"正气"是一种坦荡的浩然之气。

二是"热气"。

出版社的兴衰荣辱,与全体人员息息相关。因此,人人关心本社的大事小情,大家都在考虑出版社的发展。一个单位,每天都会有新问题出现,都会有烦恼的事产生,这是很正常的,最关键的是遇到问题时人的立场和态度。当你对解决问题充满热情,办法就会比问题多。出版社不同部门的员工在工作配合上互相补台,尽心尽责。正因为有这样的热气,我们可以看到赈灾的踊跃,公益事业的热心,集体活动的积极参与,关心同事的真诚。晚上、周末不少人还在家在办公室干活,私车公用是常有的事,出差住宿选最节省的,出差回来(哪怕深更半夜)第二天一定赶来上班,下午出差上午还会出现在办公室。这是一群把出版社当作自己家的人,这是一群热爱自己工作、坚守自己的使命的人。只要有这股"热气",事业的兴旺是自然的事。

三是"静气"。

我很理解这样一种说法,出版工作是处在主流与边缘之间。有时跻身在主流,是赞誉,是关注;有时又潜居在边缘,是寂寞,是冷落。有时欣欣然,有时戚戚然,这符合出版工作的作用和坐冷板凳的特征。厦大出版社不善于跟风争宠,不以物喜,不以己悲,冷暖自知,于心无愧。当"百佳、一级社"的巨大荣誉来临时,连校长都说我们出版社潜心做事,不事张扬。在这竞争的年代,谁不把自己家的那棵草说得像花似的,但出版社却强调要把感觉建立在更可靠的基础上。的确,凡是和出版社深入接触的人,无论是作者、读者,或是印刷厂、书店的朋友,都能感觉到一份办事的踏实和待人的诚意。因此,与其说是"静气",莫说他更像是谦谦君子的"书生气"。

四为"和气"。

出版社有句名言口口相传,那就是"把出版社办成温馨的家"。这句话不仅体现了出版社以人为本的文化氛围,也反映其多元并存的宽容精神。在一个存在个体差异、有名利诱惑的集体中,要真正做到"温馨和谐"并不容易。因为在改革的年代,太多的变革让人们疲惫,太多的对立让生活紧绷。我们期望有一种变革,让所有的人最终都是赢家。在变革的浪潮退下来之后,留下的都是生活的美好和幸福。作为大学出版社,要把出版高品质的精神产品作为最重要的任务,而这种产品不会在机械的流水线上产生,它是在编辑与作者、读者的精神交汇中碰撞出来的。出版社在管理制度设计上,有其刚性的一面,这是维持正常的企业运转所必需的。但所有制度的核心和终极目标,都是要激发大家的潜能,做出版的有心人。温馨的内涵就是要提供这样的精神氛围,她不是简单的"一团和气",而是在这样一个集体,大家能心情舒畅,彼此配合默契,上下沟通顺畅,人的才能得到充分的发挥,这与保持勇于竞争的精神并不相悖。值得高兴的是这种理念得到大家的认可并身体力行,这其中透露出一种南国人特有的平和心境,使"温馨和谐"的理念得到充盈和升华。

出版社的气质是什么,置身其中的每个人都会有自己的领悟。其实这种气质每天都在我们身边流淌着,影响着我们,这也许是 25 年来出版社最宝贵的财富。

《蔷薇之旅生活家》人物访谈——光阴的故事*

——厦门音乐广播电台洪岩主播专访

2012年11月7日(11日重播),FM90.9兆赫厦门音乐广播电台的《蔷薇之旅生活家》人物访谈《光阴的故事》专题节目,洪岩主播专访了厦门大学出版社社长蒋东明。

(预告)他毕业于厦门大学物理系,1987年开始从事大学出版社工作。在20多年的出版人生涯中,他发表了几十篇出版专业论文,出版有学术研究专著《李政道传》《高科技时代》等,并荣获中国大学出版社第二届高校出版人物奖。在2009年新闻出版总署首次对全国经营性图书出版单位的等级评估中,厦门大学出版社被评为"国家一级出版社",并荣获"全国百佳图书出版单位"称号。11月7日、11日15点到16点30分《蔷薇之旅生活家》人物访谈《光阴的故事》,洪岩专访厦门大学出版社社长、厦门市作家协会理事蒋东明,欢迎收听。

洪岩:周日的厦门,阳光正好,微风不燥。大家好,我是洪岩,与您分享收获的喜悦,我的新书《正在直播——洪岩空中访谈》全面上架,期待您的支持。

……

欢迎您继续锁定FM90.9兆赫,全城收听率第一的厦门音乐广播,接下来收听《蔷薇之旅生活家》,我是洪岩,要在这里问候所有的听众朋友下午好,欢迎您继续关注我们的节目。又到了人物访谈的时间了,很多的朋友,应该说是越来越多的朋友都告诉我说,特别期待今天这个单元。今天我们"光阴的故事"请到的嘉宾是来自我们厦门大学出版社的社长蒋东明,我们要用最热烈的掌声欢迎蒋社长光临我们的节目。

洪岩:蒋社长好!

---

* 本文原载《媒体里的厦大社》,厦门大学出版社2015年4月版。

与主播洪岩(左)合影

蒋东明:主持人好！听众朋友们大家好！

洪岩:我要先介绍下我跟厦门大学出版社的渊源。早在 9 年前的 2003 年,我们厦门音乐广播在厦大出版社出版了《美丽十年》这本书,当时就认识了蒋社长,还有一大群非常可爱的厦大出版社的领导、编辑、印刷厂的师傅。我觉得他们对我都特别好,记忆犹新。今年我又出版了《正在直播——洪岩空中访谈》,在准备出版之前,我都觉得没什么第二考虑,就直接联系厦大出版社。最近蒋社长也特别的忙碌,一年当中您有没有分春夏秋冬或者哪个月份、哪个时期稍微闲一点,会有吗？

蒋东明:除了春节期间以外,我想一年到头,我们出版社工作始终都处在比较紧张的状态下。

洪岩:哦,一年四季基本上都比较忙？

蒋东明:对,对……

洪岩:那我最近,我用我的话说,频繁出没于厦大出版社,我发现社里面员工,其实还蛮年轻的。

蒋东明:是的,我们出版社人员,"80 后"的年轻人多。

洪岩:我感觉是特别有朝气。

……

蒋东明：我跟洪岩是老朋友了。很高兴今天有这样的机会，我想对许多厦门人来讲，厦大出版社是既熟悉又不太熟悉的一位老朋友。

洪岩：真的——熟悉的陌生人！

蒋东明：对，因为一个出版社对一个城市来说有什么意义，而且它又是厦门大学的出版社，它对我们普通市民意味着什么？或者说它的出版物对我们这个城市有什么作用？所以，你刚才问到的这个问题，我想是不是我能先说一下我们出版社的一些基本情况？

洪岩：社长总是不忘要说社里的情况，没问题。确实就像您说的，一个城市，对于我来讲，我也是城市的市民之一，我会觉得非常的骄傲。在我们这样的一个城市当中，有这样的一个出版社，刚才我们在预告也听到了，我们厦门大学出版社是全省唯一一家全国的一级出版社，又是百佳图书出版单位，大家可能不是出版人，觉得听听就算了，但是在出版业当中，这是很值得尊敬的一个称号。

蒋东明：对，因为我们是图书出版社，它当然主要是出版图书啦。那么在出版图书这个过程当中，它怎么来为我们厦门这个城市增添一份文化的气息，这是我们一直在思考，也一直在做的事情。厦门大学出版社是 1985 年成立的，走过了 27 年的路程，我们有一句宣传的口号——在美丽的厦门，出美妙的图书！

洪岩：哦，还有这句口号！"在美丽的厦门，出美妙的图书！"

蒋东明：那这个图书的美妙，不是随便说的。可能我说一两个例子，大家就会比较了解。大家每天看厦门电视，都会看到一个老外——潘维廉先生。

洪岩：他在厦门可是家喻户晓的人物啦！

蒋东明：对，他每天在厦门电视台的宣传片上说，在厦门你们能看到海是蓝色的，城市是绿色的，这个人就是感动厦门的十佳人物之一——厦大潘维廉教授。

洪岩：对，我曾经在很多年前也采访过他。

蒋东明：潘维廉教授 20 世纪 70 年代的时候是一个美国大兵，在台湾的美国兵。他当时就对厦门感兴趣，因为他在台湾收到了从我们这里打过去的炮弹——宣传炮，收到很多我们大陆打过去的宣传单。当时在他们军队里面,这些东西是禁止个人看的,但是他出于好奇,便收藏了好多,直到现在这些东西他还珍藏在自己的办公室。这些红红绿绿的纸条上面画着的是我们大陆的民间舞蹈、戏曲等等,引起他的兴趣。他退伍后回到美国,第一个愿望就是想到海峡对岸那头去探个究竟。80年代末,他先自己一个人来到厦门,来了以后他就喜欢上了这个城市。两年过后他把他家人都带到厦门来,在厦门扎根了。他应聘成了厦大教授,是福建省第一个获得永久居住权的外国人,全家都住在我们厦大。他的孩子也娶了我们厦门的媳妇,是厦门黄厝的一个小姑娘,开枝散叶,他们全家已经融入这个城市了。有时他们回到美国,待了几天,孩子就会说,爸爸我要回家了,回厦门。

洪岩:哦,到美国后说要回家。

蒋东明:他爸爸说这就是我们家,小孩说不不不,这不是我们家,我们要回厦门这个家。2000年,他找到我们,说是十几年前,因为他觉得厦门这个地方很值得向他的美国朋友介绍、推介,所以就写了一本外国人在厦门的指南,介绍厦门的风景,厦门的旅游景点、小吃,还用他自己画的卡通人物作为引导形象。

洪岩:是,还蛮可爱的!

蒋东明:我们当时在想这个书名的时候也费了一番周折,因为 Magic Amoy 直译的话是"魔力神奇的厦门",或者是"厦门,一个神奇的地方",本来是想这么翻译的,后来我们的责编施高翔同志和大家经过一番讨论,最后灵机一动,我们就叫作——"魅力厦门"。

洪岩:魅力厦门,哎呀! 如今这本书可是本畅销书。我都记得在2003年我们在联系出版《美丽十年》这本书的时候,当时的编辑施老师就赠送给我一本《魅力厦门》,我现在还放在我家的书架上。有的时候要翻一翻,因为(碰到)朋友要什么的,我再看一看还蛮全的。

蒋东明:就因为这本书呢,把他跟厦门更加紧密地联系在了一起。而且魅力什么城市这样一个词组,已经风靡整个中国了。我前几天刚从青岛回来,青岛从机场进到城里的路上就有"魅力青岛"的大标语,咱们看电视时,经常就有很多魅力什么城市等等。

洪岩:是,有很多美丽的城市介绍就是这样的。

蒋东明:本来这个词,魅力作为形容词还是比较少的。

洪岩：对。

蒋东明：说什么什么东西具有魅力，这是一个通常的说法。把"魅力"作为形容词使用，首创应该说是我们出版社。

洪岩：厦大出版社。

蒋东明：从此呢，魅力系列丛书就出来了。从这《魅力厦门》，然后《魅力泉州》《魅力福建》《魅力鼓浪屿》，一直到《魅力厦大》。

洪岩：这都是潘维廉教授写的？

蒋东明：对，都是他写的，他自己也做了个 logo，叫"魅力老潘"。

洪岩：很可爱啊！是，所以社长一来就先说一说社里的故事，我觉得您讲故事讲得特别的动人。大家很想知道这个老外他做了一个什么样的事情。其实，在社里，我知道不仅仅是老潘，潘维廉教授出的一些魅力图书，还有非常多我在编辑的桌上看到的，非常多专业和学术的书籍，其实社里出版的书也涉及很多方面……好像我们厦大出版社是大学出版社，跟其他的出版社在出书的方向上会有一些不同吗？

蒋东明：大学出版社肯定是为大学，为学术服务的出版机构。

洪岩：那么只为厦门大学的老师服务吗？

蒋东明：应该说我们现在的作者群当中，大概 50％出头一点是本校的老师。我们出版物的作者已经涵盖了其他高校的老师，也涵盖了社会很多作者。像最近我们做的"漳州与台湾关系丛书"，就是漳州的学者做的。在泉州这一带，我们出了《泉州学》《泉州民俗研究》，还有《泉州文库》等等。应该说福建省基本上所有高校的一些老师都在我们这里出过书。现在我们的触角也已经伸到全国很多知名的高校了，像我们法学的品牌图书、经济学的品牌图书都是全国一流的作者，包括像最近新推出来的"国际金融新趋势"，就是南开大学的作者。西南政法和中国政法等高校的老师也都在我们这里出过书。也就是说，厦门大学出版社的作者群不是仅限在厦门大学。

洪岩：我刚刚也提到的，可能是比较行外话，因为以前认为厦门大学出版社冠以厦门大学这样一个高校的名字，就总觉得是不是厦门大学的老师得天独厚这样的一个优势，会有这样一个优先权？社长这样向我们描述，事实上厦大出版社是面向全国的所有优秀作者。是因为这样，您和您的同事才长年累月要出差吗？因为之前社长送我们一本图书，是在厦门大学出版社建社 25 周年的时候出版的一本叫《放歌书林》，我看了大家写的文章，都蛮有趣的！其实有点像我们当时的《美丽十年》那本书。现在您出差主要是联系作者呢，还是洽谈出版的一些事宜？

蒋东明：因为出版它有几条路必须走，一是联系作者，就是我们的上游，然后就是销售方，可称之为下游。图书出版是这样一个流程，找好的作者，又要找好图书的销售渠道。这里面就要跟作者打交道，跟学校打交道，跟书店打交道，跟许许多多各种各样的人打交道。我想，因为这个工作特点，我们全社同事出差频率确实是非常高，因为只坐在家里是做不到这些事情的。

......

洪岩：今天社长带来好多书，其实这对厦大出版社出版的书来说只是九牛一毛。因为（在）社里我真是看到了太多太多的书。而且厦大出版社有一个特色，就是一进出版社的大门，没有什么总台小姐或者什么办公室，就是一个开放式好几排的书架。我就在想，如果我要是喜欢哪本书，我就可以拿走了吗？这是谁的主意，把好多书放在大门口的书架上？

蒋东明：因为出版社就是做书的嘛，我们能够给读者，给客人的也就是书。这是当时在设计的时候，大家的一个想法，就是要让进来的人感觉到这里是做什么的。

洪岩：没错，一到厦大出版社，书香的气氛就迎面而来了。我有时候就会在书架上流连一下，然后再去办公室去找人。今天社长带来了好几本书。我建议大家到书店、到网络上去买一些书。刚刚说到了最近说的一本书叫《战神刘玉栋》，其实蒋社长还特别愿意跟大家来介绍一下，厦门大学出版社在学术书籍这一方面做了很多的事情，给我们介绍一下。

蒋东明：说到底，我们厦门大学出版社以学术出版为主，在这方面我们做一些什么事情呢。因为是直播，我这里同时也收到很多微博，听众在微博上说我还是讲故事更生动些。那么我也来讲两个故事，一个故事呢，大家知道，前几年连战来我们厦门，他是来访根寻祖的，最后离开福建是从武夷山走的。当时省台办有一位陪同的领导给我打电话，说连战和他的夫人特地向我们厦门大学表示衷心的感谢，感谢什么呢？他此行来福建来大陆，到处收到很多礼物，但是他收到一份最有价值最珍贵的礼物，就是我们厦门大学出版社出版的他爷爷的研究文集。他爷爷叫连横，《连横研究文集》是我们

133

厦门大学台湾研究院做的,我们社出版的,我们特地用精雕的木盒包装上这本书送给他。他之所以感动,是因为他爷爷的很多资料他都看不到,也不太清楚,这件礼物如此用心,很令他感动。我们厦门大学台湾研究院在台湾研究方面,因为地缘血缘的关系,我们的研究成果一直是非常不错的,在全球都是领先的,我们出版社的有关台湾研究的出版物也很受关注。

这个故事让我们很高兴,更高兴的还在后面。有一次,教育部办公厅的领导给我们校长打电话说,2006 年胡锦涛总书记访问美国,当时访问美国有很多随行人员,其中有我们教育部长。胡总书记到了美国,送给美国耶鲁大学图书馆一批图书,其中就有我们厦门大学出版社出版的《台湾文献汇刊》,总共有 100 册,每一本都是精装的,每一本都有将近 600 码这样的厚度。这套书填补了我们大陆研究台湾地区史料的不足,是我们厦门大学人文学院院长陈支平教授主编的,这是个非常巨大的研究出版工程,部长很高兴,特向厦大表示祝贺。在 2005 年,我们为此书出版在人民大会堂开过首发式,有两位副委员长参加,国台办、社科院等很多部门的领导都来参加,这也是从一个方面说明了我们的学术出版工作还是被很多人所认可的。

洪岩:真不简单! 您要不说呢,我们还不知道。虽然咱们都在厦门,我觉得厦大出版社也真是蛮低调的。我记得几个月前,有个邀请读者去参观出版社的活动,参观的读者是网上报名挑选的,社里还送书,请吃饭,影响很好,厦大出版社在厦门读者心目中很是温暖。

……

我们刚才介绍《放歌书林》的这本书中也提到,刚到出版社的时候,您事实上一个人是全能的,因为人手也不足,其实那个时候打下的功底,对您之后走上领导岗位工作起到了非常重要的作用。

蒋东明:应该说是很有帮助的。

洪岩:平时上班的时候可以听音乐听广播吗?

蒋东明:我们社办公室有设置背景音乐,每天的上午上班之前半小时一直到上班都有音乐陪伴,一直到下班音乐再次响起,告诉大家下班了。

洪岩:还挺浪漫的……回到我们节目访谈部分。刚才说到,我们社长由物理系的高才生到出版人的一个转变,我有一个问题想问社长,现在可能有一些年轻的学子,不像您 1978 年那个时候开始读大学,那几届的大学生质量是最高的,因为更多人没有书读,一旦有书读就废寝忘食不用老师不用家长去督促。现在也确实因为社会在进步当中,除了书籍之外,还有很多接触知识、接触信息的渠道,我不知道现在的理科生,我也接触的不是那么多,会不会不会像您那个时代还有这么多的兴趣爱好,有各种各样包括文学历史方面或者是书画方面的兴趣,有没有什么建议给到年轻学子?

蒋东明:应该说我跟年轻人接触还是比较密切的,因为我们家的小孩也是"80后"的,我们社里大部分人员也是"80后",而且我在大学毕业以后有一段时间也是做学生工作。我认为年轻人永远是社会前进的先锋。比如就我们做书来讲,现在年轻人接受的方式更多样化。我们出版界老是在讲数字出版,你刚才也提到说纸质书跟数字书的关系,确实现在图书出版是碰到很多问题,纸质书的销售,从 2011 年全国的统计来讲,无论从出版的数量到销售的总量来讲都是上升的,就是在数字出版蓬勃兴起的背景下,它还是上升的。这一方面归功于全民阅读,大家对读书的兴趣跟我们整个国家对文化的需求相适应。我很欣赏这么一句话,就是说我们这个世界,20 世纪的上半叶是军事力量的对抗,20 世纪的下半叶是经济和科技的对抗,到了 21世纪是文化的对抗。其实文化肯定包含军事,包含科技,应该说文化的对抗是更高层次的对抗。所以我们国家现在要搞文化的繁荣,文化的振兴,特别是我们华语的文化,中国传统的文化,怎么走向世界,这是我们出版人都在考虑的问题。就是说数字出版给我们带来很多影响,但事实上我们大家也取得一个共同的认识,就是无论是数字也好,纸质图书也好,它只是一个传播的手段,最最根本的是图书内容,是不是呢? 你要是内容好,在这个时代就不能只停留在纸质上。就像过去我们电视机只有黑白的,现在有彩色的,在互联网普及的时代,应该有多媒体的形式,我们叫……媒体,媒体是一个手段,它会吸引更多人来阅读,但好的内……。

洪岩:其实我觉得这都是相通的,做出版业是……播也是这样的。我们常说"内容为王",不管你是用什么样的……,你的内容精彩自然就会吸引到喜欢的人。说到这里,其实……行业竞争都很激烈,我想出版业也不例外,现在我可能会看到有一些出版社或者一些机构会比较跟风。一本什么样的书比较出名了,比较热销了,然后大家就呼啦啦出了一大片类似的,看起来有点相像的书籍。我不知道厦门大学出版社是怎样？我也看到您的一篇文章《寻找厦门大学出版社的气质》，我不知道厦门大学出版社会这样吗？比如说莫言得了那么多的奖，大家就开始去出他的书。您会有这样的经济考虑去做这样的事情吗？

蒋东明：你提的这个问题非常好，因为这个命题始终一直在困扰着我，而且我和所有的同事在图书的两个效益的选择方面，也是遇到最多的问题。但所幸的是我们出版社在这么多年的实践当中，大家确实也领悟到了，你说的跟风也好，或者随大流也好，毕竟它都是一种商业的模式，其实也没有什么可厚非的，但关键就是说你要生存下去，在这个年代，在全国图书品种一年要出 37 万种新书的这样一个年代，你想想看，全国一天要有几千种新书出来，你如果没有自己的东西，你就是再怎么学也学不到。你说莫言，一方面莫言的书我们过去没有做过，另外一方面也跟不了，等你把书印出来，说不定大家都有了。所以出版社始终还是要找到自己的优势和定位，这是非常重要的，这也是我们出版社这么多年得出的经验。我们要做的应该是我们的优势，我们的特长，我们有所了解的东西。你说我们如果在我们熟悉的方面坚持下去，我们就能够做得好一点，比别人有优势一点。因为一个出版社，你有很多选择，你要出哪一方面的图书，不是说你今天可以变，明天可以变，这个出版的方向要有编辑的队伍培养，有编校营销的队伍来配合，有整个知识结构来支撑你，有作者群来支撑。比如说我们如果现在要出一本中小学的教材，我们可能一下子就做不来。

……

洪岩：应该说在节目开始的时候，我们只知道厦大出版社名声很大，经过这一个半小时的访谈有一点点了解了。社长您平时一定也很忙碌，我想您一定也很爱读书，一般您读书会是什么样类型的？

蒋东明：我读书分两类，一类是所编辑的图书。另一方面，我比较喜欢传记类的书，最近比较多的是在看民国人物传记。我最近在看的一本书是王蒙先生写的。王蒙，原文化部部长，他写的一本叫《中国天机》，书的附腰上写的就是"我要跟你讲政治"，意思就是要讲泄露中国政治的天机。这本书的书名听着好像很玄，其实蛮好的，写得很有逻辑，也很睿智，是安徽文艺出版社出版的，这本书我还没看完，但是基本上快看完了。因为最近出差比较多，实际上出差是一个看书的好机会。我发现有一个新名词，现在大家都知道的新名词叫"神马",王蒙先生怎么说呢？他说现在大家以为"神马都是浮云"好像是现代人调侃创造出来的,其实在1945年的时候,在北京这个词就已经出现了。当时北京人就是说"你什么玩意儿,你神马玩意儿",就这么用了。他说现在的人以为这个词有多么玄妙,其实是老调重弹,打扮一新,再行出彩,读后我就觉得蛮有意思的。他最近为我们出版的一本新书题写书名,是我们出版的作家怡霖的一本散文集,叫《人约黄昏后》。我今年4月份在伦敦参加书展的时候,他就在书展会场的访谈专场上,他跟老外就是用英文在谈,交流非常流畅,讲得也非常幽默。因为他本身就是语言非常有意思的一个老先生,挺好的。

洪岩:我知道社长您一直都很喜欢打篮球,现在还打吗？

蒋东明:打,现在一周都至少要打两三次。我们出版社年轻人有一个篮球队,每周六下午固定,雷打不动地组织比赛。而且大家非常踊跃,一直期盼着。我们厦大出版社以"出版杯"冠名的篮球赛,在厦门大学已经有12年的历史,就是每年在校庆期间组织教工男子篮球赛。

洪岩:我们感觉到在厦大出版社的日子,非常的丰富多彩,有精神上的食粮,有对工作的激情和热情,又有篮球方面的业余爱好,所以这是一个很让年轻人向往的单位。

蒋东明:像我们常说的一句话就是,厦门大学出版社是一个温馨的家。

洪岩:哇,是一个温馨的家。

……

谢谢社长！感谢您的光临,再见！

蒋东明:再见！

蕴大学精神　铸学术精品

——厦门大学出版社的出版理念

　　2005 年 5 月，厦大出版社为庆祝建社 20 周年举办了系列活动，同时也在思考如何总结经验，定位厦大出版社发展的方向。当年，我在出版社工作 18 年，在社长岗位工作也有 5 年多了，亲眼见证了在几代厦大出版人的长期坚守下，已经探索出一条适合自身发展的"专、精、特"成功之路，出版社正一步一个脚印地壮大。我通过反复思考、学习，并与老领导、同事、兄弟大学出版社同行探讨，提出厦大出版社的出版理念："蕴大学精神，铸学术精品"。我向时任厦大党委书记王豪杰、校长朱崇实做了出版社 20 年来的工作汇报，也对这一出版理念作了说明，两位领导都十分赞赏和支持。在我社出版了《南方之强　文化使者》纪念册中，校党委书记王豪杰、校长朱崇实分别为厦大出版社 20 周年社庆题词。王书记题词："蕴厦大英才灵气　铸科学文化精品"，朱校长题词："出版学术精品　传播大学精神"。在充分总结厦大出版社办社 20 年的经验，领会两位校领导题词的精神基础上，厦大出版社首次提出自己的办社理念："蕴大学精神　铸学术精品"。

2005 年 5 月，朱崇实校长视察厦大出版社

从历史和现实来看,大学出版社作为大学的一部分,一直起着非常重要且无可替代的作用。学者认为,现代意义的大学应该具备的条件之一,是拥有"大学出版社和相关学术杂志的定期出版"。而更直接的说法是,大学的三大支撑条件是"图书馆、实验室和出版社";"一流大学要有一流的大学出版社"。

所谓大学精神,从古至今,从西方到东方,从大学校长到执教的教授,从中国经典《大学》所宣扬的明德、新民、止于至善,到西方中古以来所形成的"天下一家"的世界精神,无论这期间诸多学者的表述有哪些差别,但基本思想是一致的,即大学具有"文化、思想、学术的积淀、坚守与传承",以及"新文化、新思想、新学术的创造"这两方面的功能。大学的理念和精神就是强调学术性、通识性、人才培养的全面与和谐。简而言之,大学精神就是要贯穿在教育学生、做好科研、为社会服务的活动之中。作为大学出版社,这种"大学精神"必然要深深植入到她的办社理念之中。

大学出版社要"蕴大学精神",就要从出版方面来实现大学的使命。首先要坚持党的出版方针和教育方针,明确自己的办社宗旨。办在中国大地的大学当然应该有中国大学的风范,大学出版社要把出版物的育人功能放在首位,引导学生面对中国问题、弘扬中国文化、彰显中国精神、续接民族命脉。我们在出版物的编审过程中,始终强调要让学生在注重接受知识的同时,引导青年学生积极理解时代与社会,促使学生把个人命运融入社会发展与民族复兴的伟业中。我们出版社一直采取"学术为本,教材优先"的选题规划,十分重视高校教材的编写出版与营销工作。教材的出版在我的工作中始终占有最为重要的地位。

大学的另一个使命是科研工作,是不断创新的研究活动。大学教师在传授知识的同时,从没有停止对新文化、新思想、新学术的探索。从出版的角度来要求,我们就是要不断挖掘、整合、宣扬这些学术成果。大学出版社依托母体大学,要把大学的学科优势转化为自己的出版优势,在这点上,我们的方向一直很明确,也取得成效,使本校的优势学科几乎都成为我社的品牌图书。同时,大学之所以能成为大学,就是要有一批大师,并且能不断涌现出一流的学者,才能培养一流的人才。而出版的功能,就是通过出版学者的学术著作,使大师的思想声名远扬,让新学者崭露头角,从而培养出学术新人并不断成长为学术大师。大学出版社以"学术为本",才能找到自己的立足之处,才能彰显自己的出版特色和竞争优势。

大学的服务社会功能,是其崇高的使命和社会的期望。厦大出版社在自己的出版物中,紧跟时代步伐,扣紧发展主题,在政治、经济、法律、两岸关系、华人华侨等重大问题上,为这个伟大时代高唱主旋律。厦大出版社地处厦门,而厦门是中国改革开放的前沿,是两岸交流的重镇,又有丰富多彩的闽台文化资源,是我社出版资源的宝藏。我社的出版触角深入到闽南乃至福建各地、台湾等地,出版了大量特色鲜明的图书,从出版方面很好地服务社会,被广大作者读者誉为"首选的出版社"、"台湾研究出版重镇"。

"蕴大学精神,铸学术精品"不仅要成为厦大社出版选题的规划依据和出书方向,更要形成一种出版文化,体现大学的价值取向。大学精神的精髓是爱学术、爱教师、爱学生。大学出版社的出版文化,就是要对出版优秀作品充满追求,对有出版价值的作品趋之若鹜,对有水平的教师倍加扶持,而不以利润的多寡作为评判标准。大学出版文化,体现在内部管理和文化建设上,就是关爱每一位员工,营造充满人文关怀的温馨和谐的工作氛围。厦大社几代人对企业文化建设都有强烈的共识,并身体力行,形成了丰富的内容。我们提出"把出版社办成一温馨个的家";我们提倡"进取、奉献、温馨、和谐"的企业文化;我们把树立"正气、热气、静气、和气"作为厦大出版社的气质。出版文化不仅体现在高品位的图书上,更体现在人的和谐和环境的舒适上。我们要近距离、平等地关爱每一位员工,不论是每个人的业务成长,个性化需求,或是微小的个人空间和宽阔的公共场所,都要融入精致的文化氛围,体现出版人的教养积淀和优雅气质,使身在其中的每个人都充满着自豪感、责任感和使命感,以充分调动人的自身潜能和对职业的热爱。没有对出版工作的热爱和特有的嗅觉,没有积极向上、热爱学术的精神,是不可能成为具有宽阔视野、尽心尽责的好编辑,也不可能出版流传于世的高品位图书。只有真正地理解"蕴大学精神"的内涵,才能使"铸学术精品"不会成为一句空话。

2007 年 12 月

厦门大学出版社
是如何跻身国家一级出版社的

　　2009 年 9 月,中华人民共和国新闻出版总署发布《关于表彰全国百佳图书出版单位的决定》文件(新出〔2009〕268 号),决定对被评为一级的 100 家出版社授予"全国百佳图书出版单位",厦门大学出版社名列其中。这是新中国成立以来,国家首次对全国 500 家图书出版单位进行的等级评估。至此,新闻出版总署从 2003 年开始着手准备,2008 年 6 月正式启动的首次图书出版单位等级评估工作,历时 6 年之久,终于落下帷幕。

　　等级评估是对出版单位综合实力和竞争能力的一种定量评估办法。此次评估将根据评估分高低,分为四个等级,一级为 100 家(占 20%)。由于我国出版单位成立时间长短不一,以及专业分工不同的特点,不同类别的出版社具有不可比性,因此评估不是采用"综合排队法",而是采用"分类排队法"。对全国 500 家出版单位划分为社科类、科技类、教育类、少儿类、文艺类、美术类、古籍类、大学类 8 个类别。我国大学出版社共有 106 家,评估的结果大学类有 20 家为一级出版社。厦门大学出版社作为福建省唯一的大学出版社,成立时间只有 20 多年,人员仅 58 人的小型出版社,能在此次评估中问鼎一级社,进入大学出版社前 20 名,确实来之不易,连我们自己也始料不及。在面对各级领导和同行如潮水般的祝贺声浪中,在社内人员欢欣鼓舞、喜极而泣的幸福时刻,我一次又一次地问自己,厦大出版社真的实至名归吗?

　　此次评估体系由图书出版能力、基础建设能力、资产运营能力和附加项四方面组成,共有 25 项评估指标,44 个得分点,共计 1030 分。评估工作由总署委托 78 名专家和 3 个中介机构进行,体现了公平公正和权威性。我认真地整理各种材料,对照总署当年颁发的《评估办法》《评估工作通知》,媒体上发表的《百佳映射多元出版生态》《"百佳"图书出版单位这样产生》等,还

**2009 年 9 月与施高翔副社长（右）参加在北京举行的
"全国百佳图书出版单位命名大会"并接受荣誉牌匾和证书**

有我社申报的各种材料,历年的工作总结,进行潜心研究。我以为,厦大社
这项桂冠得来,不是运气的眷顾,而是她自身选择的专注和长期坚守的结
果,同时也体现了党和国家对出版行业发展的宏观布局,就是要促进构建起
一个多元的出版生态——既有综合实力强大的大社名社,也有专业性强,特
色鲜明,充满活力的小社。

厦大出版社在评估中究竟得了多少分,直至目前尚不得而知。但对照
指标体系以及各种相关的信息,我梳理了厦大出版社在发展路程中所积累
的几点经验,作为对我们此次评估工作的小结。

一、坚持社会效益与经济效益的有机统一

坚持社会效益优先,两个效益有机统一原则,是我社主管部门、主办单
位领导经常反复告诫的首要事项,也是我社历任领导班子和全体员工融化
在血液中的强烈共识。出好书、出高品位的书,绝不出有政治问题或低俗的
书,这是我社从上到下每个人最关注、最敏感的事。20 多年来,我们没有出
版过一种有问题的图书,保证出版导向上不出偏差,并且在规范出版纪律方

面严格要求,没有做过"买卖书号"的违规操作,保证出版纪律的严肃性和出版行为的规范性。此次评估办法中,对图书出版单位有重大政治问题图书,有重大违规行为,或受到停业整顿处罚的,实行"一票否决,做降级处理"。有许多出版社业绩不错,但在这个问题上摔跤,教训深刻。

二、坚持走"专、精、特、新"的发展道路

厦大社作为小型的大学出版社,一直以来坚持依托高校,走"专、精、特、新"的办社道路,严格遵守专业分工的要求。在出书品种方面,学术著作和高校教材占90%,图书的重印、再版率较高,专业特色鲜明,打造了诸如台湾问题研究、东南亚华人华侨研究、经管、法律、广告学等在全国有较大影响的品牌图书。值得一提的是,此次评估条例中,对中小学教材教辅、各类考试培训用书不进入统计,而厦大社在这方面的图书几乎为零。使得厦大社与许多拥有中小学教材教辅的出版社相比,其业务收入额就几乎站在同一起跑线,甚至成为厦大社的优势。

三、重点图书多、获奖图书多、社会贡献大

此次评估要求各单位申报2006—2007年重点图书出版情况、获奖图书情况。这两年里,厦大社有50种图书获得44种省部级以上的奖励,有11种图书入选"十一五"国家级教材规划。《台湾文献汇刊》是国家规划重点图书,被选送作为2006年胡锦涛主席访美赠耶鲁大学图书馆的赠书之一;《透视中国东南:文化经济的整合研究》(2007年重印)获"中国出版政府奖";《军事理论教程》被评为"全国高校优秀国防教育教材"(全国仅5种入选),《固体表面物理化学:前沿科学的回顾与前瞻》入选新闻出版总署"三个一百"原创图书,《吧城华人公馆(吧国公堂)档案丛书》与《东亚华人社会:经济与社会资源研究》被列为"十一五"期间国家重点图书出版规划。这两年我社出版物亮点多多,在总共出版704种新书中,获奖和重点图书接近10%,这是非常不容易的。在这之前,我社的图书多次获得出版大奖,获奖率都在13%左右,在社会上产生良好的影响,为图书市场健康发展做出积极贡献。

四、注重人才培养，人员训练有素，职称结构合理

厦大出版社人员不多，2007年有员工58人（其中学校编制24人，社聘编制34人），平均年龄为37.05岁。这支队伍素质高、学历高、职称结构合理，有88％的人员学历在大专以上，其中硕士以上学历占27.5％，高级职称人员占24％，中级职称人员占25％。

作为综合性大学出版社，厦大出版社编辑学科门类比较齐全，设有文史、经管、理工、法律、外文、综合编辑室。由于厦门地区缺乏出版技术方面的社会资源，没有编校的相关工作室可以利用，因此，厦大出版社还设立校对室（又称文编室、审读室）、美编室、出版科，有相当一批人员从事这些工作，出版全流程都在社内掌控，这倒成为厦大社的一大优势。厦大社对员工的培训工作非常重视，编辑与技术部门和营销部门的人员合作顺畅，共同把关，对图书质量控制和提高服务质量起到很好的保障作用。同时，厦大出版社多年来在企业文化建设方面成效显著，形成"进取、奉献、温馨、和谐"的团队精神，充分调动全社员工的工作热忱，产生很好的凝聚力和战斗力。

五、创新意识强，注重引入管理的新理念、新技术

厦大社紧跟时代步伐，具有较强的创新意识，在信息化建设方面起步较早，取得令人瞩目的成绩，也是此次评估中的一大亮点。

厦大社自1996年开始自主开发基于B/S结构的出版管理系统，该系统以出版业务为主轴，涵盖出版社整个业务流程。经过不断的研发创新，管理系统可以做到远程、实时、全天候办公，保证出版社的日常管理规范化、流程化、自动化和数字化，极大地提高我社的工作效率和规范化管理水平。1999年厦大社开通独立域名网站，成为对外宣传、电子商务的服务平台。2005年厦大社成立电子出版社，拥有电子出版权和网络出版权，较早开展数字出版工作，出版了一大批高质量的高校教材配套电子出版物，也出版了多种网络游戏产品。这些工作起步早，为后来的数字出版打下良好的基础。

此外，厦大社在管理制度建设也下了功夫，到2007年为止，共计出台

70 项管理制度,涉及出版运营的各个环节,也深受好评。

六、资产运营效果好,办社条件明显改善,做好公益事业

厦大社职工人数不多,出书品种和营业规模也不大,但资产的运营效果较好。在评估年份的 2006 年至 2007 年间,出版社税后净利润增长 48.35%,图书单品种平均利润增长 44.14%;速动比率:2006 年为 84%,2007 年为 101.05%;净资产收益率:2006 年为 55.23%,2007 年为 61.87%,是一张很不错的财务运营成绩单。

厦大社底子薄,从创业开始,就力行勤俭持家,一步一步逐渐发展壮大。2007 年,我社出资购买拥有自主产权的厦门市软件园二期望海路 39 号楼六楼 2100 平方米作为办公用房,人均办公面积达 35 平方米,这在全国大学出版社是少有的。在基础建设这一项,我社毫无疑问可以得到高分。

在从事社会公益事业方面,我社在 2006 年至 2007 年间,向边疆少数民族地区、希望小学、灾区以及社会各界捐书 29046 册,码洋 819376 元;设立厦门大学"出版奖学金",每年举办"出版杯"教职工篮球赛,这些都是加分的亮点。

七、有一个团结、稳定、进取、奉献的领导班子

厦大出版社的领导班子,是一个团结、稳定、进取、奉献的领导班子。办社之初,以黄厚哲、陈章干、陈天择、周勇胜、许经勇为代表的社领导,他们都是知名教授,为了大学出版事业,艰苦创业,励精图治,把握方向,为厦大出版社的健康发展奠定了坚实的基础。我在担任社长的 18 年期间,先后与陈福郎总编、宋文艳总编、于力副社长、侯真平副总编、施高翔副社长、徐长春副总编、黄茂林书记一起搭班子。在学校领导的支持下,厦大出版社的班子一直比较稳定,没有太多的调换。而我们班子的每个成员,拥有相近的出版理念和价值观,怀着强烈的事业心和奉献精神,一心一意投入在工作中。大家心往一处想,劲往一处使,互相支持,真心相待、建言献策、形成合力。每位领导在自己的分管工作中,开拓进取,尽显才干。毫不夸张地说,正是我

们班子的不懈努力，才使我们出版社戴上这顶"一级、百佳"的桂冠。

　　这次评估工作在我国出版界是一次开创性的工作，它所设立的指标体系对各家出版社在谋划发展时，具有很强的指导意义。在这次大考中，厦大出版社作为小型的大学出版社，在依托高校，发挥优势，创新发展，办出特色方面，取得优异的成绩。这是厦大出版社发展史上的一座丰碑，光荣属于全体厦大出版人。

2012 年 2 月

厦大出版社办公楼的故事

一、囊萤楼　经济学院楼

　　厦大出版社成立于 1985 年 5 月。生物学家、时任厦大生物系主任黄厚哲教授担任出版社首任社长。学校安排给出版社的办公室，就在靠近西校门的囊萤楼一楼最西侧的两间南北相对办公室，日常办公在靠南的一间，靠北的一间暂作"库房"。这里就是出版社的摇篮。

　　囊萤楼是厦大最早的嘉庚建筑之一，1923 年建成，是群贤楼"一主四从"的西侧从楼，历史悠久。

囊萤楼

　　"囊萤"之意，取《晋书·车胤传》"胤博学多通，家贫不常得油，夏日则练囊盛数十萤以照书，以夜继日焉"。聚萤火而照书，夜以继日，是中国传统文化中鼓励发奋读书的经典故事,与群贤楼群最东侧的"映雪"楼相映成趣,是厦大诸多建筑中令人印象深刻的楼名。厦大出版社从一开始便与读书典故结缘,不能不说是一种绝佳的安排。

囊萤楼还是福建省成立第一个中共党支部的旧址,红色的基因也融入厦大出版社的血脉中。

草创之初,举步维艰。仅有的七八位初创者,虽然都是外行转入,却充满热情,开始书写厦大出版事业的篇章。

经济学院大楼

1986 年夏天,出版社从囊萤楼搬到刚扩建不久的经济学院东侧会计系二楼办公室。这里有并排相连的五间办公室,分别是社领导(兼总编办)、行政(兼财务)、出版科、发行科、编辑室(兼书店)。当时出版社正不断壮大,人员已有 20 来人,非常拥挤。社领导和总编办合在一间,只有一位副社长和总编办两人坐镇(我刚来出版社时就在总编办)。社领导大都是兼职,不必每天坐班,但遇到领导开会,我们便到其他办公室打发时间。所谓书店,其实就是在房间前半部分放两个书架,主要销售自学考试的书,少量的本版书。后半部分放两张办公桌作为编辑办公室。编辑也无法坐班,来办公室时可以聚此交接编务或接待作者。好在办公室对面是经济学院阅览室,如有书稿需要即刻处理，便可借此地办公。虽然地方小，却人气旺盛。我记得在我们在狭小的编辑室，策划出版了《台湾府志校注》（陈碧笙著）、《风雪人间》（丁玲著）、《中外合资经营企业会计》（常勋著）、《敦煌吐鲁番出土经济文书研究》（韩国磐等著）、《多复变函数的积分表示与多维奇异积分方程》（钟同德著）、《现代人的风采》（共四册，编辑选编）、《大学生军事训练问答》（吴温暖著）……从初创时期，我们出版社便打下学术出版的深深烙印。

在这里办公了近两年，1988 年年底，我们再次搬家，这一次，我们要搬进新盖的"出版印刷大楼"。

二、出版印刷大楼

这是一座地处思明校区田径场主席台后的黄金地段，却是最为其貌不扬的大楼。与校园里每栋楼都有文雅响亮的楼名不同，这座楼一直没有自己的名字。在校园众多的大楼中，他的历史最为短暂，从始建到拆除，前后只有 26 年。

我们姑且从楼的用途"望楼生义"，称之为"出版印刷大楼"。

出版印刷大楼

1987 年，这座五层大楼建成。当时基建处的陈天明处长亲口告诉我，为了迎接 1991 年的 70 周年校庆，学校决定建西校门。当时印刷厂就在现在的西校门和信箱处,需要搬迁,因此学校就选在这里建印刷大楼。当时明培体育馆也正在建设中,场馆内的观众座椅是由电子工程系的电子厂捐献的,学校也考虑建一层给电子厂做厂房;而出版社刚创办不久,还暂时蜗居在经济学院会计系的五间小办公室,需要有发展空间。更重要的是陈天明处长还兼出版社顾问,他是位热心侠义之人,总想为幼小的出版社做点事,于是,也把出版社考虑进去(陈处长还在大南校门外一条街为出版社留三间书店用房,很不容易的)。最后,此楼一至三层为印刷厂,四层为电子设备厂,五层为出版社和学报(哲社版)办公室。值得一提的是,当时厦大印刷厂规模不小,业务繁忙,正是在鼎盛时期,五楼也被划出 1/3 归印刷厂作为会议室。五楼总面积 530 多平方米,实际给出版社 300 多平方米。

1988 年年底,出版社欢天喜地地搬进新盖的大楼。对于只有 20 多人的出版社,20 多间的办公室已经令我们如同刘姥姥进了大观园。站在五楼办公室,向南远眺,蔚蓝大海近在咫尺;从北望去,五老峰、南普陀、群贤楼、田径场尽收眼底。特别是校园里那种闲适优雅的文化氛围,让出版社在这里奠定了自己的基础,形成了自己"奉献 温馨"的企业文化特质,从幼小走向青春,不断壮大。每到夜晚,这里还经常灯火明亮,那是同事们加班的信号;每到新的样书来了,一群人便呼啦啦上下楼梯扛书;出版社几代人在这里努力工作,度过了难忘的 22 年,把一个小型的大学出版社办成国家一级出版社,全国百佳出版单位。在出版社不长的历史里,这里绝对是一块值得铭记的福地。

环视大楼四周,群贤楼群、明培体育馆、王清明游泳馆,及至典雅的西校门,都如高傲的贵族昂首矗立,而出版印刷大楼就如同胆小生怯的仆人站立其中。如果您走近她,在她的背后徘徊一阵,您还会大吃一惊,在整洁葱郁的校园里,竟然还有一处贫民窟。在高楼掩映之下,这里是民工驻地,锅灶横摆,衣服晾晒,鸡鸭成群,杂草丛生。露天堆放着建筑杂物,还有美术系的雕塑工棚、木工厂、车库。特别是每逢台风大雨,这里便成了水乡泽国,上下班的人们要穿雨鞋淌水才能通过。有一年,教育部社科司司长要来出版社视察,学校赶忙要求校管科派人对大楼周边连夜除草、整理堆物、打扫卫生。当时大楼西侧主楼梯通道由印刷厂封闭管理,要上四楼五楼的人只能从东侧狭小楼梯上去,我陪着司长上楼时,楼道上还摆着锅灶厨具,他的奇怪表情明白无误地表明对此的不解。

更有意思的是这座楼不是一体的,在建筑主体的两侧楼梯是互为独立的,他们之间用钢板连接,时间久了,两侧梯楼居然有点向外倾斜。我们刚搬进时,办公室南面前排几间是水磨地,后排则是水泥地。由于水泥质量问题,不到几个月,后排办公室水泥地破损,尘土不断,勉强维持几年后又重新修整,改为水磨地。不久,出版社配上电脑,为了安全,每个办公室装上铁门铁窗,但很快,铁门铁窗生锈,很不雅观,反倒又成了一块心病。随着出版社发展,人数不断增加,办公室明显不足,好多人挤在一间,样书、资料到处堆放,开个全社大会不少人还要站着。凡到过出版社的人,都说风景很好,地点很好,就是办公室建筑装修质量较差,但这也造就出版社人纯朴、节俭的风尚。为了维护出版社的一点体面,我们不断装修,先是铺上木地板,后又装上空调,除去吊扇,装上吊顶。后来,学报搬到群贤楼办公,我立马找到校长,据理力争,将腾出的三间办公室归到出版社。此后,我们又得到印刷厂支持,将属于他们的会议室租借给我们作为编辑办公室、会议室、总编室;打通西侧宽敞楼梯通道,五楼入口处修了个稍有气势的单位牌匾,在楼顶挂上"厦门大学出版社"的醒目招牌。到了 2007 年,我们拆掉铁门铁窗,换上铝合金窗和新款门,卫生间也改造了,各办公室又粉刷一新,至此,出版社已有几分现代气息。许多到出版社的人都说,爬到五楼,有顿觉焕然一新的感觉,这点点滴滴的变化记录着出版社的进步。

2009 年,在校领导的关心支持下,出版社搬迁到自购的厦门软件园二期望海路 39 号楼 6 楼。这里的办公条件更好,更加宽敞,出版社从此开启了一个新的天地。

2012 年 12 月,按照学校的新规划,出版印刷大楼开始拆除。这期间,从拆除围栏,到拆掉一半,到全部拆除,我都特地去看她。一座记载出版社许多故事的楼房,仅仅用了 10 天就在校园里永远消失。

这座楼的故事也许就此结束了,但对于曾经与她朝夕相处的我们,在那里发生的每一件事,记载着厦大出版社前行的每一个足迹,依然是那样清晰可见。

三、厦门软件园二期望海路 39 号楼 6 楼

2009 年 1 月 16 日，厦大出版社从厦大校园里的出版印刷大楼搬迁到风景优美、充满现代化气息的厦门市软件园二期望海路 39 号楼六楼办公。这里离厦大思明校区有 13 公里，乘车沿着亚洲最美的环岛路，一路碧海绿荫、风光旖旎，大约 20 分钟车程便可到达。

厦门软件园二期望海路 39 号楼

厦门软件园二期位于厦门会展中心附近，是厦门软件业的集中地。园区内的望海路 39 号楼是厦门大学购置的，作为厦门大学"大学科技园"的研发办公楼。出版社在 6 楼拥有一层 2100 多平方米的宽阔空间。作为企业自购、具有独立产权的固定资产，是厦大出版社非常重要的一次投资，她给出版社的发展腾飞插上了翅膀。

这是出版社又一次新的跃迁，其中的故事至今仍在鲜活闪动着。

2007 年 10 月的一个下午，在学校出版印刷大楼，全社员工正在进行卫生大扫除。大家欢天喜地，忙碌不已，因为出版社刚又进行一次装修，各办

公室装上吊顶、安装空调,装上新门和铝合金窗,粉刷一新,办公条件大为改观。

我正忙碌着,突然接到电话,朱崇实校长要我马上到他办公室。

朱校长这么急着找我,不知又有什么急事。我心一揪,不敢耽搁,洗洗手,擦把汗,立马赶到朱校长办公室。

"来来,坐!"朱校长满脸笑容,拿着一张图纸,开口就说:

你们出版社不是天天喊着办公室紧张,太小,不够用,影响发展,我给你们找一个好地方。

朱校长指着手中的"厦门市软件园二期建筑分布图",指着已经标上红线的房子说:"这是学校在软件园二期购买的房子,共6层。你看,位置在软件园最中间,好地方。你们出版社搬过去,六楼给你们,不过钱你要自己出,我也不给你加价,2800元/平方米。"

我一愣,第一个想到是为什么不早点通知,我们出版社才刚刚进行装修,花了不少钱呢。

再一想,出版社搬出校园,大家不知会有什么想法……

朱校长看我还愣着,估计已经看透我的心思,便说,不要都挤在校园里,想要发展,就要走出去,外面天地宽阔。再说,学校也没有什么更大的地方给你们。

就在两个月前,我向朱校长反映出版社空间太小,阻碍发展,请求校长帮忙解决。他当时一番考虑后说,海韵校区北部要建图书馆,到时再加盖一层给出版社,让出版社和图书馆在一起,多好!只是海韵校区北部遇到拆迁问题,目前还很棘手(事实上,海韵校区北部的拆迁工作至今也还没有解决,图书馆也还没有建成。但海韵校区紧挨着思明校区,又面临大海,是非常吸引人的好地方)。

我定了一下神,仔细看了图纸,对朱校长说,这是件大事,也是千载难逢的好事,我会尽快召开会议讨论。但是,如果我们出资购置搬入软件园,我们希望拥有自己的产权……

朱校长一笑说,哈,你很精明!但不知道会有什么政策上的问题。好,我会支持!但这事你们要尽快决定,我给你三天时间。哦,这张图纸也送给你,你可以先拿去看看。

　　走出朱校长办公室，我独自一人在芙蓉湖旁徘徊。此时，天色已晚，夜幕降临，我闷声不响地回家吃饭，脑子里全是房子的事。

　　厦门软件园二期，在哪里？

　　入夜了，我在家里实在坐不住，便开上车，独自一人，根据依稀的判断，来到这未来的新家。因为新建的园区，各方面还不完善，黑灯瞎火。我按照图纸摸到望海路 39 号楼，这座刚完工的大楼，电梯还没有安装，我爬上 6 楼，借着室外的路灯，只见眼前一片空旷，两侧刚建起的卫生间。我迈着小心翼翼的步子，脚下都是砖头、废纸、木块……但宽阔的空间，却令我大为振奋。

　　第二天，我先与陈福郎总编谈了一下情况，分析了购房的利弊。陈总编完全支持。于是，我通知办公室主任，明天上午召开全体干部紧急会议。

　　大概我从来没有发出过这样的通知，没有会议内容，只有"紧急"二字，所以办公室主任也很惊讶，但我还是没有告诉他会议的内容。

　　上午的会议之前，我通知办公室驾驶员和几位有车的同事，让他们准备好车辆。

　　干部会上，我把学校希望出版社搬到软件园二期的想法向大家通报，并简要说明此事的来由。大家也被这突如其来的消息怔住了，正在欲言又止的时候，我请大家立刻下楼乘车，到实地去看看。

　　二十几位干部浩浩荡荡，登上一片 2100 多平方米的开阔处女地。上午的阳光照进楼里，更增添他的吸引力。这里将属于我们自己的家，属于我们的天地。激动之中，大家竟然开始规划这片空间，指指点点，比比画画，非常兴奋。

　　返回后，我们继续开会。这时，大家群情激昂，你一言，我一语，言谈之中，充满着对出版社未来的美好憧憬。也有人对搬出校园的不舍，也有对远离家的不便而担心，但为了出版社的发展，他们表示困难可以克服。

　　多么好的厦大出版人！

　　我最后总结：我们决定出版社搬迁到厦门软件园二期，理由有三：

　　一是空间扩大，有利于出版社的发展；

　　二是出版社有了自己的房产，有了固定资产，这对于出版社非常重要；

　　三是软件园是数字产业的集中地，对出版社迎接数字出版时代是一个很好的契机。

大家鼓掌通过,脸上挂满喜悦的笑容。

我马上向朱校长汇报出版社的决定。朱校长非常关心厦大出版社的发展,在许多重大事情上给予极大的支持,这在大学出版业内是深受好评和羡慕的。

2007年12月28日,学校办公会讨论,正式发文,同意出版社出资购房,搬迁至软件园二期望海路39号楼6楼,并办理独立产权。同时在思明校区内提供场所供出版社办公联络之用。

文件下来,真正的折腾才刚刚开始。

此后的五年里,一系列的周折接踵而至。关于园区准入条件、国有产权的变更、设计装修等等,都是非常棘手的事。一份份报告,一次次找人,有庄董事长找信息局,有同事的丈夫找国土局,有我的亲妹找财政局,有我的学生找园区管委会,有通过我的同学找电信局。在那五年里,我和几位社领导、办公室主任,还有出版社许多同事跑上跑下,在学校领导和相关职能部门的大力支持下,凭着不到黄河心不死的韧劲,好事多磨,终于在2014年11月17日拿到房产证,个中的甘苦,只有经历过的人才能体会。

值得一提的是,在办公楼设计装修的过程中,我和同事们就像对待自己家的装修一样,大家对每间办公室的功能、布线、公共空间、装修风格都充分商议,并按规矩进行招投标。我还专门带着几位领导亲自到建材店、家具店反复比较选购。终于,呈现在大家面前的是充满温馨、时尚、实用的办公室。

四、购置书库的那些事

书库对于图书出版社的重要性自不待言。厦大出版社的书库几度搬迁,受尽折腾,直到最后自己购置库房,也从一个侧面见证了厦大出版社的发展历程。

出版社最早的书库是在厦大一条街,在最东边靠近大南校门有三间店面,是学校分配给刚成立的厦大出版社。这三间店面大小不一,最大的一间作为书店,其次那间是代办站的办公室,最小的一间就是书库。这间书库大约仅有15平方米,存放出版社和书店、代办站的书。狭小的书库,正是弱小出版社的写照。

　　到了 1997 年,学校决定改造大南校门,拆除厦大一条街。时任社长陈天择老师到处求人,最终找到图书馆的地下室。这地下室虽然空间很大,但图书出入库很不方便,尤其是 1998 年 1 月 17 日凌晨一次水管爆裂,水淹图书近 1/3,全社人员水中搬书。还请来消防队抢救。到了 1999 年夏天,一场特大台风正面袭击厦门,由于地下室书库的通风窗与室外地面处于同一水平面,暴雨引发的大水几乎要涌入书库。好在我们事先有所准备,多名值守人员用沙包袋等物件挡住大水入侵,才免于又一次水淹书库,但图书馆地下室是不能久留了。

　　2000 年夏天,书库再次搬迁,这次要搬到位于西校门的仪器厂厂房。由于校仪器厂停办,厂房空出来,我们借用两个车间作为书库。这次的书库最为适合,空间大,出入方便,离出版社也很近。但我们也知道,这里肯定不是久留之地。果然,到了 2000 年年底,学校为了要迎接 2001 年的 80 周年校庆,准备拆掉此仪器厂,建游泳馆。时任副校长朱崇实还专门召集几个部门负责人商量迁出仪器厂的办法。最后在建南集团的支持下,出版社的书库搬到经济学院提供给建南集团办公用房的地下车库,这里空间虽然刚好够用,但内部高低错落,对于笨重图书的收取摆放,需要费很大的劲。随着出版社出书量的不断增加,库房的同事每天劳苦搬书,很是不易。由于空间有限,图书也很难分类摆放,只能凭工作人员的记忆寻找图书。而且库房空间已经无法满足出版社不断发展的需要。到了 2003 年,出版社书库再次搬迁,这次搬到学校外围的上李小区。这里有一处借用部队旧房的物流园区。园区的库房顶棚是用塑料板盖的,稍大点的雨就会哗哗作响,还会漏雨。一旦台风来临,大家都紧绷神经,不时要亲临查看,生怕大风把房顶给掀起。书库的问题,成了大家一块挥之不去的心病。

　　随着出版社的不断发展,出版的书越来越多,书库问题到了必须解决的时候了。社务委员曾根据购房信息集体四处考察,消息传开,也有不少卖家主动来找我,但都有美中不足之处,迟迟无法决定。

　　这时候,我们的承印厂,厦门明亮彩印公司刚在集美的思明工业园区购置一栋五层楼的厂房。他们的老板和我是老朋友,也是位厚道人,几次言谈中商议,他同意把厂房的二三层楼卖给我们作为书库,共有 3700 平方米,并且按原价 1300 元/平方米转卖。这里离出版社约 20 公里,从厂房的价格、质量、面积,紧挨着印刷厂,车辆进出便利等因素来看,都很合适。经过社务会商讨,并报董事会和学校办公会研究,2010 年 7 月 26 日,学校发文同意我们的购置方案。从此,出版社书库告别了东挪西借的时代,有了属于自己的库房。新库房不仅安全、面积大,且方便物流。有了新库房后,我们自己设计了先进的 ERP 书库管理系统,对书库的管理做了许多独创设计,做到人员少、效率高、出库零差错,名扬四方,引来众多取

位于厦门思明工业园 51 号楼的书库

经者前来参观学习。特别欣慰的是,每当台风暴雨来临,当我电话询问书库情况时,书库的同事们都会自豪地说:"社长,您最可放心的就是书库了!"

2013 年 2 月

优雅如斯[*]

——献给厦大出版社 30 岁生日

30 岁的厦门大学出版社有一种气质，有一种"优雅"的气质。

30 个春夏秋冬，厦大出版人用自己生动的故事，写成了"优雅"气质的精彩篇章。

5 年前，我为社庆 25 周年写下了《寻找厦大出版社的气质》一文。在那篇拙文中，我认为要想完整准确地表述厦大出版社的气质是不容易的。我当时描述出了厦大出版社的"四气"——"正气、热气、静气、和气"之后，就一直在寻找一个能准确表达我们这个可爱团队的气质的词。

今天，我以为，厦大出版社的气质，用"优雅"来表达，恰如其分！

出版本是优雅的事业，
"书生本色"应是出版人与生俱来的优雅气质

优雅常与贵族相伴，其实要说的是优雅需要底蕴。厦大出版社诞生在名校厦门大学，书香门第的文化土壤滋养着她成长。厦大出版社的前 15 年，她的带头人大多是学校的知名教授来兼职。许多领导在学术上已经是学富五车，名声赫赫且德高望重。他们在自己处于学术高峰时转战出版，除了对一项新事业的热爱和责任外，更会把自己对大学出版的理解、对学术团队建设的认知带到新的工作岗位。老领导们工作敬业，严谨求真，待人宽厚，没有太多的条条框框。而后 15 年的出版社领导虽然开始专职从业，但他们基本上是从学校教师队伍中转来，或是刚学成毕业而来的，具有较高的学历和知识涵养。厦大出版社的成员，绝大多数没有"象牙塔"外的阅历，他们很好地传承了出版社的优良传统，在出版的纯真使命与市场竞争的交错

---

　　[*] 本文原载《厦大出版人的故事》，厦门大学出版社 2015 年 4 月版。

中，依然保持难能可贵的学术追求，"书生本色"成为厦大出版社的天然潜质。几代出版人一直秉持着"学术为本，进取奉献，与人为善，诚信做事"的风范，很少有机关衙门的阿谀奉承之风气，也罕见人际交往的尔虞我诈之凶险。虽然"书生之气"在市场竞争中有时会不适应，甚至要吃点亏，但岁月过往，我们看见厦大出版社的书生气质却是历久弥新，优雅恒在，体现了一种强大的精神穿透力。

优雅气质来自内心强大的定力，
使之能够超然与洒脱

出版业是一个古老的行业，在漫长的运行轨迹中，已形成自己的运动规律。物理学家认为，任何物体一定都有它自身的运动规律，而物体运动的内在规律是最为本质，与生俱来的。尽管外界对它的扰动一刻也没有停止，但它却用一生的力量在克服外力的影响，去到达自己的理想家园。

物体必然受外界影响的事实从来没有被忽略过，外界的作用力越大，对物体运动规律的影响就越大，但绝不可能改变物体运动的本质属性。我们处在一个有太多纷扰和诱惑的年代，我们要做的就是透过纷繁的外扰，寻找到事物发展本应有的方向和路径。德国人罗尔夫·多贝里的文章《你真的离不开新闻吗》提出这样一个问题：在现代社会，我们消息很灵通，但知道的却很少。这位先生用 3 年时间给自己做"新闻禁闭"实验。3 年后，他做总结时这样认为，我们的大脑对于骇人听闻的、与人物相关的、喧嚣的和变化快的刺激会有极为强烈的反应，而对于抽象的、复杂的、需要解释的信息有着极为微弱的反应，吸引人的"事实"会牢牢吸引我们的注意力，结果是所有构思缜密的、复杂的、抽象的和不易看透的内容都会自动地被隐去。

出版业的先哲对出版曾有精彩的判论，大意是说："出版社用来显赫的是一本好书，它胜过盖起堂皇的大楼。"厦大出版社作为文化企业，需要靠经营来获取效益，但她的运动规律一定要符合"大学"和"出版"的本质属性。依托于大学的出版活动，一定要有"象牙塔"的特性，要用冷静犀利的目光洞察这变化莫测的世界，用平静恬淡的心来应对俗世中的纷纷扰扰，用理性睿智的头脑判断那亦真亦假的是是非非。要坚信出版的唯一价值就是丰富世人的精神世界；坚信只要长久坚守，自己的这块田地一定会长出最好的果实。当你为理想坚韧不拔努力的时候，你就会走运，盈利便是自然的事。我们的内心如能清醒并坚守，就会因此而强大，面对荣誉的掌声也好，平淡的劳作也罢，便会多一分超然与洒脱。厦大出版社从建社第一天起，就明确自己的本分，30 年来始终准确定位，潜心做事，即使身边的事让我们不解与迷惑，我们也知道行动的轨迹在哪里，从不改变自己优雅的身姿。

优雅气质是一种和谐境界，
她给人们的感觉是温馨舒适

我在厦大出版社工作时间较长，耳闻目染许多领导和同事待人处事的精妙之道。他们待人温润可亲，处事周到细致，彼此谦谦君子，相待以诚。他们用自己的人格魅力感动周围的人，也奠定了厦大出版社温馨和谐人际关系的基石。出版社有句名言口口相传，那就是"把出版社办成温馨的家"。这句话不仅体现了厦大出版社以人为本的文化氛围，也反映其多元并存的宽容精神，更映射出置身其中的每个人对自己职业的荣誉感和归属感。与厦大出版社的人相处，他们可能会对您述说自己工作的艰辛，但最终脸上都会写着"快乐"二字；在厦大出版社，如遇到同事结婚、生孩子、过生日的喜事,大家都会兴奋得像自己过节一样;但凡同事遇到困难需要帮助,每个人都会送去发自内心的真诚关怀。就像奥黛丽·赫本在写给她女儿的信中所说的:"若要有美丽的嘴唇,就要讲亲切的话;若要有可爱的眼睛,就要看到别人的长处……"在这样的环境中,你会感到工作是多么舒适快乐。

作为创造文化产品的发源地,我们出版社所有制度的核心和终极目标,都是要激发大家的潜能,做出版的有心人。温馨的内涵就是要提供这样的精神氛围,她不是简单的"一团和气",而是在这样一个集体中,大家都能心情舒畅,彼此配合默契,上下沟通顺畅,人的才能得到充分发挥,这与保持勇于竞争的精神并不相悖。30年来,这种理念得到大家的认可并身体力行,使"温馨和谐"的内容得到充盈和升华。绝大多数在厦大出版社工作或曾经工作过的同事,一定会留恋出版社这个"家"的美好,不会忘记她给我们留下的舒心时光,并把这种温馨和舒适化为强大的创造动力,这就是"优雅气质"的温馨魅力。

优雅气质不仅体现在从容不迫的儒雅外表,更重要的是反映在每个人对待工作的事业心责任心,以及对待他人的那份关爱温情和体贴包容。可能我们每个人都不敢说自己就是个优雅的人,但我们是总在聆听优雅的呼唤,走在通往优雅路上的人。让我们努力做一个优雅的厦大出版人吧,因为我们身处在这样一个优雅的环境,从事这样一份优雅的职业,在这里,我们不仅找到谋生的职业,更可贵的是,我们将保持洁净如初的心灵及丰富多彩的精神世界。

优雅如斯——献给厦大出版社30岁生日!

厦门大学出版社 30 年[*]

厦门大学出版社成立于 1985 年 5 月。她从仅有六七名出版的外行人、两间办公室的"小作坊"创业起步，走过了 30 年不平凡的奋斗历程。30 年来，厦大出版社沐浴着改革开放的春风，肩负着大学出版的崇高使命，一路弦歌不辍，春华秋实。在主管部门和学校领导，以及广大师生、社会各界人士的关怀和支持下，一代又一代厦大出版人不负众望，用自己的智慧和勤劳的双手，交出一份可喜的成绩单。

2015 年厦大出版社社务会五位成员合影

  ＊ 本文原载《厦大出版社印记》，与宋文艳总编合撰，厦门大学出版社 2015 年 4 月版。

厦大出版社作为学校的直属单位，从创建伊始就实行独立企业法人、自负盈亏的企业化经营管理模式。今天的厦大出版社已拥有图书出版、电子出版、网络出版等多项出版权，出版物涵盖人文社会科学、自然科学、技术科学及地方特色文化等众多学科门类。30 年来，厦大社共出版 5000 多种图书，200 多种电子出版物。目前年出版新书 500 多种，重版重印 300 多种，获国家级、省部级奖励的出版物占全部出版物的 13.2%，形成了以学术出版和教育出版为主的出版优势，是福建省唯一的大学出版社。今天的厦大社已拥有 6000 平方米自主产权的办公楼和库房，在岗员工近 80 人。2009 年厦大出版社被评为"国家一级出版社"、"全国百佳图书出版单位"，成为一家特色鲜明、品牌成熟，有良好社会影响力的大学出版社。

出版理念——蕴大学精神　铸学术精品

中国的大学出版业在过去 30 年中取得迅猛发展，在全球出版业中独树一帜，令人瞩目，她已成为我国出版业的重要组成部分，是我国大学发展的重要支撑力量。厦大出版社与时代同行，始终坚持党的教育方针和出版方针，坚持高校出版工作的正确方向，坚持以社会主义核心价值观为引领，发展先进文化，创新传统文化，抵制有害文化，坚持把社会效益放在首位，社会效益和经济效益相统一的原则。在几代厦大出版人的长期坚守、准确定位下，已经探索出一条适合自身发展的"专、精、特"成功之路，凝练出自己的出版理念——蕴大学精神，铸学术精品。

30 年来，厦大出版社依托名校厦门大学，积极为高校教学科研和人才培养服务，有效地实施三大战略，即坚持学术为本，实施精品战略；发挥学科优势，实施品牌战略；立足高校阵地，实施目标市场战略。在所有的出版物中，70% 以上为高校教材和学术专著。作者队伍主要为高校教师，本校教师作者近 2000 人，约占 53%。在"一流大学要有一流出版社"这一崇高使命的感召下，厦大出版社坚持选择专注，潜心做事，充分挖掘高校的学术资源，整合高校的学术力量。正是这种锲而不舍的努力，厦大出版社在台湾研究、东南亚华人华侨研究、历史文化研究、经济学、管理学、法学、广告学、高等教育学、闽南文化、海洋科学与海洋文化研究、化学化工、古籍文献整理等学科,以及高校公共课、专业基础课、专业课的教材建设方面,已经形成了高质量、高水平、有特色的图书结构,实现学术品牌的不断拓展,推动了多学科多层次的高校教材系列出版,逐步形成了一批在学术界、出版界颇具影响力和文化积累意义的出版物。如《台湾文献汇刊》(100 册)、《台海文献汇刊》(60 册)、《透视中国东南:文化经济的整合研究》、《东亚华人社会的形成与发展:华商网络、移民与一体化趋势》、《菲律宾华人通史》、《毛泽东思想与中国文化传统》、《税利分流研究》、《中国农村经济制度变迁六十年研究》、《城镇化大转型的金融视角》、《共和国六十年法学论争实录》(8 卷)、《中国稀见史料》(3 辑 63 册)、《中国会馆志资料集成》(3 辑 60 册)、《台湾海峡常见鱼类图谱》、《固体表面物理化学若干前沿研究》、《膜分子生物学》、《形势与政策》、《军事理论与训练》、《计算机教材》、《大学体育》、《大学语文》等一大批高校教材和学术著作。这些精品力作凝聚了作者与编辑的大量心血,在高教界和学术界产生了深远的影响。

团队精神——进取 奉献 温馨 和谐

厦大出版社在 20 世纪 90 年代初就开始实施适应市场竞争的岗位责任制和业绩考核办法,极大地调动了员工的积极性,提高了员工的市场竞争意识和能力,改变了过去事业单位人员"等、靠、要"的作风。30 年来,厦大出版社培养出一支精通业务、勇于竞争、有强烈事业心的出版队伍。与其他大城市出版社拥有"出版业务外包"的社会资源不同,厦门地区没有任何专门从事编校、设计等出版业务的资源可利用。直至今日,厦大出版社的所有编辑、校对、排版、装帧、印务等出版环节,均由本社人员自己完成;更令人倍感压力的是,近年来我国图书市场的激烈竞争和互联网时代新媒体对传统出版的冲击,更使传统出版业发展之路崎岖不平。30 年来,厦大出版社在图书市场拥有一席之地并不断发展,靠的就是我们这支队伍不断进取的勇气和乐于奉献的精神。紧张的工作节奏使得厦大出版人均"一专多能"且特别能战斗。各部门人员对工作聚精会神、全心投入,使得我社每年出版物精品迭出,图书市场占有率不断提升,经济效益稳步提高。2004 年,厦大电子出版社成立,由厦大出版社负责经营管理。面对媒体融合的数字出版浪潮,我们主动应对,在网络游戏、网络图书、网络教育、互联网电子出版物等方面取得进展。由我社自主研发的"南强出版管理系统",不仅大大提高管理水平和效率,也为我社数字出版奠定了坚实的基础,赢得同行的好评。

厦大出版社作为一家人数不多,没有出版中小学教材教辅的中小型大学出版社,其最为宝贵的核心竞争力就是准确的出版定位和先进的组织文化。30年来,厦大出版社几任领导班子始终把提升出版人员的职业素养和创建温馨和谐的企业文化作为管理的重心,努力把出版社办成一个温馨的家。在温馨和谐的工作氛围中,大家彼此配合默契,人人互相关爱,上下沟通顺畅,人的才能得到充分的发挥。30年来,尽管社会的价值观在不断地变化,但"温馨和谐"的理念始终得到大家的认可,并不断得到充盈和升华。在这个集体中,厦大出版人对自己的"家"一直怀有感恩之情,对自己的职业始终充满着自豪与骄傲,人人争做出版工作的有心人,这是厦大出版社事业长盛不衰的力量源泉。

人文情怀——在美丽的厦门　出美妙的图书

美丽的厦门是我们生活的家园,美丽的厦大是出版社的资源沃土。30年来,我们呼吸着厦门的清新海风,植根在厦大的文化土壤,几经洗礼,特色已成。我们把学校的学科优势转化成出版优势,出版了大量高水平有特色的高校教材和学术著作。同时,我们以厦门地区为中心,着力开发闽南地区丰富的出版资源。海峡两岸的血缘文缘、华人华侨的悠远历史、经济特区的先行先试、重视教育的嘉庚精神、风景独好的旅游文化……为我们提供了广阔的出版天地。处在这座有着深厚人文底蕴的南国海滨城市,我们挖掘文化宝藏,独创特色品牌,从事优雅的出版事业,推出一批批思想精深、艺术精湛、制作精良的精品力作。厦大出版社已成为众多学者著书立说、传播思想的出版圣殿,成了独秀东南的出版重镇。

蓝天、大海、绿树、阳光,更平添几分我们对出版事业宁静的思考。过了而立之年,厦大出版社将更加成熟,更具有实力和魅力,更加意气风发。我们把大学出版的事业看成美妙的事业,更力求把每一种书的出版过程看作是一次美妙的旅程。我们坚信,厦大出版社的未来会更加美好!

永远祝福您,厦门大学出版社!

祝福的话儿飞出心窝窝

——在厦门大学出版社 30 周年庆典上致辞

各位出版社的同人：大家上午好！

　　今天是个喜庆的日子。30 年前的 1985 年 5 月 7 日，厦大出版社成立了。一颗幼小的嫩芽从此迎着阳光，滋润着雨露，成长壮大，枝繁叶茂。今天，厦门大学的校园里，出版社的办公楼里，出版社的每个人的心中，都洋溢着喜庆的欢悦。此时此刻，我们在座的每一位厦大出版人，能亲自见证这一光荣时刻，能为这一喜庆日子的到来贡献自己的一份力量，我们是幸福的，我们是自豪的。一年来，全社上下齐心协力，在保证完成本职工作之余，自觉自愿地投身到社庆 30 周年的筹备工作中，圆满完成我们预定的 12 项社庆项目。我要代表社庆筹备组向大家表示衷心的感谢！这一喜庆日子能如此灿烂夺目，这份荣耀是属于全体的厦大出版人。

　　今天是个怀旧的日子。30 年来，几代厦大出版人历尽艰辛，创出一片属于自己的天地。今天，我们要特别感谢我们的前辈，我们要由衷地感谢在自己岗位辛勤工作的每一位同事，也要感谢那些目前虽然不在我们这个大家庭里，但曾经同我们一道工作过的同事。我曾在社庆 25 周年的纪念册上写道："出版社的每一个点滴进步，都是大家迸发出生命的能量换来的。"就在几天前，我去看望老社长陈天择，他身体不好，行走不便，但他一直在牵挂着出版社的每一项工作。他为不能来出版社与大家一起参与社庆活动感到不安，以至于心事过重，夜不能寐，血压升高，血糖猛升，家人非常着急。我们也去看望正在住院的老总编周勇胜，他在病榻中还在惦记着出版社的社庆活动，为自己不合时宜地住院感到遗憾。他的家人告诉我们，老周虽然在许多单位工作过，但最为舒心的是在出版社的那段日子，讲得最多的也是出版社的人和事。我们翻开"致敬 30 年"丛书，读着那些厦大出版人的往事，那些对出版社发展的思考和探索，我们不难看出厦大社成长的清晰脉络，让我们心中充满着感动和敬意。

今天是个感恩的日子。厦大出版社的每一点成绩，都离不开读者、作者的关心和支持，离不开主管部门领导，学校领导、老师的支持和帮助；离不开书店、印刷厂伙伴的支持。我们要真诚地感谢他们，我们能回报他们的只有我们更加努力地工作，更加周全地服务，更加诚恳地相待。我们还要感谢一起工作在这个温馨家庭的每一个志同道合的出版同人。我们为这个集体的荣誉，为了这份神圣的职业，不离不弃，真心相随。在这社庆的庆典时刻，我的眼前闪过一幕又一幕，那是我们的同事在为共同的庆典日子透支着生命的能量。拍电视片跑前跑后、策划社庆图书操心劳神、编校设计加班加点不分昼夜、感冒咳嗽仍坚持工作、家里老人住院也放不下工作、装修布展里外奔波。大家统筹谋划，尽心竭力，分工合作。感恩的心系着你，系着我，系着我们每一个人。

今天是个准备再次起航的日子。庆祝出版社的 30 岁生日，我们花费了大量的精力，很多人都想问这是为了什么。我想说的是，在激烈的奔跑中，我们需要停下来梳理自己的过去，总结自己的经验。往日的成绩已经过去，我们仍要继续前行，但我们一定要有诗意和远方。我们成功地出版了"致敬30 年"丛书，这是非常宝贵的财富。这些文字流淌着无限的诗意，让我们体验到 30 年来我们出版社的准确定位和坚守的力量，领略到优秀的先进组织文化内在强大动力。我们理清了我们出版社的出版理念、团队精神和人文情怀，给优雅的气质赋予自己的解读。我们面临要制定"十三五"出版规划，要提高出版物的品质，要迎接数字出版的挑战，要壮大我们的实力，提高每一个员工的收入。30 年的经验，最为重要的就是，只要我们自己团结，只要我们自己的队伍强大，什么事情都难不倒我们。前方任重道远，我们要积蓄力量，我们正准备再次起航，我们的远方是世界一流的出版社。

有位朋友看了出版社社庆的微信，给我回了一句意味深长的话："她长大了，你也老了。"是啊！厦大出版社不是某个个人的，她是我们身后的一棵大树。我们为她培土浇灌，我们收获她的果实，我们在她的树荫下乘凉。我们是变老了，但我们却是如此得意地变老，我们却是如此精彩地变老。只要我们回眸，看到这棵大树在茁壮成长，我们的心就会永远年轻。

祝您生日快乐，我们温馨的家，厦门大学出版社！

2015 年 5 月 7 日

让凤凰树下弥漫着学术芬芳[*]

——厦大出版社推出《凤凰树下随笔集》丛书

厦门大学是一所驰名遐迩的高等学府。在近百年的历史中,她静静地舒展在背山面海、拥湖抱水的环境里,被称为"中国最美的大学"。早年由南洋引入的凤凰木遍布校园的各个角落,一级又一级的求知学子从海内外各地满怀憧憬地相聚在凤凰树下,一届又一届的毕业同学依依惜别于凤凰树下。凤凰花开时节成了学子们对校园的青春印记,"凤凰树下"成了厦大人的共同生活空间。

厦门大学朱崇实校长提出,大学要有"大楼、大师、大爱"的理念,最重要的是如何使大学校园里能充满着求真思辨的学术追求,昂扬着修身报国的远大志向。当年,校主陈嘉庚先生为办好厦门大学,不惜变卖大厦来建设厦大。百年之后的厦门大学已成为学科门类齐全的国家"985"、"211"重点大学。厦大人秉持"自强不息,止于至善"的校训,铭记着校主陈嘉庚建一流大学的嘱托,在较少政治喧闹、较多自由思考的相对孤立环境中,做着相对纯粹的真学问,培育着一代代莘莘学子。一大批厦大人在不同的学术领域里成果卓著,他们除了出版专著、发表论文,贡献自己高深的科研成果之外,亦时有充满灵性的学术感悟文字,时有感时悯世的政治评论短札,时有思索道德人生的启示益智言语,时有情感迸发的直抒胸臆篇什,这是非常宝贵的出版资源。

编辑出版厦大学人们的学术随笔、学术短札,蒐集厦大学人们长期学术积累积淀而成的通俗、灵动、富于思想性和启迪性的文字、艺术结晶,让读者进一步走近厦大学人们的内心世界,更加切实地认识一所大学的真实内涵。年轻学子阅读这些书札,或能获得体悟,受到激励,走向深邃的学术殿堂。社会大众阅读这些书札,或能对厦门大学有更深刻的了解,而不至停留在

---

[*] 本文原载《厦门大学报》,与宋文艳总编合撰,2014 年 3 月 14 日。

"厦门大学是个大花园"的粗浅旅游观感层次，这就是我们对出版好这套丛书的用心所在。

在今年 93 周年校庆时，我们首推"凤凰树下"学人随笔丛书第一批 4 种。即已故郑朝宗教授《海滨感旧集》（重版并有增添）、刘海峰教授《学术之美——海峰随笔》、洪永淼教授《中国经济学教育转型——厦大故事》、王日根教授《耕余遗穗——日根随笔》。《凤凰树下》丛书是我社的一项长期的出版计划，我们欢迎广大师生、海内外校友向我们投稿，希望《凤凰树下》丛书能成为母校的一个学术品牌，迎接厦门大学百年校庆，让凤凰树下弥漫着学术的芬芳。

我们更期待"凤凰树下"学人随笔丛书走出校园，吸引全球更多的学者走入这片凤凰树下，让读者感受到这些学者们除了不断有高精尖的科研成果问世，还有深沉的文化艺术脉搏在跳动；还有浓郁的人文精神、科学精神在流淌。

"凤凰树下"的校友深情

——在厦门大学 1982 级物理系校友
捐助出版基金签约仪式上的发言

细心的人可能已经发现,在我社最新出版的《凤凰树下随笔集》之《天岸书写》(刘再复著)封底上,有一圆形标志,标着"厦门大学物理系 1982 级'凤凰树下'出版基金"。这里讲述着一段并不复杂的校友情深故事。

厦门大学物理系 1982 级,共有 100 名学生,是我大学毕业后担任辅导员所带的一个朝气蓬勃的集体。从 1982 到 1986 年的四年间,我和这 100 名学生朝夕相处,与他们共同走过大学的青春岁月,结下了深厚的师生情谊。这些同学如今也都 50 岁左右,事业有成,彼此联系密切。

今年中秋前,按惯例与在厦门的学生聚会,我带上几本刚出版的《凤凰树下随笔集》赠送给他们。没想到"凤凰树下"的丛书名立即吸引了大家,这是因为"凤凰树下"正是我们物理系 1982 级学生的微信群的名称;而早在 30 年前,我们学生临近毕业时自己创作的歌曲,就是以"凤凰花开"为主题。手捧《凤凰树下随笔集》,大家情不自禁哼起了那熟悉的旋律,正如《凤凰树下随笔集》"编辑的话"所说的,"凤凰树下成了厦大人共同的生活空间",大家在这里找到共同的情感寄托。

当我把策划出版《凤凰树下随笔集》的意图及今后的计划介绍给大家时,同学们都很兴奋。他们提议,以厦大 1982 级物理系同学的名义设立"凤凰树下"出版基金,资助厦大出版社出版《凤凰树下随笔集》丛书,把同学们想为母校做点事情的心情化作实际行动,体现在基金里,并且只挂"物理 1982"之名,不以某个个人或企业命名,初步先集资 30 万,每位同学资助以 1000 元为起点。很快,这一倡议在"凤凰树下"微信群里发布,并公布接受资助账号,立即应者甚多,甚至远在海外的同学也呼应了。截止到 10 月 31 日,该基金 30 万已全部征齐。同学们中虽不乏腰缠万贯的企业家,但大部分还是工薪阶层的普通人,他们奉献的每一点滴力量,没有名利,不求回报,

捐赠基金签约仪式后合影

只有一片对母校的校友深情。

我大学毕业后的两份工作,一份是教师,一份是出版。"凤凰树下"把我的两种职业联系在一起,真是太奇妙了。"凤凰树下"是我社汇集厦大学人深邃思想的随笔丛书,将不断出版下去,力求成为读者喜爱的品牌读物。而在他的背后,还凝聚着厦大校友的这份力量,给出版这套丛书提供了坚实的基础。面对我所挚爱的学生,我所能做到的是,认真把这套丛书出版好。我们会认真研究使用好这笔基金,并在适当的时机宣传同学们的这种义举。

要特别感谢出版社美编李夏凌女士,她在了解这段故事及我对标志设计的设想后,竟用不到一个小时就设计出充满意境的"凤凰树下物理1982"的出版基金标志,她的灵感冲动也一定是受到这些同学们的影响。

再次感谢物理系1982级的同学们!我时刻铭记着和你们一起度过四年大学生活的美好时光。你们对母校的一片深情,将永远是我们厦大出版人前行的动力!

2014 年 11 月 3 日

在厦大出版社新老社长任免大会上的发言

【简讯】2017年12月8日上午，厦门大学在厦大出版社大会议室召开出版社干部任免大会。厦门大学党委副书记、副校长李建发代表厦门大学党委、行政宣布任免决定：由郑文礼同志任新一届厦门大学出版社社长并担任图信党委委员；因年龄原因，蒋东明同志不再担任厦门大学出版社社长职务以及图信党委委员。校长助理、出版社董事长谭绍滨，图信党委书记林瑞榕参加会议并讲话。厦门大学党委组织部部长梁卫中主持会议。出版社全体干部和员工参加会议。

尊敬的李建发副书记、副校长，谭绍滨校长助理、董事长，梁卫中部长，林瑞榕书记，亲爱的出版社各位同仁：

大家上午好！

刚才，李建发副书记、副校长代表学校党委宣读了学校的任免文件，任命郑文礼同志担任厦大出版社社长，并对我的18年社长工作给予充分肯定，对新社长和出版社今后的工作提出更高的要求。我坚决拥护学校党委对郑文礼同志的任命，这充分体现了学校党委对出版社工作的高度重视和殷切期待。我热烈欢迎郑文礼同志加入出版社的队伍！他是我们出版社建社32年来的第六任社长。相信在新社长的带领下，出版社一定能百尺竿头，更上层楼，创造更美好的未来。

我是1987年3月来到出版社工作的，1999年担任社长。感谢学校领导和全社员工对我的信任，让我在社长的岗位上干了整整18年，这在全国大学出版社的社长行列中也是不多见的。18年的社长生涯，我主持厦大出版社的全面工作，作为文化企业，既要坚守出版方向，又要面向市场经营发展，既要改革创新，又要稳步前行。一路走来，我始终如履薄冰，一刻也不敢懈怠。我时时刻刻挂记着出版社的改革发展，考虑着出版社的大事小情。

每年学校组织的干部疗养我都不敢参加,每件事关出版的事,我都会尽心尽力去做。我太喜欢出版这项工作,哪怕充满着烦恼和琐碎,我也从中感到无穷的乐趣。我要真心感谢学校领导和各级部门对我工作的关心和支持,我要感谢出版社班子的新老成员对我工作的倾力支持,感谢出版社新老员工对我的真心相助。我和大家一起度过 30 年美好温馨的岁月,让我感动的是出版社同事对我们这个集体的热爱和奉献,感激同事们对我充满信任,无论是工作的方法,还是家庭的烦恼,无论是遇到困难,还是个人的私事,他们始终对我真心吐露,视为知己。出版社 30 多年的每一点进步,都是全社每个同事迸发出生命的能量换来的。我很荣幸和自豪,我为出版社的发展贡献了自己的一点力量,这是非常值得,无怨无悔!

大学出版社作为党的意识形态重要阵地,作为学校教学科研重要支撑体系,学校党委对出版社工作始终要求坚持社会效益第一,坚持出好书,出精品。出版社全体同事也把这一要求深深地融入血液中,化为自觉的行动。大家以"蕴大学精神,铸学术精品"为自己的出版理念,对学术出版、教育出版进行长期坚守和品质的追求。厦大出版社始终坚持改革创新,不断调整自己的发展思路,使出版社得到健康快速的发展。我们进入国家一级出版社的行列,我们有了较好的办社条件,有自己的办公大楼和书库,更重要的是我们有一支充满活力,热爱出版的专业队伍,有"进取、奉献、温馨、和谐"的先进企业文化,还有我们值得称道的篮球文化。这 18 年来,出版社出版了大量的精品力作,共出版 8000 多种图书,获得各项图书奖近 500 项。经过多年的积累,出版社有了坚实的基础,为今后的发展提供了有力的保障。

当前,传统出版业正面临极大的挑战,我们厦大出版社也处在改革的攻坚期,处在发展的新起点。面对互联网时代,面对激烈的市场竞争,传统出版业如何融合发展,如何吸引读者,如何坚守学术出版、教育出版、文化出版的社会责任,任重道远。但是,有学校党委的坚强领导,有出版社办社 30 多年的经验,有全社员工对出版这项事业的热爱,相信在新的社长的带领下,出版社一定能不忘初心,续写辉煌。而我,一位退休的厦大出版人,也一定会继续关注出版社的发展,并随时准备为出版社的事业发挥余热,贡献力量。

谢谢大家!

在厦大出版社新老社长任免大会上的发言

宋文艳　总编

尊敬的李副书记、副校长,尊敬的谭董事长、梁部长、林书记、郑社长,各位同仁:

大家好!

首先,请允许我代表出版社全体员工在这里表个态,坚决拥护校党委关于郑文礼同志担任厦大出版社社长的任命,支持新社长的工作,我将积极配合郑社长做好出版社的各项工作,维护好出版社发展的大好局面,进一步提升出版社的各项指标,为厦门大学的教学和科研及双一流建设做好服务工作。

同时,在这里我也想对即将离任的蒋东明同志说几句话,首先要感谢东明同志为出版社的发展做出的不懈努力和突出贡献。我和东明同志都是1987年来出版社工作的,并肩奋斗了三十年,见证了出版社的成长,同时也和出版社共同成长。

东明同志担任十八年社长工作时期,也是出版社大发展时期,东明同志以满腔的热情,不断开拓、勇于进取的精神,带领全社员工脚踏实地,努力奋斗,立足社情,和班子成员一起制定了符合实际的发展战略,走"专精特新"的发展道路,他还提出了"蕴大学精神、铸学术精品"的出版理念,在这样的理念和战略指导下,出版社这些年为读者奉献了一大批具有很高学术品位和文化品位的优秀图书,并取得了良好的经济效益,使我社在学术界和出版界赢得了较高的声誉。

东明同志有很强的政治敏感性,政治意识、大局意识和责任意识都很突出。有强烈的文化使命感,在市场经济大潮中,始终把社会效益放在首位,坚持正确的办社宗旨,坚守文化品位不动摇。他为人谦虚诚恳,思想上锐意进取,工作上认真负责,对作者满腔热情,他善于团结同志一道工作,对员工既严格要求,又放手使用,培养了一批新人。在企业文化建设上,他很好地践行了"把出版社建成一个温馨的家"的文化理念,让每个员工在出版社工作都能感受到大家庭的温暖。

对于东明同志的退休,我们都很不舍,我个人要特别感谢多年来,东明同志在工作中对我的信任,以及各方面的帮助,我也在长期的合作中向东明同志学到了很多东西,比如大局观、包容心等等。东明同志有着丰富的出版经验和人脉资源,所以,我衷心地希望东明同志将来还能继续为出版社贡献智慧和经验。

谢谢大家!

图书评说

凤凰树下随笔集

天天都应是读书日 *

——李克强总理在厦大书店自费购买厦大社图书侧记

2015 年 4 月 22 日,春天的阳光暖暖地洒在美丽的厦大校园,这是一个弥漫着温馨的日子,李克强总理要来厦门大学看望师生们。

根据学校的安排,在总理访问厦大时,学校将会根据行程请他到群贤楼的"厦大时光"书店参观,要我在那里等候,如可能,赠送厦大社出版的图书。这是个宝贵的机会,我当即满口答应,兴奋不已。但是,由于总理的行程时间很短,能否按事先的安排也不得而知,学校领导要求我们做好准备,在各个位置等待。如此说来,我能否见到总理,能否赠书,也是要看运气了。

大约下午 5 时 15 分,李克强总理在福建省委尤权书记、教育部袁贵仁部长,我校张彦书记、朱崇实校长等领导陪同下,走进"厦大时光"书店。总理一进门,面带全世界人民都熟悉的笑容,正在书店看书的几位学生围上去,高兴地说:"总理好!欢迎您来我们学校!"总理环视了一番,说:"这个书店真大,真不错!"

朱校长说:"来这书店的人很多,你看,这地板都磨平了!"大家都笑起来了。总理深情回忆起他求学时代的北大书店,说:"北大书店正好在宿舍与教室之间的路上,很方便,我也是书店的常客。"在"世界读书日"即将来临时,总理选择到书店参观,意义非同一般。

总理从书架上拿起一本书,正是我社出版的《厦大往事》,朱校长马上向他介绍这本书的来历,它是我校朱水涌教授写的,介绍许多厦大的办学故事。总理认真地翻阅着,然后,他转过身,面对围着他的学生微笑地说:"大家都知道吧,明天就是'世界读书日'。全民读书日虽然是一个日子,但就是希望在这个日子里,大家都要记住,每天都要读书,常年都要读书。同学们

---

* 本文原载《厦大出版人的故事》,厦门大学出版社 2015 年 4 月版。

在这么美丽的校园，要好好读书，打好基础。"

同学们几乎同时呼叫着："请总理给我们推荐，我们要看些什么书？"总理哈哈大笑着，稍微沉思片刻，说："哈，我推荐，好。我想同学们主要还是多读中国的古典书籍，国外的经典书籍。你们看书，我觉得一方面要看一些时新的书，但是人类的文明是从书籍中传递下来的，你们看那些经典的书，就会有最基本的常识，常识往往是从经典而来的，所以你们既要读现代的书，也要读古典的书，这才会对人类文明有更深刻的理解，才能真正站在前人的肩膀上。"我一直就站在总理的身边，亲耳聆听了总理一席精彩的话，顿觉我们出版工作责任重大。大家都知道，总理曾亲自到杭州晓风书屋鼓励我们出版业要不断发展，今年，总理在向全国人大提交的政府工作报告中提出"提倡全民阅读，构建书香社会"，这殷切的期望，此时都融进了眼前这学生们的热烈掌声和欢呼声中。

见总理好像很快就要走了，我连忙从书架上拿起我社出版的《中国最美的大学》精装礼品书，递在总理手上。这套书共有四册，分别是《厦大往事》《厦门大学嘉庚建筑》《美丽厦大——唐绍云厦门大学风景油画集》《我的大学》。"总理，您好！我是厦大出版社……"我有点紧张。朱校长马上介绍："这位是我们出版社社长蒋东明。"总理很高兴地与我握手。

"总理，您好！欢迎您来我们学校！我想送您一套我们出版社出版的书！"我紧接着把那挺沉重的书递上。

总理接过书，仔细一看："哦！这是送给我的。"他仔细看着封面书名，大声读着："中——国——最——美——的——大——学，哈哈，好！好！"

"那你看，我没有什么可回赠的。"总理亲切地说。总理亲民随和的风范，引得大家开心地大笑起来。边上的一位女同学由衷地说："总理，您的话就是给我们最珍贵的礼物！"。总理却认真地说着：

"这书多少钱，我来买。"

我一愣，马上回答："不用，这是我们出版社送给您的，感谢您对厦大的关心。"

总理说："我来书店，买书就应该付钱，哈哈！"朱校长赶忙接着说："我替您交吧！""那我还得还你。"总理幽默地说。话音未落，总理已经拿着200元放在我手上。我真是不知所措，推却说："不用，不用。"

朱校长见势,连忙解围,对我说:"恭敬不如从命,你就拿着吧!"

总理开心地大笑:"收下吧,也算我为厦大做一点贡献吧,为厦大做点宣传!"

总理高兴地再次伸出手,与我紧紧地握着。他是在传递着对书的热爱,对"提倡全民阅读,构建书香社会"的期待。

身为大国总理,他用自己的钱买下厦大出版社出版的书,表现出了总理的学者本色和清廉风范。看他捧着那沉甸甸的书,我想,此时如果我们出版社同事们都在场,心情一定会和我一样感到无比自豪,全国出版的同行们知道这一情景,也一定会非常激动的。

我把总理这珍贵的 200 元书款交到书店收银台,这时许多读者拿着书,请站在收银台前的总理签名。总理非常爽快,一一满足大家的要求。他拿着一本《百万英镑》书签名时,幽默地说:"我可没有百万英镑!"整个书店的人都笑起来。

总理和书店的老板聊起来:"你们都是书店的员工吗?你们几位是合伙经营,是有股份。不错,自主创业,年轻人,创业很好!"面对书店的年轻人,总理不忘给他们送去"全民创业,万众创新"的鼓励。

总理和大家挥手告别,直到上车,他还在车内与大家招手。走出书店,看着总理车队驶向学生活动中心,围在周围的学生高声欢呼,我的心情久久不能平静。这个春天,厦大出版社正忙着迎接 30 周年社庆。李克强总理购买厦大出版社的书,给这个喜庆的日子增添了多么绚丽的色彩。

2015 年 4 月 22 日深夜于厦门大学

寻找科学之链*

——读《统一科学初探》

　　科学走向统一是当今世界科学发展的大趋势,统一科学作为一门前沿学科而备受科学界的关注。厦门大学出版社新近出版的《统一科学初探》,向人们揭示了一条描述世界各种事物形态变化的基元规律,作者在历经十余年艰苦的探索之后,高兴地声称基元规律是一把开启统一科学大门的金钥匙。

　　统一科学被认为是将自然科学、社会科学和思维科学统一作为研究对象的一门科学,它是研究世界整体相关统一的规律及规律应用的整体科学。简单地说,世界可以被认为是一个统一的整体,它具有一种永恒的、合理的统一理论。千百年来,不论是东方的先哲还是西方的大师们,都在为此而孜孜以求,渴望获得科学最终的一般规律。

　　世界万物虽然千差万别,五彩纷呈,令人目不暇接,但其内在规律却往往表现出统一与和谐。许多截然不同、形态各异的复杂事物却有着十分相似的一般规律。本世纪初爱因斯坦就早已成为统一科学的痴迷者,他曾就自然界的各种力都可以用单一种理论加以论述的极端简单性进行探讨,试图将电磁场和引力场统一起来。虽然最后未能成功,但他始终坚信:"物理上真实的东西一定是逻辑上简单的东西,也就是说,他的基础具有统一性。"普朗克也认为:"科学是有内在整体,它被分解为单独的整体不是取决于事物本身,而是取决于人类认识能力的局限性。实际上存在着从物理到化学,通过生物学和人类学到社会学的连续链条,这是任何一处都不能被打断的链条。"20 世纪以来,当代各门学科都在摆脱原有分科的约束,互相渗透、互相促进。各学科的研究者在不知他人工作的情况下,从事互不相关的学科研究,但却都发现他们得到的都是明显相似的结论。诺贝尔物理学奖获得

---

　*　本文原载《厦门晚报》1999 年 4 月 4 日。

者李政道曾说:"我坚信,科学理论的各个分支都是相通的,重要的本质性的东西都是简单的。世界应该是由一组很简单的理论可以阐明的。"科学家们如此迷恋着科学的统一,就在于统一科学将使人类在文化进步和知识经济时代中获得更锐利的武器,将极大改变人类的认识能力,并从质量上改造生产力,引起一系列产业结构、经济结构和社会经济的巨大变革,由此创造出现代的新文明。甚至完全有理由认为,它对人类发展的促进作用,是我们现在还无法想象。

人类关于世界的认识,到了 20 世纪末已处于重大突破的前夕。《统一科学初探》中所描绘的基元规律,是一种学科走向统一时代的谐音,这无疑为科学界的这种探索增添了一份力量。尽管这份力量来自一位名不见经传的年轻人,而他的研究甚至不是在专业的殿堂里,而是在繁忙工作的业余时间里。在洋洋数十万字的著作里,他把笔端触及到了经典和现代物理家的主要领域,对创建统一科学的综合理论进行了系统的初步探索,并期望这种探索最终能有一天形成一门完整的学科——世界学。我们不必苛求本书的尽善尽美,也不必马上相信他的这把钥匙就能开启现在仍紧闭的统一科学大门。但只要我们怀着一颗探求的好奇心,排开传统观念所形成的思维定势,那么,从这本书的字里行间,一定会得到对我们有所启发的东西。

迈向统一科学的高峰[*]

——评《统一科学——融基础学科于一体》

"治大国若烹小鲜",这句名言出自老子的《道德经》,它已经被众多学者和政治家引用。其意思就是治理大国就像做一道菜肴一样,咸淡要恰到好处,火候也要适当,既不能操之过急,也不能随意怠慢。

治理国家讲的是经世伟略,烹饪小鲜则是厨房手艺。在常人看来,二者之间相差十万八千里。但从哲学角度来看,治大国和烹小鲜的共同之处,实际上反映的是一个"度"的问题,都需要把握好度的原则,遵从其中的自然秩序。其实,科学发展史上许多相似的定律经常出现于相去甚远的学科领域,它们都是不同领域的科学家以不同的事实为基础独立发现的。像能量守恒定律就是由五个国家十几位不同研究方向的科学家从不同侧面各自独立发现的。这就说明不同的学科领域之间是有相通的道理。

厦门大学出版社2018年3月出版的庄世坚所著的《统一科学——融基础学科于一体》(上、下册),就是想告诉人们,科学的研究对象——世界(自然界、社会和人)都是统一的,不可分割的。无论是自然科学、社会科学、人文科学之间,还是自然科学中的众多学科之间,必然存在某种联系,具有内在的统一性,是可以找到某种普适理论的。而一旦掌握这种理论,我们对于身处的这个世界就有了简约而真确的认知和融洽相处的方法,这就是寻找"统一科学"的使命和意义。

人类历史上,那些仰望星空、苦心孤诣的探寻者,之所以被称为天才,是因为他们能洞悉宇宙的规律,进行超常规的理论思维,揭示出似乎只有上帝才知道的规律。恩格斯说过:"一个民族要想站在科学的最高峰,就一刻也不能没有理论思维。"中华民族要实现伟大复兴,也同样一刻不能没有超越时代局限的理论思维。而一个超前的科学思想,是创新发展的重要推动力。

---

[*] 本文原载《中华读书报》2018年6月13日。

　　随着自然科学的迅猛发展,人们对于自然界规律的认识已经极大地丰富了。大到浩渺的宇宙,小到基本粒子,人类在认识自然、走向文明的过程中创造出了无数奇迹,取得巨大的成就。在这个过程中,科学家把一个完整的世界精细划分成为许多不同学科的知识门类,不同的学科在外延拓展中建立了各自的科学理论体系,其所揭示的经验规律或思维模型也不计其数。虽然我们面对的只有一个世界,但对自然界不同层次的物质运动却有许多不同的认识。因此,科学不断分化出新的分支学科,对局部和细节的了解越来越详尽,但人们又发现自己对整体世界的了解却越来越模糊。事实上,这个世界不同事物的运动形式都是有内在联系的,而把学科统而为一,一直是人类科学与文明发展的最高目标。追逐这一梦想,成了古往今来多少先哲大师、科学家乃至普通科学爱好者的人生最高追求。牛顿、麦克斯韦、爱因斯坦、霍金、李政道等物理学大师都在时空中努力探寻物质和运动的世界本源与万物之理。诺贝尔物理学奖获得者李政道博士曾精辟地指出:"当代物理学的发展,可以简单地说,它是着重了简化、归纳。"

　　本书的作者并不是专职的科研人员,但他抱着对"统一科学"的坚定信念,孜孜以求,耗费几十年的心血,矢志探索建立一门逻辑自洽的统一科学理论体系。作者通过艰难的探索,揭示了所有事物形态变化共同遵循的最一般规律——单元系统形态转化基元规律。为了能使最简约的基元规律成为融通各基础学科的万能钥匙,本书分别在不同维度的质向量坐标系的语境中用"万科一道"的基元规律来反映各种事物形态的运动规律和分布规律。通过不同失衡态的基元规律在不同维度空间的表现或重混。本书把数学、物理、化学、生物、天文学、地球科学等基础学科已经揭示的不同事物所遵循的数百个定理、定律和规律一一演绎出来。虽然这个统一"分科问学"的科学的结果和书中诸多独到的见解和发现还有待检验,甚至还可能被否定或者继续完善,但这种探索是难能可贵,甚至会是石破天惊的壮举。

　　科学发展到今天,许多有识之士呼吁科学家应该走出自我的藩篱,不能"只见树木,不见森林",要带着"融合科学,道通为一"的思想,登高望远,去俯瞰巍峨的群山。正如宋代诗人王安石所吟:"不畏浮云遮望眼,只缘身在最高层。"如果站在更高的山峰,你就能看到你所精心耕作的那亩田地,已经成为眼前这壮丽景色的一部分。

　　本书在融通自然科学中把不同学科"合而为一"，用普适性的基元规律来解释自然界方面有重大突破，但人们可能更期待能否也可以用此"万科一道"的基元规律来演绎出人文科学、社会科学的定律。确实，世人对于人文社会科学的发展规律，目前还是处在"公说公有理，婆说婆有理"的混沌状态，并没有公认的普适性发展规律。这种差别源自：自然科学研究的对象大都是低维度空间的单层次简单系统，其基本规律存在机械性；而人文社会科学研究的对象绝大多数都是高维度空间的多层次复杂系统，即由于人的活动的选择性而使人的行为存在更多的不确定性或随机性。世间万物，人为灵长，人是有主动性的动物，会根据不同的边界条件，有意识地去试探物理世界并改造之。这种主动性丰富了历史，也造成难以用一个理论"一统天下"的困境。社会科学的模型方法本质上和数学一样具有机械性，但要用这种机械性的模型来解释人的行为，其间必然产生脱节。认识到这一点，我们就不得不承认，人文社会科学永远无法等同于自然意义的科学。

　　事实上，人类在探寻人文社会科学外在规律性方面，已经是卓有成效了。在历史、经济、语言、心理学和社会学等社会科学领域中存在着大量的事理系统，这些事理系统形态变化规律都可作为动力系统形态变化规律来表达。任何事理系统形态变化过程都会显示出阶段性、步骤性、程序性，所以人们可以把事理系统形态变化的全过程划分为若干阶段。事理系统形态变化有着与一般动力系统形态转化类似的现象，通过单元系统形态转化基元规律的演绎就可以得到事理系统形态变化规律。例如，用近平衡态下的单元系统形态转化基元规律，不仅可以演绎出生态学中描述虫口动态变化的单种群生物个体增长规律，而且可以演绎出社会科学中的马尔萨斯方程，还可以演绎出心理学中阐明心物关系的费希纳定律、史蒂文斯幂定律；用远离平衡态下的单元系统形态转化基元规律，不仅可以演绎出经济学中商品的生命旋回（即兴衰周期、生命周期等）规律，也可以演绎出城市化过程中以共同的物质生产活动为基础，且相互联系的人类生活共同体的社会形态变化规律，还可以演绎出像北京出现 SARS 疫情的走势变化规律；通过多级连串发射的单元系统形态变化规律，甚至还可以演绎出城市发展形态（聚落→村镇→初始的城市→多功能的城市→综合复杂的大城市→更为复杂的城市群）所经历的多级连串吸收发射过程的进步规律，也可以演绎出经济学中不同领域的一系列新技术形成的包络曲线或新产品的形态更替的发展规律。

可能人们更关注的是,人类历史的发展路径是否也是有规律可循。在透视出历史运动的本质和时代发展的方向上,我们可以看出人类社会的发展是可以找出规律的,并且这种规律是不以人的意志为转移的。马克思之所以至今被公认为"千年第一思想家",就是因为他所创建的唯物史观和剩余价值学说,揭示了人类社会发展的一般规律,为人类指明了从必然王国向自由王国飞跃的途径。相信人类从统一科学的理论出发,通过多级连串发射的单元系统形态变化规律,可以演绎出人类社会形态从低级到高级依次更替转型的历史演变规律。

更令人感兴趣的是,本书作者从中国古老的经典《周易》中汲取智慧,扬弃《周易》世界观、认识论和方法论,因循《周易》创造的"无极—太极—两仪—四象—八卦—万物"的二叉树认识论模型,构建统一科学逻辑自洽的理论体系。特别地,作者在圆形极坐标系中用二维伊辛模型解开了太极图谜团,用二元系统和三元系统的形态转化基元规律,直接刻画出含考纽螺线的太极图和伏羲八卦太极图,昭示了困惑人们千年的"天机",表达了对自然界、社会及人存在着"矛盾对立的双方相互依赖,相互转化,从而产生运动变化"的辩证关系。中华民族的智慧经历数千年仍能穿透寰宇,不能不令人掩卷沉思。

李政道教授经常提道:"宇宙的任何运动变化,都是依照一组相当简单的基本原理演变着。在向着简单性行进中,物理学总是大刀阔斧的。物理学之所以成为物理学,是因为它能从各种复杂现象中找到简单的本质。"尽管自然现象本身并不依赖于科学家而存在,但对自然现象的抽象和总结则是人类智慧的结晶。在自然科学与人文社会科学的研究中,人们发现,大自然在最基础的本征态时是按照美的原理来设计的。美的主要形式是一种和谐的秩序,科学理论体系是按照美的规律来构造的。前提简单、表述形式简洁、结构体系自洽而完备,并具有显著的对称特色等是构造科学理论体系的美学标准。

审美事实上已经成为当代自然科学发展的驱动力。探索自然界的对称与和谐是人类在科学研究的无穷魅力所在。科学对自然界的现象进行准确的抽象和总结,其阐述的规律适用于所有的自然现象,它的真理性却是根植于科学家以外的世界。科学家抽象的阐述越简单,应用越广泛,科学的创造就越深刻。艺术家追求的是唤起每个人的意识或潜意识中深藏着的,却已经存在的情感,它的普遍真理也是外在的,根植于整个人类,没有时间和空间的限制。情感越珍贵,唤起越强烈,反映就越普遍。科学大师们常说:"科学和艺术,他们在高峰时是相通的。""科学本身并不全是枯燥的公式,而是有着潜在的美和无穷的乐趣,科学探索本身也充满了诗意。"探索统一科学的道路上,求真和审美可以成为人们行动指向的路标。

对"统一科学"的研究是攀登科学高峰的艰难跋涉过程。作为大学出版社,它的真正理想就是要出版人类对客观世界的最前沿、最高水平的认知成果。在迈向一流学术高峰的过程中,只要发现是在某一领域的高水平成果,或是以当今人类知识结构还无法判断其价值,但其探索是值得尝试的,我们都应积极去了解,去扶持,去争取出版。我们无法要求作者的每项研究都尽善尽美,甚至还对这一研究的科学性心存疑惑,但我们要和作者一样怀有一颗探索的好奇心,用科学的精神、探索的勇气,出版更多具有探索认知意义和文化积累价值的传世之作。只有这样,大学出版才能真正彰显其博大的胸怀和强大的出版力量。

一位老外笔下的中国厦门[*]

——潘维廉与《Amoy Magic（魅力厦门）》

潘维廉，一个生活在厦门的美国人，福建省第一位获中国永久居住权的厦大教授。他常说，我的《魅力厦门》一书，是老外写老内，并最爱用纯正的闽南话对前来签名购书的读者说："哇系唉梦郎（我是厦门人）！"

老潘的厦门情结有一段非常奇特的经历。1976 年到 1978 年，他作为一名美国大兵，驻守在厦门的对岸——台湾。他自称当时做梦也没有想到十年以后，他会和他的妻儿永久居住在台湾的对岸——厦门，并深深地爱上这美丽的地方。当他第一次独自到厦门时，全家人都反对他的这一举动，可是不久，他老婆和孩子也紧跟着来了，并被厦门给吸引住了。嫁鸡随鸡，看来美国人也不例外。

老潘在厦大教工商管理，与厦大师生相处极好。他在厦大的凌峰楼有一住所，依山望海，风景独好。住所门前有一小花园，这是老潘自己动手改造的，花园中有一中国式的亭子，有潺潺流水的假山，最有特色的是在园中高高挂着大红灯笼，整个一个中国江南园林。他有个贤惠的妻子和两个漂亮的男孩，都已完全融入厦门的生活。两个孩子非常喜欢厦门，讲一口正宗、流利的普通话。几年前，老潘一家回美国，只住了几天，两个孩子就吵着要回家，老潘说，这里不就是家吗？孩子回答，是要回厦门的家。

老潘自己有一部面包车，闲暇时，便携全家人外出旅游。他们一家曾行程数千里，历时 3 个多月，从厦门出发，经广州、深圳、桂林、杭州、北京、内蒙古直到西藏。一路的艰辛可想而知，但其中的乐趣也是旁人所无法知晓的。即便是福建省，他也几乎跑遍了这里的山山水水。全部用英文写成的《魅力厦门》一书便是从一个外国人的眼光看中国，看厦门，书中还配有许多优美的厦门风光图片。全书记录了他在中国的足迹，在厦门工作、生活 12 年的

---

[*] 本文原载《厦门日报》2000 年 11 月 4 日，与施高翔合撰。

感受,介绍了厦门的历史、自然景观、文化,以及外国人感兴趣的许许多多内容。如在厦门的什么地方能尝到特色小吃,在哪里购物,厦门旅游如何坐车。在厦门在有哪些投资机遇等等,语言诙谐生动,写出了许多厦门本地人可能耳熟能详却熟视无睹的小事。我们惊叹作者的洞察力,也被他那颗炽热的中国心所感染。对于到厦门的老外,这可是一本不可多得的游厦指南。今年厦门九·八投洽会,主办者就把《魅力厦门》作为礼品书,赠送给参加会议的嘉宾,很受欢迎。在九·八投洽会期间,老潘在厦门国际会展中心签名售书,他用幽默的语言向海内外来宾介绍厦门。由于他对厦门的熟悉,在投洽会期间,天天都吸引一大批海内外来宾,甚至还有不少厦门本地人来与老潘聊厦门。很多厦门本地人感叹:自己对厦门的了解还不如老潘多。对于人们对他的夸奖,老潘常以"我是厦门人"来回答,他自豪地说:"我是老外脸,老内心!"

老潘生性活泼,多才多艺,《魅力厦门》一书的卡通插图都是出自他的手。他用西方人的天真、率直,加入了东方人的古朴、纯真,创作出一幅幅憨态可掬的卡通人物。他为自己设计的头戴斗笠、身穿中国对襟长衫、手拿魔术棒的卡通形象,令人忍俊不禁。看到他为读者签名售书时在扉页上认真描绘卡通人时,人们都被这位童心未泯的外籍厦门人所倾倒。一位祖祖辈辈生活在与我们完全不同国度的美国人,就这样与我们的心紧紧地贴在一起。我们要感谢厦门的魅力,为祖国的强大而自豪,更要用十二分的爱心去爱我们的这片家园,就像老潘常写道的那样"Enjoy Amoy!"

从"老内"看老外*

——中美文化交融中的魅力老潘

在厦门大学任教 30 年的美国人潘维廉博士（Dr.William N.Brown），最不喜欢被人称为"老外"，而是自创为"老内"，意在自己是中国平民一分子。他总是说我写书是"老外写老内"，我就像鸡蛋，外壳是白的，里面却是黄的。他在回答自己是哪里人时，总是说"厦门是我的第一故乡，我在厦门待了三十年。而在美国，我住了几十个地方，时间最长的一个地方只有七年，所以我说我是厦门人。"习近平总书记在 2019 年 2 月 1 日给他的回信中称："你把人生最宝贵的时光献给中国的教育事业，这份浓浓的厦门情，中国情，让我很感动。"

厦门大学出版社自 1999 年开始与老潘合作，在长达 20 年的时光里，共出版了 9 种图书。这些带着浓浓的厦大情、厦门情、福建情、中国情的图书，向全世界讲述中国发生翻天覆地变化的故事。我与老潘也在 20 年里的密切来往中，看到在这位"老内"身上的西方文化烙印与中国文化的融合，是个很不一样的"老外"。

追异求变与因循固守

年轻时的老潘做梦也没有想到他这一生会把中国厦门作为自己的事业场和归属地。他小时候憧憬的地方中甚至没有包括亚洲。八岁那年，他一心向往澳大利亚，甚至提出申请移民，但因年龄太小，被告知要十年以后再申请。后来在高中时，一心惦记着要去尼加拉瓜或危地马拉，要去帮助中美洲贫困的农民。高中毕业时他又想去塞舌尔群岛，或是位于格陵兰图勒的"世界之巅"。老潘自己也说他生性活泼好动，永远充满着追求新奇，不怕冒

---

* 本文原载《厦门大学报》2019 年 2 月 22 日，《厦门日报》2019 年 2 月 24 日。

险的精神,他的朋友也对他常说的是"放胆去做"。他 1988 年带着全家来厦门,也是带着冒险的决心而来的。1994 年,他买了一部丰田面包车,带着妻子和两个年幼的儿子,自驾四万公里环游中国。他们从厦门出发,沿着海岸线一路向北开到内蒙古,接着向西穿越大戈壁和西藏,然后南下,经云南、广西、海南岛、广东回到厦门。我们甚至看到他的每一次冒险,都是得到他妻子苏珊的支持,就连他的父母对儿子闯荡四方的勇气也是睁一眼闭一眼,任由他性子来,可见追异求变是美国人普遍的性格特点。

反观中国,有哪位孩子在八岁时就想自己到异国他乡去生活,十几岁时会想到非洲去帮助贫困农民,到地球之巅去领略不一样的人生。如果幼年时有这样的幻想火苗,也会很快被家长浇灭。中国的家长希望自己的孩子按他们设计好的路子一步一步走下去。老潘曾说,中国孩子小学时是填鸭式学习,中学时是准备高考,大学时是为了能毕业而修够学分,其他的兴趣无关紧要。但他也从厦大学生费菲身上看到中国的许多优秀青年学生,已经可以站在世界的尖端人才行列,古老的中国正在焕发出青春活力。

精致刻板与粗略圆通

有一次,我陪老潘到一所高校演讲,他第一句话就说:"我 1988 年来厦门,厦大历史系教授告诉我,中国有 5000 年的文明史,15 年过去了,那中国就有 5015 年历史的文明古国。"听众大笑,以为老潘幽默开场,意在吸引大家,没想到他很认真地说:"我昨天在讲座时说,中国是有 5015 年历史的文明古国,今天又过了一天,那就是 5015 年零 1 天。"中国人讲"5000 年文明史",是表明一个漫长的时间约数,但精确是美国文化的一大特点,说一是一,不容随意更改。我社责任编辑施高翔与老潘合作多年,他的最深体会就是,与老潘合作,时间观念最紧要,如果答应在那一天完成,就是使出浑身解数也不能耽误,哪怕是迟了一个小时。还好,我们出版社人员就有这种责任心,哪怕多人合作,通宵达旦,也不能失信诺言,因此,老潘常说与厦大出版社合作最为愉快。

初来厦门的老潘,多次在时间的精确上闹出许多不愉快。到邮局、到商场、到银行,甚至在课堂上,他多次抱怨中国人的不守时。明明说好两点半银行开门取钱,他准时到达却被告知银行送钱的人还没有来;说好购买保修一年的电器,不到一个月就坏了,还不让换;开学上课了,居然还有一大半学生手上没有教材。他像堂吉诃德一样四处挥剑,碰到的是"没办法","有规定"的盾牌。可贵的是,在缺乏精确时间观念,为人处世更讲究粗略圆通的现实中,老潘看到中国在这些方面的迅速变化,看到了中国人力图改变这些陋习的努力和决心。同时,他也逐步领略到中国文化中这种安逸中庸精神内涵。因为深爱,所以着急,也因为深爱,他融入进去。他感觉到古老的中国就像历尽沧桑的老人,看淡了人世间的纷争利弊,更有解决矛盾的底气和智慧,因为任何事情不能非黑即白,会有灰色地带,需要融通交流。

各异文化与交流融合

老潘有很强的语言和写作能力,有一双善于发现的眼睛,有幽默善良的交往性格。30年来,他真正融入中国的社会。他的好朋友,从总书记、省长、市长、学校书记校长、院长,到同事、编辑、学生,甚至是小商贩、修理工、保姆,都能真诚相待、其乐融融。他成了厦门家喻户晓的老外,获得了许多荣誉。但我以为他这位"老外",是真正把中美两个不同文化融合得最为恰到好处的"老内"。他惊讶中国人相聚时的喧嚷,但他发现那是因为中国人聚餐时都在户外,需要放纵大喊,不像美国人在室内吃西餐的无趣高雅,所以他邀请客人在家聚餐也是随意喧闹,并以此为乐趣。他理解中国人爱面子,对自己的一事不合,直言顶撞的做法经常反省,并立马道歉。他收到渔民朋友送来的一大筐海鲜,农民朋友送来的重达45斤的香蕉,中秋节朋友送来的"永远吃不完"的月饼,发现中国人的内心的淳朴和真挚,是世界上最好打交道的朋友。他也知道"关系"的重要性,他认为关系就是利益所在,但他也认为即使在美国也是需要讲"关系"的,这是人之常情。不同文化,并没有绝对的优劣,需要的是沟通与融合。

30年的融合,他已经是地道的中国人,甚至是讲一口流利的闽南话的闽南人,并以此为荣。他是教授,是非常敬业,深受同事和学生喜爱的老师;他热心公益,为希望小学捐款,为城市申请荣誉代言;但他最为受大家熟悉的是他出版的书。他在厦大出版社出版的"魅力老潘"系列,已经与他的名字紧密相连。他用独特的视角、深情的笔触、自绘的幽默插图,向世人讲述中国故事。在书中,我们看到出版传播的力量,看到文化的自信和交融的新景象。作为中国腾飞的见证者和代言人,老潘曾说:"我们见证了中国经历的前所未有的变化,从某些小的方面来说,我们甚至也参加了这些变化。"这几天,我和远在美国的老潘经常微信往来,他表示希望和厦大出版社继续合作,无论是重印还是新书,我们厦大出版社的领导和同事对此都相当期待。

习总书记对老潘寄语,希望他继续写作,期望他"笔下的中国故事也一定会更加精彩"。是的,厦大出版社和老潘的合作将开始一个更为壮阔的新征程,老潘笔下的中国故事将更加精彩!

惊人诗句老横秋[*]

——写在《虞愚自写诗卷》付印之际

虞愚先生是我国著名的学者、诗人和书法家,是厦门人值得骄傲的本土大师,也是厦门大学引以为荣的卓越校友和教授。厦门大学出版社即将出版的《虞愚自写诗卷》,是由先生从大量的诗作中反复斟酌自选出来,并在病中倾注全副身心书写而成的。其诗书二雅双绝,是先生学问、书艺融为一体的精华。这本书的出版,无疑将成为广大文学艺术爱好者不可多得的艺术珍品。

虞愚先生的名字,对许多人来说并不陌生。他的诗作博大精深、清峻拔俗;他的书法笔断意连,纵横秀逸,形成独具风格的"虞体"。先生的诗联、墨迹广见于名山宝刹,亭台楼阁,其巧思慧心,雅趣深意,令无数游客流连忘返。爱好书法的人更是以得其墨宝为荣。因此出版先生的自写诗卷,是广大读者盼望已久的。

1987 年拜访虞愚先生(右)

---

[*] 本文原载《厦门日报》1989 年 7 月 19 日。

我第一次见到虞愚先生是在 1975 年,那时我高中刚毕业,正在学书法和绘画,虞先生从北京返厦,余纲老师带我一道到鼓浪屿先生家中拜访。先生家里高朋满座,都是厦门市书法界的名流。尽管当时还是"四害"横行,漫天阴霾,但先生谈古论今,倾吐胸臆,给我流下极深的印象。以后见到先生是在 1981 年厦大 60 周年校庆之际,校方特请先生作"科学艺术与人生"的讲座。先生在讲坛上旁征博引,宏谈阔论,偌大的教室被学生挤得水泄不通。先生在这次讲座中对我们年轻学生讲述了他对人生的看法,他从文学、艺术,从自然科学到人文社会科学,引经论据,许多例子似乎信手得来,却头头是道。他说:"科学靠概念,艺术靠形象,它们似乎是截然分开的。其实严密的科学何尝不是艺术的美。艺术中的韵、线条、面、光……何尝没有科学。科学和艺术在达到高峰时是相通的。理智有如高山,好像严父,情感好似流水,比如慈母。有高山必有流水,有严父还得有慈母,你能说那一项可以缺少吗? 因此,我们说,圆满的人生,既需要具有'理智'的科学,又需要有'情趣'的文学艺术,这好比鸟之双翼,车之两轮,缺一不可,分割不得!"此时,一位 70 多岁的老人和我们年轻人的情感完全交融在一起,同学们报以热烈的掌声,这是我永远难以忘怀的一幕。后来,我在先生家中看到一本《中国社会科学界名人录》,其中介绍虞愚先生的成就时,百来字的条文就有先生的这一论见,可见先生这一论点已成为他的重要思想。

我到厦大出版社工作后,社里的领导就多次提出应该出版虞先生的诗书集,并向虞先生提出这种愿望,先生也欣然答应。1987 年冬,我出差到北京,即往西砖胡同先生的寓室拜访并具体商谈出版事宜。其时先生正好一人在家,见到我的第一句话就说,你是闽南人吧,马上我们就用家乡话交谈开来。先生拿出他的许多论著、诗作、照片给我看,并对出版他的诗卷提出许多想法,出版之事总算初步确定下来。

正当先生准备出版诗卷之中,不料病魔缠身,他便返厦门治疗。在病榻中,他仍没有停止过他的诗卷出版的准备工作。由于健康原因,医生不准他作书,他就利用每周一次回家的短暂时间,摆开笔砚,挥毫泼墨。我几次到先生家中,看到他那作书的神态、气势及对诗的记忆力,完全不像一位正在住院的 80 高龄的老人。经先生同意,在编辑中还将钱锺书先生给虞愚先生的一封信函作为本书的序言。在这封普通的交往信函中,钱先生对虞先生的诗作了很高的评价,称之为"调无不谐,词无不适,较之同载诸作所谓以一麟角媲彼万千毛者"。

虞愚先生曾说过,我的一生有三分之一献给哲学,三分之一献给诗词,三分之一献给书法。透过这本诗卷,我们可以领略到先生一生的才情、智慧和修养精华,它将使我们每人在实现圆满人生的过程中多了一份昭示和启迪。

读　序*

每一篇序文，都是精彩的开始。她像一场气势恢宏交响乐即将开演前的前奏曲，热情动人；她像列车即将隆隆进站前，月台响起播音员悦耳的预告声音，令人不由地驻足聆听；她更像闲暇喝咖啡时的背景音乐，意味深长。

因此，我手捧新书，凡有序文，必先读为快。

为书作序的人，大多是作者心目中的敬仰者。请他来开启大幕，更能为作者的演出平添几分荣耀与深刻。优秀的序文，可与正文相得益彰。序者高屋建瓴，娓娓道出这部著作所表达观点的前因后果和他的建树所在，让读者穿过序文，从一位智者的叙述中，感受到作者生动而又鲜活的形象，了解到是怎样的学术研究经历使作者产生这些思考和感悟，透过几句平白的言语来解读作者的高深研究成果。由此，读者与作者一起出发，一路去寻找书的正文给我们的答案。

有些序文，本身就可独立成章，堪称一篇精彩的美文。序者看似信手拈来，讲述另一个好像与本书无关的故事，不料峰回路转，文中的韵味与作者的思路不谋而合，异曲同工，令读者拍手叫好。

当然，序文让读者看到了序者和作者眼中的"哈姆雷特"，有时读者会和他们不谋而合，便心领神会。可能有的时候，读者与他们的看法有所不同甚至分歧，但我们仍会心存感激，感谢辛勤的他们给读者带来新的视角和感悟，让人们看到不同的世界。

厦门大学出版社在庆祝 30 周年社庆时，特地从已出版的、载有序文的近千种学术著作中，精选出若干篇，再加上其他精彩的辅文，结集成册出版。在这些充满睿智的文字里，我们或许也能领略到厦大出版社对学术出版的执着追求，感受到厦大出版人"铸学术精品"的点滴用心。

---

* 本文原载《厦大版序跋精粹》，厦门大学出版社 2015 年 4 月版。

封　　面

　　无数次与作者谈作品出版时,开始时大家总是讨论书稿写作过程、内容特色、编辑的要求、出版的价值、市场的期望销售量,或是出版时间、印数、稿酬。但我感觉,大多数作者最迫不及待地是想托出他关于封面的设计想法,在憧憬自己的心血将要变成图书时,封面就像即将出生孩子的脸庞,令人激动与期待。

　　毫无疑问,封面是作者最为在意的另一个问题。每当讨论此事,作者都显示出一份天真的特质。许多作者甚至会带来他自己的封面设计样稿,或拿出他认为满意的图书,希望出版社的美编能吸纳,或依样画葫芦。事实上,我也最喜欢与作者交流关于封面的设计问题,因为我自己曾经当过美编,设计过不少的封面,对此有些心得。所以,在这个交谈阶段是最为轻松惬意,言谈之后,对方心领神会,带着对出版的专业信任满意而归。

　　封面设计是出版物的脸面,怎么评价她的重要性都不为过;封面设计又是永无止境的创作,怎么用心都会留下缺憾。好的封面能起到引水渠的作用,她带我们离开日常生活,引导我们进入书本的世界。我甚至觉得,一个出版社的内在气质,很多时候要靠图书的封面来起作用;一个书店的吸引力,通常在于图书封面的多样化,让读者深陷美丽的书海而感染冲动。我们都愿意看到,更多读者买书是为了封面;我们也能想象,多年以后,许多作者再次看到它的封面,会立刻回到很久以前的某一天。

　　我们出版社创办之初,人手不多,因此,但凡有些美术兴趣者,都有机会充当封面设计者。我自小有书画爱好,又碰上工作需要,前后也设计过近百种图书封面。当时设计封面不是用电脑,而是手工描绘出可供印刷制版的四色黑白稿。图片自己选,或自己画;文字用电脑植字再粘贴,或自己书写,或绘出美术字;色彩选择是用专门的印刷色样纸,或从某本画册上剪出自己满意的色块,然后附在黑白稿上。有一次在印刷厂,工人师傅晒出封面胶片，我感觉其中的图片不满意，就直接用笔墨在胶片上画出一幅少女弹吉他的图（这是一本中外轻歌曲集的书），引来周边围观者的赞扬，自己感觉好得意。应该说，那时的封面设计水平不高，色彩和形式也有局限，但都有自己的个性特色，终究是一个时代的产物。今天的封面设计，软件众多，图片海量，字体繁多，为设计者提供丰富的素材和表现手法，其封面设计的水平与过去是不可同日而语的。

中外轻歌曲选集

●○ 吴培文 编著

厦门大学出版社

当年的封面设计作品之一

由于时代的进步，人们的审美情趣已不仅局限在对封面的追求，对于内文版式、开本、用纸、插页、腰封、护封甚至装订的方式，都有可创新的空间。封面设计对文字字体和字号的选择，对书脊这弹丸之地的重视，对纸张的选择，对工艺的恰到好处的使用，都使封面设计者充满无穷的乐趣和想象力。但无论如何，封面设计最为感人的是设计者充分了解书稿的立意和其中可表现的切入点，尽量以少胜多，以意境给人以遐想。当读者看到封面这张脸，能过目不忘，能轻轻地抚摸并久久凝视她，能回想曾经熟知的快乐，能急切地想走入书本承诺的幸福世界。

2018 年 2 月 7 日深夜

平实流畅最真情*

——林懋义先生著《这里春长在》编后

林懋义先生的大名早有所闻,但更多的接触是近一年来的事。林先生是厦门工艺美术学院的老师,其书法、散文常见于报刊,是以散文笔法写艺术评论的高手。先生书法洋溢着文人书卷之气,在艺坛上享有盛誉。68岁的林先生极有人缘,即使是对我们出版社的这些年轻人,他也总是笑容可掬、慈祥关爱,但凡他答应过的事就一定办到,一丝不苟。他的文集《这里春长在》在我社出版过程中,为了一篇文章、一个错别字、一幅插图,他常携夫人往返于鼓浪屿、厦大之间,尽管烈日炎炎、舟车劳顿,他却全无年长的矜持与架势。其诙谐谈吐、儒雅风范,令人可亲可敬。

即将出版的《这里春长在》共分上、下两集,上集选入林懋义先生散文150篇,包括游记、杂文、随笔、序跋与读后感等,其中有读者熟悉的《鹭岛情思三则》《榕树下》《故乡的桥》……这些作品写故乡仙游、写第二故乡厦门、写他的生活、写他的师友。作者善于捕捉最富地方色彩的景物,融情于景,在叙述中常有哲理的幽默和老辣的文笔。下集选入林先生80多篇书画评论。作者以深厚的艺术理论功底,独到的艺术鉴赏力,评介着各种不同艺术门类的作品,有书法、绘画(中国画、西洋画)、篆刻,又有石雕、磨漆画、摄影等。对这些不同门类的艺术,他能说古论今,娓娓道来,既有传统文化的底蕴依托,又有鲜明的时代个性,提携奖掖,入情入理,表现作者广博的知识面。

真情洋溢是林先生文章的最大特色。在洋洋数十万字的书稿中,处处流淌着一个"情"字。首先是抒发对乡情的眷恋。仙游是先生的故乡,又是文人辈出的地方,画家李霞、李耕、黄羲、张英、李再钤等艺术前辈,都是从这片故土走出来的。作者作为仙游人,对故乡这些艺术前辈更多出几分旁人

---

* 本文原载《厦门晚报》2000年10月22日。

无法知晓的情结。如他为台湾女画家、仙游人李玉哥写的《祖母画家——吴李玉哥传》时,讲述这位老艺人颠沛流离,儿女情长,直到为人祖母才开始学画的传奇生涯,极为感人。而他对吴李玉哥的艺术评价也很独到。"我觉得吴老太太的画有一种天趣,凡泥巴在她手中就像甜蜜的年糕一样可亲可爱,因而她的雕塑作品所流露出来的气息也一样是甜美童真……"其次,先生描写他的第二故乡厦门时,也融入了这种乡情。如《集美之夜》、《鼓浪屿的路》、《鹭江云锦》……写出了一位厦门老人对特区建设迅猛发展的真实感受;评介厦门艺术家张晓寒、罗丹、余纲、陈文灿、邱祥锐……则笔下生情,褒扬有加。真是写景,满目苍翠;写人,与人为善。

平实流畅是先生的文笔风格。先生年轻时多才多艺,他演过《小二黑结婚》,导演并主演《王贵与李香香》,17 岁就发表散文,大学时学的是中文,以后从事的职业没有离开过艺术创作、教书育人。莆仙的艺术熏陶,鼓浪屿的人文精神,这些清新隽永的乡土气息,成就了他人生品格。先生为人古道热肠,儒雅蕴藉,真挚朴实则是厦门人性格的典型代表。而文如其人,先生自称很高兴一位编辑给他"平实流畅"这四个字的评语,平实流畅是他文章的追求风格,而我觉得他的为人也是这样。

林懋义先生自称文集出版后,可以就此歇笔。我以为,凭先生的活力以及对生活的热情,他的笔是不可能停下来的。先生身上还有各种艺术头衔,又是民主党派人士,福建省文史馆员,艺术创作、参政议政,义不容辞。新的生活将会继续激发他的文思,唤起他的激情,新的作品将会源源不断产生,我们将会读到他更加美妙的文章。作为出版人,我们将引以为幸,并衷心祝愿林先生健康长寿,青春常在。

站着睡觉的人[*]

——林荣瑞先生和《福友现代实用企管系列》

有一种鸟，

它飞来飞去，忙碌一天后，

夜晚仍要站着睡觉，

我们不知道，它睡觉时，

是不是还在思考。

……

这是一首诗，确切地说，是一首广告诗。她是来自台湾的林荣瑞先生和他的厦门福友企管顾问公司员工敬业精神的写照。

现年 50 多岁的林荣瑞先生早年曾在台湾地区、日本以及祖国大陆的日资企业从事企业管理工作。几十年来，他从企业的课长、厂长、经理、总经理一路干下来，积累了丰富的企业管理的实践经验，熟悉国内外企业管理的共性与个性，加上他有深厚的企业管理的理论素养和良好的文字及演讲功底，因此，从台湾来到厦门的 10 年里，林先生仆仆风尘行走于国内各地，深入企业指导、讲学。他所创办的厦门福友企业管理顾问公司，在国内企业界已小有名气，前来请他为企业把脉诊断、开办讲座的人络绎不绝。每次见到林先生，他那儒雅风度中总是略带一点疲惫，嗓音沙哑。但正如他自己所说的："虽然相当辛苦，却也带来更多的满足。"

第一次与林先生接触是在 1995 年，当时，林先生正准备出版他的《福友现代实用企管系列》。他对厦大出版社情有独钟，准备将书稿投向我社。但我社在此之前对出版台湾作者的著作没有太大的把握，且当时国内对现代企业管理的重要性.认识并不很趋同。作为责任编辑，我捧着林先生的一大

---

[*] 本文原载《厦门日报》2001 年 3 月 3 日。

捆书稿回家,当时正值放寒假准备过年,本来心存懒散之意,并无心加班加点,不料阅读了他的书稿《管理技术》时,竟放不下来,一连几天没有离开稿件。一个如此"沉重"的课题,在林先生的笔下,却是阡陌清晰,井然有序又略带几丝轻松和幽默。真是一本好书,这是我的第一判断。

管理有没有技术,现在来看应不成问题。管理从理论到实践都是一门重要的学问。但林先生所著的《福友现代实用企管系列》与一般的管理学书籍不同之处在于:它不是洋洋洒洒大谈管理的深奥理论,也不引经据典讨论中外管理学的历史和现状。它的读者定位在企业第一线的管理者,他们可以是车间班组长、主任、厂长。作者将诸多的管理理论转变成"科学的管理技巧"及"可使用的管理工具"。书中通篇都是开宗明义,以简练的语言罗列要点,配以实用的表格和简短的说明,还插入许多风趣盎然的漫画,即使文化水平不高的读者也能从中得到启示。比如《管理技术》一书谈到的"开会"这样一种企业常见的管理行为,对我们来讲,恐怕没有什么比它更熟悉的了。但对如何开好会议,如何达到预期的效果,我们却没有更多的探究。该书讲述"会议"时,将会议的设计、作用、类别、范围、准备、目的、方法、纪律、发言要点、主持人须知等,一一道来。我想,假如你明天要主持会议,今晚读一下这部分内容,肯定能增加你开好会议的信心。本书就是通过许多这样的具体管理事项,许多我们可能习以为常却容易熟视无睹的管理工作,引导我们走向规范,提高我们的管理水平。这就是该企管系列自出版以来,一直能深受读者欢迎,畅销不衰的原因。

在林先生主编的《福友现代企业管理系列》中,有一种思想一直贯穿其中,那就是管理者的魅力作用。他认为,主管人员应该是个既会建立管理制度,又会充分利用管理制度及科学管理工具的能者。管理者要懂得用人之道,要懂得如何激活众人的智慧,要懂得如何透过自己的权力和能力使企业员工从内心深处拥护和爱戴你。有了好的规章制度,有了员工的积极性,当老板的还要懂得责任要大家来分担的好处,就像书中所说,"如能再加上懂得授权之术,那才是个魅力十足,让人愿意矢志追随的领导者"。新近即将出版的该书系之一《如何选人、用人、育人、留人》,更集中地阐述了人才资源管理与"生财"的关系,相信同样会受到读者的喜爱。

林荣瑞先生虽年过半百。但仍雄心勃勃,矢志不渝地奔波地讲学、著书和公司管理的工作中。他对我经常讲的一句话就是"好东西要让好朋友分享"。他把自己的公司命名为"福友",就是取英文"For You"的谐音而成的。为了一种信念,也为了公司的兴旺,他还有许多写作的计划,还有许多企业等着他去讲课;他还准备引进海外的最新企业管理书籍介绍给国内读者,还要再开一些新的课程以适应国内外形势发展的需要。他把那些整日为企业管理费尽心思,甚至不得不把睡觉的时间也挤出来用的人称为"站着睡觉的人",其实,林先生自己不也正是这样一种人吗?作为出版人,我与读者一样期待着林先生有更多更好的新书问世。

陈宗厚著《趣侃说话》序[*]

今年 5 月的一天上午,陈宗厚老师携夫人如约来到厦大出版社。他是我尊敬的老师,老作者,老前辈,更是多年的老朋友,自然是相谈甚欢,其乐融融。

不料,陈老师这次特地携夫人来访,是来布置一道作业,要我为他的新作《趣侃说话》作序。我是一名编辑,编过很多书籍,但从未有过为书作序的经历。而且让晚辈作序,也不符合一般的常理,我自然是惴惴不安,百般推辞。但陈老师言辞恳切又不容分辩,犹如严厉的老师一般,布置完作业便告辞而去,竟让我没有推托的机会。

陈宗厚老师是一团烈火,在他身边,你总会被他燃烧的激情所感染。在他敦实的身板和旺盛的精力面前,你不敢相信这是一位 75 岁的老人。他总有不竭的思想源泉和写作欲望,在我和他交往的十多年间,他已出版十几部书,且部部都是一字一句执笔手写,堪称呕心沥血,才华四溢之作。他退休后所实施的"五丹工程"、"五百工程"、"五星工程",将他一生为人师表、阅尽人间冷暖的真实体验,融进生花的妙笔之间,洒出的是浓浓的爱意,体现一位老教育工作者的高尚人格。

陈宗厚老师又是知识渊博的智慧长者。他的新作《趣侃说话》,将话题引入人人都要面对的"说话"。和其他已出版的著作一样,陈老师最想告诉读者的是如何提高一个人的处事修养水平。"说话"水平自然是一个人素养水平的直接反映,而素养水平又与他的知识积累程度有关。所谓"言为心声",与人交往贵在真诚,真诚的感情要靠言语表达,但陈老师要告诉我们的是,说话不仅是一种技巧,更是一种艺术。面对不同的对象,不同的场合,表达爱憎,言语得体,可令人如沐春风,或令人不敢小觑。值得敬佩的是,书中

---

[*] 陈宗厚著《趣侃说话》,厦门大学出版社 2012 年 10 月版。

的每篇文章深入浅出,趣味盎然且受益匪浅。他不以说教为能事,而以"趣侃"暖心田。在阅读中,你会经常闭目回思,会心一笑,这点点滴滴,便是在增加您的修养厚度,使您体验到生活的新情趣。

我曾经编辑过《余承尧绘画艺术研究》一书。余先生是国民党的一名将军,福建永春人,也是一名军事地形学专家。他在台湾退休后,以年近60的年龄开始学习绘画,他的儒家学蕴功底和走遍祖国山川的经历,使他的山水画创作一开始便不同寻常。由于孑然一身,孤独生活在台湾,他便把他的画作为对家乡思念之情的倾诉和寄托,把自己对大自然的理解寄诸笔墨。20多年后,他在中国山水画上竟独树一帜,取得巨大成就,堪称与李可染大师比肩,被称为海峡对岸的一座山。我当时编辑完此书,曾写下一篇书评,其中评论到,"对于许多人来说,年龄不是问题,只要你心中充满追求,任何时候起步都是会有所作为的"。而面对陈宗厚老师"老夫喜作黄昏颂,满目青山夕照明"的豪迈气概,我只能再次感慨,青春的活力不是以年龄为参照的,那些不断超越自我,完善自我的人,值得我们去尊重,值得我们去帮助,更值得我们去学习!

我相信陈宗厚老师会有更多的新作问世,因为他有不可遏止的青春活力和崇高的使命感!

2012年7月7日于厦门大学

今天，我们怎样读书 *

　　读书，是我们许多人生活中必需的一项文化消费。在今天，数字化和网络技术的飞速发展，正深刻地改变我们所有人，特别是年轻人的阅读习惯。原有的"图书"形态已经大大地延伸了，人们获取知识的途径越来越多，知识的表达方式和传播体系也越来越多。大批年轻人的读书方式大大改变，他们更热衷于网上看新闻、查词汇、读小说、写博客、通电邮、打游戏，网络成为年轻一代人生活不可缺少的一部分。有一则对读书现状的问卷调查，有阅读习惯的占 72％。而阅读方式中，"读书"占 16％，"读网"占 54％，"兼读"占 30％。由此可见，有阅读习惯和"读网"的人占了很大的比例。

　　借助网络阅读确实有它的优势。概括地说，一是可以节省买书的费用。二是信息发布的速度快，几乎能与事件同步。三是阅读、摘录、检索的速度快。因此，在网络的世界里，网上阅读、电子书，还有数字化的音频、视频、电影、游戏……纷扰的脚步真让人雾里看花，目不暇接。人们由此担忧纸介质图书的前途，甚至有人认为，纸书在不久的将来就会消亡。

　　读网能代替读书吗？我对"读网者"做了一些了解，得出的结论是读网有再多的优势也难以替代读书。从网络阅读的实践和效果来看，它只能算是"浅阅读"，是阅读中的"快餐"。它缺乏的不仅是品味、回味，而且难以给人以思考的时间和空间。它带给人更多的是时尚的新鲜和快感，但往往容易陷入浮华与浅薄之中。更何况网络因其丰富性和虚拟性，很容易诱导人跟着感觉走，甚至会让人觉得无所适从。

　　阅读传统的纸介质图书的目的大体有这几种：第一是功利性的，如升学考试、求职理财、产业营运；第二是精神诉求性的，如修养励志、好奇求知；第三是休闲性的，如艺术欣赏、品味文学，从而达到愉悦身心的目的。当然，这

---

　　*　本文原载《厦门大学报》2007 年 11 月 23 日。

些目的中的一部分,通过网络阅读也可以达到,但纸介质图书之所以吸引读者,除了书中的精彩内容外,还有美术装帧、版面设计、材质感官等图书特有的气息。它给人欣赏的功能和感受是立体的,因而也是网络阅读所无法取代的。白岩松曾说过:"夕阳西下,坐在藤椅上,台灯边,躺在床上,捧着一本精彩的书,翻着,读着,这是读书人梦境般的生活……"

从受教育和提高能力的角度来说,读书常是为了学习一种方法,建立一种知识体系,这就需要反复阅读,熟读熟记,对照读,带着问题读,在读中找问题,从而达到透彻理解,牢固掌握的程度。在目前的情况下,欲达到此目的,使用纸介质图书是最好的选择。网络阅读因其快捷、便利、信息量大而容易产生浮躁,而许多做学问的读书人更热衷于读纸书,他们就是更希望在书的字里行间体验探索,寻找共鸣,在空白处能自由批注,写下读后的感受。这种"深度阅读"对读纸书的人来说,不仅是一种阅读习惯,更是一种情感的依念。

这快速变化的世界告诉我们,在开放的世界里,任何一种东西想要独霸天下是不可能。大到一个国家,小到某种产品。只有相对的优势,没有绝对的强势。网络与图书,应该是优势互补,共兴双赢的文化天地,彼此不能互相取代才是一种理性的判断。我们不必担忧纸质图书会消亡,但我们不愿看到网络与图书在强弱失衡中演绎着现代的文化危机。在全面打造学习型社会的信息化时代,在大力推进和谐文化建设的今天,我们应该把读书与读网有机地结合起来,提倡读书之风,培养读书习惯,营造读书氛围,保持网络时代下的正常阅读。数字技术改变了出版的方式,也扩大了我们的思维方式。从知识创造的顺序来看,直接原创的精神产品的首要载体还是纸介质的图书,然后依次使用于其他媒体。一般的时事信息和虚构类作品,直接上网传播的份额已经不小,学术原创类的知识成果则大多由报刊图书首先刊布。既然传播方式增多了,出版人看到了问题的关键,就是守住源头,把住内容的"原创"。由此,一个新名词——"内容产业"诞生了。截止至 2006 年底,我国数字出版产业整体收入已达 200 亿元,数字出版已写入国家"十一五"文化发展纲要,成为不可阻挡的滚滚浪潮。

在数字革命前,出版界的有识之士正思考着传统出版如何与数字技术对接,如何实现数字化转型。数字出版是出版界面临的另一个大课题,非本文的只言片语所能说清楚。但在内容的数字化,出版手段的多样化和与之带来的著作权保护、出版管理政策方面,将是人们关注的焦点。

自然随性　妙景天成[*]

——《余承尧绘画艺术研究》编后

　　余承尧是中国现代艺坛的一位传奇人物。在中国绘画史上,像余承尧这样的艺术生涯,可以说再也找不到一个相似的例子。他活到 95 岁高龄,在 48 岁之前是一名军人,并以中将军衔(在台湾)从国民党军界退役。他离开军界后从事经商活动,56 岁那年他开始自学绘画。由于海峡两岸的人为阻隔,他与在福建永春的妻儿天各一方,独自在台湾并过着孑然一身、箪食瓢饮的生活。由于孤独寂寞,他便一门心思投入绘画。在政治舞台上他曾经是一名要角,但当他洞察军政界的腐败、社会的险恶、人间的势利后,竟能抛弃一切,回到古代隐者的艺术天地。经过 20 年的只身面壁,他的作品声名鹊起,享誉海内外,被誉为"堪与李可染媲美的大师","20 世纪中国山水画坛的开创者"。

　　厦门大学艺术学院刘一凌副教授在她的新作《余承尧绘画艺术研究》一书中,用丰富详实的史料和优美生动的笔触,向我们解读了这位神奇老人的传奇一生。这是到目前为止海内外第一部最为系统地介绍余承尧绘画艺术的专著。作为责任编辑,在详细审读此书之后,有两点特别能牵动我的心:

　　一是自然随性。据余承尧自述,他一生从未上过一堂美术课,也没有随哪位名师学过画。56 岁之前,他酷爱南音,热衷赋诗、书法,唯独对绘画从未表现出兴趣。开始涉足绘画是因为他退出军旅,经商失败,在家无聊,便随意拿起画笔,以"涂鸦"消遣。此后,他开始研读古人的山水画,也频访台北"故宫"和画廊,他感到古人乃至今人所画的山水怎么看都与他所经历的山川形貌迥异。要知道,他在军中是一名高级参谋,地形学家,为了考察防务,几十年来走遍大江南北,饱览奇山异水,真是"胸有丘壑",便萌生用画笔表达感受的念头。人们通常认为,人类的作为大约可以分为两种,一种是以

---

　　* 本文原载《厦门大学报》2007 年 7 月 20 日。

功利为目标的作为；另一种是以非功利为目标，只追求个人精神自由的作为。前者为了达到目标而经常要考虑采用种种手段，而余承尧属于后者。他完全从功利目的枷锁中解放出来，欣然自得，自然随性地走进绘画的世界。有道是，人生六十属自己，到这个时候，人即不为功利的目标生活，纯粹的精神追求就成为最佳途径，人就能自我解放而成为自己的主人。余承尧开始画山水画时是以"本身观察自然的表现，没有立意要当画家"为出发点，所以他认为没有必要以传统画家的标准来要求自己，他要画自己感兴趣的东西。因此他自信凭着自己的阅历和对山川彻入骨髓的真实体验，是可以超越传统笔墨而建立自己的语言来写山川真骨。他认为"画画要阅历，也要会想象，但不需要学自古人"。其实，余承尧"想象"的基础，是根植于他心灵深处的孔孟和庄子的思想。他说"孔孟具体而细微的入世思想，教我们做人处事的原则；庄子的超世理想，教我们看淡名利，使人精神生活超脱"。他一生的进取精神，疾恶如仇，清心寡欲，都体现中国传统文化思想的深厚根基，而他诗、书、文的扎实基础，南音的丰富知识构成了他坚实的画外功夫。应该说，余承尧所取得的成就，在文化根基上与那些中国山水画大师是一致的，是一脉相承的。他的自然，是没有功利和技法束缚的放纵；他的随性，是凭自己对真实山水审美的艺术概括。

二是妙景天成。洪惠镇教授在该书的序言中精辟地分析道："山水画有三个要素：构造、意境和笔墨。……三要素不全，山水不工，但若三要素平均，则山水平庸。凡山水画大师，都是在三要素齐备的前提下，强调一个或两个要素，并将其推向极致以突出审美取向，形成独树一帜的个人图式、艺术趣味与魅力，才能达到超逸凡群、出类拔萃的目的。"洪教授谈到，黄宾虹以笔墨美胜，李可染以意境美胜，陆俨少以构造美胜，……另一个构造美的典型就是余承尧。他的丘壑布置，峥嵘雄奇，如削如铸。余承尧的山水画给人印象最深的，莫过于犬牙交错、嶙峋密布的层峦叠嶂，构成各种全景山水，无不气势雄伟，结构复杂。他的山水画，布置丘壑时几乎不留虚白，全部写实，来龙去脉，毫不含糊，不像古今山水画家常用空濛缭绕的云烟遮掩省略，回避丘壑的复杂构造。在笔墨的用法上，余承尧不囿于传统法规，完全是循着他心中的山水形态和自然生机而产生的。他画中的勾、皴、染，有竖的、横的；顺的、逆的；聚的，散的……他自称的"乱笔"不是凭空杜撰，或肆意玩弄，而是观察、研究自然的结果。他认为采取规规矩矩的笔墨线条和皴法,山水容易变成呆板的线条的堆积。他在用色上摒弃文人画以墨趣取代色彩的风气,而以浓烈鲜艳的色彩来表现大自然的强盛生机,使他的山水画既有逼真的表现力,又具有天然神韵。因此,可以说余承尧的画拥有别具一格的形式和独立的审美体系,其笔墨之自由,无拘无束,从容不迫,向我们勾画出画家内心的真实世界。

余承尧被称为海峡对岸一座山,一座诱人的宝藏。由于海峡的阻隔,余老的创造价值还不被大陆学术界所知。《余承尧绘画艺术研究》给我们勾画出这位传奇画家的传奇之路。顺着这条路,我们可以去领略这位老人的艺术世界;更为可贵的是,本书对千千万万想投身艺术的人都会有所启迪,因为年龄不是问题,只要你心中充满追求,任何时候起步都是会有所作为的。

评萨本栋与《普通物理学》*

　　《萨本栋文集》1995 年由厦门大学出版社正式出版。这本文集的出版得到许多海内外人士的关注与支持，对研究萨本栋的科学成就和办学思想起了重要作用。作为该书的责任编辑，我有幸先详细拜读了《萨本栋文集》的内容。

　　从文集的内容来看，萨校长一生的成就，可以分成三大部分：一是他在物理学的研究成果，即他的重要贡献，提出双矢量（即并矢）方法解决电路的计算和分析问题，开拓了电机工程的一个新研究领域，在国际上很受重视，也奠定了萨校长在科学史上的地位；二是他作为抗战时期的厦大校长，肩负着厦大内迁长汀和在艰苦环境中办学的使命，苦心筹划，殚精竭虑，耗尽了他的全部心血，使厦门大学在抗战期间不仅没有停顿不前，而且成为当时孤立于祖国东南隅的唯一发展的知名大学。萨校长这一代人在抗战期间艰苦办学的"自强精神"，已成为厦门大学 80 多年来所形成的四种精神之一；三是作为大学教师，萨校长在繁忙的公务中，亲自为低年级学生上基础课，亲自编写教材。他所著的《大学物理学》和《普通物理实验》成为中国第一部用汉语正式出版的大学教材，使用了近 20 年之久，对国内大学物理教学产生很大的影响。简而言之，萨校长的成就体现在他作为物理学家、校长、教师三个方面。作为从事出版工作的编辑，我更多关注萨校长在教材编写和出版方面的贡献。

　　萨校长一生所著的教材，共有 8 种 9 册，分别为《物理学名词汇》（1932年）《普通物理学》（上、下册）（1933 年）《普通物理学实验》（1936 年）《并矢电路分析》（英文版）（1939 年，美国）、《交流电机》（英文版）（1946 年，美国）、《实用微积分》（1948 年）、《交流电路》（1948 年）、《交流电机》（1949 年）。其

---

　　* 本文原载《萨本栋博士百年诞辰纪念文集》，厦门大学出版社 2004 年 3 月版。

中,《普通物理学》(上、下册)及配套教材《普通物理学实验》是首次用中文编著出版的我国高校物理学教材。

我们知道,自16世纪以来,中国在世界上的科学地位由领先变为落后,尤其是近百年来,中国科学技术的整体水平已远远落后于发达国家。而物理学作为一门系统的现代科学,在中国的传播和发展是从20世纪初才开始的。中国是世界上历史最悠久的文明古国之一,但她的近代物理学的历史不足百年。与欧美一些国家相比,近代科学在中国的产生时间与发展岁月实在太短了。然而,更为不幸的是当代物理学在中国刚刚起步时,又适逢第二次世界大战。战争对科学的摧残与蹂躏,是我们今天难以想象的。它使得中国年轻的物理学科在成长中遭到严重的破坏。而在20世纪初,一批物理学的先驱者远涉重洋,在国外学习现代物理学知识,并开始他们的物理学研究工作。萨本栋于1921年在清华大学完成大学本科学习后,1922年被选派赴美留学,1927年在美国获得理学博士学位。在美国,萨本栋当了一年的研究助理和工程师,发表了两篇奠定他学术地位的论文。和许多中国留学生一样,萨本栋并没有久恋美国的优裕生活,而是于获得博士学位后第二年的1928年回国,到母校清华大学任教。在当时,许多怀着"科学救国"的年轻科学家,他们学成之后回国兴办教育、培养人才,才使得物理学在中国的土地上逐步生根发芽,萨本栋就是那个时代的一位代表人物。

20世纪初,物理学作为一门课程,在中国还只是在几所著名大学才开设。学生所用的教材主要是英文版,少量的是授课老师写的讲义,更不用说有全国的统编教材。萨本栋在清华大学讲授普通物理学、电磁学、无线电物理等基础课程,深感没有中文教材是不行的。他认真教学,自编教材。他著的《普通物理学》《普通物理学实验》先后于1933年和1935年出版。由于这是首次用中文正式出版的大学物理教材,深得教育界的普遍赞赏,很快被各大学选用,取代了以往的英文教科书。萨本栋也因此名声大振,后被教育部派到厦门大学任校长。

回眸19世纪末20世纪初,当时,经典物理的发展已相当完备。牛顿力学、麦克斯韦电磁理论、统计物理均与当时的实验观测符合得很好,以至于有人提出物理学的研究已接近尾声。当然,20世纪物理学由于有了相对论和量子力学而产生了巨大的变革和发展,但这也是在经典物理成熟发展的基础上得来的。也可以说，即使到目前，我们大学物理学的基础知识仍离不开经典物理学。在 20 世纪 30 年代，萨本栋所要编写的中文大学物理教材，几乎是在一片空白的领地进行垦荒工作。而这部教材的价值无疑应体现在建立学科体系、吸收当时世界物理学界最新知识以及如何适应中国学生学习的"本土化"这几方面。

萨本栋于 20 世纪 20 年代在美国学习工作，接触了物理学的最前沿知识，这在《普通物理学》及《普通物理学实验》的书中可以看出。该书编写的体例分为力、声、热、电、光 5 大系列，这种划分在大学物理的教学中，基本上一直沿用至今。除了各个门类的基本知识外，教材反映了当时物理学界的最新成果，如光电效应、X 射线、宇宙射线等，因此可以说，这套教材在当时是达到世界领先水平的。同时，为了适应当时学生的不同基础，教材特地降低数学知识的要求，"其所需之算学知识，仅以代数、平面三角及浅近之坐标几何为限"。而对于初学物理的学生普遍感到物理概念难以理解的问题，教材"以叙述问题之起因及现象性质之大概为发端，论列物理的律例及其相互之关系为躯干，而以各事象之应用为枝叶，及解释此等现象之学说为归宿"。教材的内容还照顾到不同水平学生对学普通物理的不同需求，故有些内容用小字排出，有些习题用星号标上。更值得一提的是，这套教材首次采用教育部所公布的物理学名词汇（《物理学名词汇》也系萨本栋编撰，1932 年出版），而对外国人名地名均按罗马字母拼写而不另加音译。所有这些，对物理教学的贡献都是巨大的。1940 年，该书被教育部正式颁定为大学丛书，在国内发行 20 多年之久。我国当代不少科技名家，在年轻时期都学过此套教材，至今仍印象至深，受益匪浅，可见其影响之大。著名华裔物理学家、诺贝尔奖得主李政道在接受厦门大学聘请为名誉教授的仪式上就深情地说："我很早就知道厦门大学，我知道厦门大学是很好的大学。上个世纪 40 年代，我读大学的时候，我读的《普通物理学》一书就是厦大校长萨本栋先生著的。在当时，那是中国国内学习自然科学的大学生都要读的课本，这本书对我一生都有很大的帮助。"

刘玉栋——中国式的平民英雄[*]

——《战神刘玉栋》编辑随想

只要稍微了解篮球运动的人都知道刘玉栋的名字，并自然把他与"战神"联系在一起。

与篮球明星姚明、王治郅、胡卫东不同，刘玉栋从小并没有为打篮球做任何准备。1970 年出生在福建莆田贫瘠乡村的他，眼前只有贫困、饥饿、逃学、觅食等生存字眼，甚至在 15 岁之前，他连篮球是怎样的东西都没见过。刘玉栋走上篮球之路是因为他个头比同龄人高，仅有的显示运动天赋的机会，也就是他在县区小学生运动会上毫无章法的跑、跳、掷，引起老师的注意。要不是一次偶然的聊天，让福建篮球队肖光弼教练得知莆田乡下有这么一个孩子，刘玉栋这辈子的路就不是这番光景。

身高 1.98 的刘玉栋，在篮球圈里算不上是高个子，但他在篮球场上却被对手称为"恐怖的杀手"。他的必胜气势，他的神奇得分能力，至今仍是球迷们津津乐道的话题。刘玉栋生长在中国的乡村，接受的是来自最底层平民百姓的人生道理，那就是做事认真、拒不服输、知恩图报。也许他父母并没有与他促膝交谈过关于人生的大道理，但他父亲在他乡企业默默的负责任的工作态度，母亲终日辛劳操持家务的身影，如刻刀一样镌刻在他幼小的心灵里。走上职业篮球的道路上，我们看到刘玉栋把这些中国人最原始的生活哲理融进自己的血液中。"训练，我就认认真真，全力以赴。"每天夜晚，他在训练馆关着大灯，在昏暗的球场练投篮，一次下来最少投 300 个三分球，命中率要达到 80%；练卧推杠铃，他能推举 130 公斤（这是篮球运动员罕见的重量）；练仰卧起坐，他一次能做 500 个。他的不服输精神，使他在球场无论遇到什么样的对手，他的目标就是赢。难怪他的对手经常只能一声叹息，因为无论怎样防守，他总能把球送进篮筐。他的伤病是出名的，医生

---

* 本文原载《厦门大学报》2012 年 10 月 19 日，《厦门日报》2012 年 11 月 4 日。

曾在他的膝关节里一次取出 10 块碎片。但他每一次重新回到球场，都没有停止冲锋。有一次他重重地摔在球场上，他的第一反应就是，起来，继续，哪怕骨头断了，只要不是在这个时候。刘玉栋把篮球运动的精髓诠释到极致，当他把"战神"的桂冠戴在头上时，人们送去的是真诚的笑脸；当他两次担任中国奥运代表团旗手时，他已是不负众望的当然选择；即使在等级森严的军队系统，他能两次荣立"一等功"也属凤毛麟角。

让我们随着易小荷的笔，去再现刘玉栋所走过的路。作为体育界稀少而又知名的女记者，易小荷对篮球的熟悉程度和敬业精神，还有她那颇有"川味"的叙事风格，深深地打动着我。每当夜深人静，我们彼此在网络上交谈时，我深为自己构思的一个选题得以实施而感到兴奋和满足，也钦佩小荷的写作爆发力和叙事的哲理性，因为她把全部的热情注入到了该书的写作中。

"有人情味"应不只是医者[*]

——评《做有人情味的医者》

　　由厦门市医学学会会长、原厦门市卫生计生委主任杨叔禹教授主编，厦门大学出版社出版的《做有人情味的医者》，已经出版四辑。上百位医者的文章，讲述着医生这个职业平凡而又感人的故事，道出医者内心仁爱情怀的千滋百味。在厦门市医学人文精神建设中，"有人情味"成了构筑新型医患关系的温馨纽带。

　　令厦门人自豪的乡亲林巧稚大夫是"医者仁心"的楷模，是"最有人情味"医者的典范。杨叔禹教授在他主持厦门医疗卫生工作的位置上，利用这座城市深厚的"仁爱"文化底蕴，围绕医患关系紧张的难题，抓住提升医者人文建设这个主题，带给厦门的医疗卫生事业一片春风。他意识到医者的"人情味"要靠不断地宣扬，因此他把出版系列的职业道德丛书作为一项重要工作，身体力行，常抓不懈。正是这项工作，他与厦大出版社缘分不断。我与杨叔禹教授相识多年，这位东北人不仅医术精湛，他本身就是一位"最有人情味的医者"。作为厦门卫生计生事业的掌门人，他的工作繁忙程度自不待言，但不管是谁，只要遇到困难，他总是第一时间伸出援手，总是周全地考虑如何帮你解决难题。他把"人情味"作为开启医患关系的钥匙，这是他自己亲身体验出来的灵丹妙药。

　　"医学是冷峻的，但医者要有温情"。现代医学发展迅猛，使医生对疾病的认识更为深刻。但患者求医时，常看见医者只埋头看那些病理数据，而忽视眼前病人的心理、情绪的表达。对患者而言，医生的一句话、一个表情、一个动作，都至关重要。医生的一个笑容、一句宽慰话，患者可能病就好了一半。因此，在这系列丛书中，"有人情味"便细化出许多可以实践的行为要求，如人文关怀、尊重患者、平等相待、重视细节、恪守天职等诸多方面。不

---

[*]　本文原载《厦门日报》2017 年 5 月 28 日。

仅如此,厦门医疗系统把"最有人情味"一词作为标杆,进行"最有人情味"的医院、科室、医生、护士、医务工作者评选。"有人情味"不仅是对人们友善行为的评价,而是赋予时代的内容,成为医者行为的准则。

血缘亲情是人们与生俱来的天性情感,而对他人的温情友善则是体现着人性。在当今社会,我们要做到富有"人情味"并不是一件简单的事,其中要修炼的内容很多。富有"人情味"不仅是医者所应具备的职业道德规范,还应成为全社会人际交往中值得倡导的崇高美德。患者也应对医生、护士,甚至是护工讲"人情味";无论是官员、教师,凡是从事与人交往职业的人,都需要"有人情味"。因为"人情味"是沟通彼此心灵的"润滑剂",也是留在人们心底最温暖的感动。

人情味表现了传统熟人社会道德约束的"柔"的一面。这种人情味拉近了人与人之间的距离,增强了人与人之间的凝聚力,有助于营造一种温馨和谐的氛围。当然,仅仅以人情为纽带来维持和睦,往往是不够的,尤其是人情味过浓,就有可能变味,形成人情网、关系网,容易任人唯亲。因此,现代社会还需要法律规则的"刚",通过法律来确定是与非的标准,划清人与人之间的权利义务界限,使法律成为人情味的"保护神"。法律是具有人情味的!虽然法律以严肃、理性、严谨的条文形式表现出来,但透过法律实践,你可以体会到法律处处以人为本的实质。法律是理性的,人情是感性的,理性与感性不能分割。正如人们常说,法律是有温度的,便是此理。

习近平总书记指出,要突出道德价值的作用,要鼓励全社会积善成德、明德惟馨。日前,在考察中国政法大学时,他强调要"立德树人,德法兼修"。中国是一个很讲人情味的国度,做"有人情味"的人,既浓缩了社会主义核心价值观实质要求,又体现中华民族传统美德。无论你生活在何处,总有一种味道让人魂牵梦萦、念念不忘,这种味道就是人情味。传统的人情味可以给你一种归属感、亲切感,现代的人情味可以给你一种安全感、稳定感,我们既要发挥传统道德"柔"的优势,又需要发挥现代法律"刚"的特点,如此,刚柔相济,方能相得益彰,唯有以人为本,才能让法治中国更显人情味。

往事故人

凤凰树下随笔集

在厦大出版社的日子里[*]

我 1987 年 3 月 22 日从物理系调到出版社,在出版社工作整整 23 年。我热爱出版社的工作,我为出版社的不断发展感到骄傲。值此纪念出版社建社 25 周年,回忆往事,仍是那么鲜活亲切,谨摘几个片段,记录如下。

全能时代

出版社创办的前十年,人数不多,基本上就是 20 多人,因此大家都是一专多能。20 世纪 90 年代初,我和王依民、张文化、邱泓(现在新加坡)同在一间办公室。王是总编室主任,张是美术编辑、邱管编务和样书,我是社长助理,出版社的许多编务杂事都是我们这个部门完成的。作者来谈合同,申报教材补贴等工作主要是我来负责,王依民主要做周总编交代的编辑部工作,包括选题申报,书稿流程管理;文化是唯一的美编,邱泓的主要工作是编务以及样书的领取和寄送,大家都很忙,但每天工作都乐哈哈的。遇到选题申报,要填一大堆表格,我们四人就一起上。许多选题的"内容提要"需要根据书名来"创作",还要力求写得各不相同,又有文采。我们几个人便边写边交流,遇到得意之作,还要朗诵一下。我们几个人字都写得还可以(当时没有电脑,全凭手写),就要求要一气呵成,不再重抄。遇到要寄样书,我们便骑着三轮车(出版社唯一的运输车),先将包好的样书搬到楼下,踩着三轮车到厦大邮局。到邮局还要填写很多单子,按地区分类,等待邮局人员"有空"时来检查,稍有不符,我们便只有站在一边挨训。为了尽快完成,我们经常忍气吞声,只有返回的路上痛骂几句,聊以发泄。1992 年,依民兄得了一场病休假,文化生孩子去了,邱泓又远走他乡。原本热闹的办公室只有我一

---

* 本文原载《放歌书林》,厦门大学出版社 2010 年 5 月版。

人。许多工作一时也找不到合适的人,我向社里提出我愿意多做些工作,尽量不影响我们这个办公室的工作。我白天主要接待作者,谈合同,处理稿费发放等编务工作,处理社长总编交代的工作,晚上在家做编辑或设计封面,当起美编。还要经常跑北京申请教材补贴,和出版科同志到印刷厂。那几年对我是个很好的锻炼机会,我也从中学会很多东西。就在那样繁忙的日子里,我还完成两本书的写作并出版。其实,人的潜力是无限的,多做事,是很幸福的!

出　差

在出版社工作,出差是家常便饭的事,我估计我一年出差时间至少有1/3。现在出版社出差的条件好多了,当然,整个国家的交通状况也是今非昔比。20 世纪 90 年代初,最怕去福州了,路不好,有时从厦大校门口到福州要坐车十几个小时,开个半天会再折腾一天回来,很累。所以说起到福州开会,都很怕。到三明南平要乘火车,经常要到火车上补卧铺票,补不到卧铺票就只能坐个通宵。有幸补到卧铺票,却躺在卧铺上也睡不着,半夜到三明已是疲惫万分。我到出版社后第一次乘飞机到北京,单单为买机票,就托了许多人才买到,还要晚上九点多到人家里去取,千恩万谢,欠了一大堆人情。有一次我和郑海涛编辑(现在美国)一起到北京,提着几箱水仙花作为送人的礼品。到了机场,那位帮买票的人说没有到北京的,只有上海的票,而且一张是上午 11 点的,马上就走,另一张是下午四点的。我们也只好先到上海再想办法坐火车进京了。我先走,四箱水仙花我先带上。可到了上海,水仙花一人根本扛不动,只好在机场出口处等到下午五点多海涛从厦门过来再一起走,没地方吃饭,饿得半死。我们带着那些笨重的水仙花在上海挤公交,挤火车。在上海还给北京的学生发电报(那时没有手机)要他开车来接,没想到北京那学生出差,没来接。我们又扛着那些笨重的东西乘地铁。到了北京虽然很累,但还要冒着寒冷赶快送出礼品。一片热情连带着疲惫,没想到受礼者居然说,水仙花,北京农展馆很多……我们俩顿时晕倒。

气功大师

那是 1995 年,有位自称是中华××××功的独派掌门气功大师要来我社出书。他有个头衔,是东北某工业大学的副教授,是个研究物理的科学家。在来出版社之前,已在我校明培体育馆作气功讲座,听者甚众,仰者如云。不少人对他趋之若鹜,敬若神明。有人说他在厦门发气功,新加坡的人也能接受治疗。更有甚者,我社一同事称其夫人前去咨询,不料这位气功大师见面就说你有牙疼。该夫人与之未曾谋面,并确有牙病,这么一说,神乎其神,大家对这位气功大师不得不将信将疑。那天上午,气功大师带着几个人上了五楼我社办公室。先到陈社长办公室,一进门便说,社长办公室的"气场"不对,我来帮你们调一下。只见他面向大海,挥舞双手,口中念念有词。又过了一会儿,将几个人招呼过来,逐一相隔约两米,背对着他,让他给调理"气场"。随行的人还羡慕地说,你们很好运,大师一般不轻易发功治病。接下来便是由我和他谈书稿出版的事,他先是把他的书稿吹嘘一通,并满口答应包销 5000 册。我看着书稿,内容主要是他在各地的一些演讲,也涉及气功与人体科学的问题。可能由于他是大学的物理教授,用了很多物理名词来说明气功现象,谈到的人体元气场与激光全息照相的关系,这与我的专业有关,但我却感到很玄乎。将近中午,我请他们中午一起吃顿饭,继续聊聊。没想到他却说,我不吃饭,我从不吃饭,我只是喝点水,我的能量是从遥远的宇宙中得来的。天啊! 人能不吃饭?! 我马上问,您作为物理教授,您这样不是违反能量守恒定律吗? 人体的能量还没有能以这样的方式吸收的。他瞟了我一眼说,看来你不相信我说的。这一行人便呼拥而去,从此便无声息。几年后,国家新闻出版总署下令封查有关气功的书籍,我心中暗自感到庆幸。

水淹书库

1998 年 1 月 17 日凌晨 3 点多,我在睡梦中被凄厉的电话铃声叫醒。电话里传来白来福沙哑却又急切的声音:"小蒋,你快来,仓库完蛋了,全部进水了。"我骑上小摩托马上赶到图书馆地下室的书库,只见水已淹到膝盖,书有一半泡在水里。原来是书库里的消防水管破裂,大股的水哗哗流出。看着一包包凝结心血的书在水中呻吟着,我们俩一下子傻了。还是小白说了一句,打119。我们二话没说,跑到校门口出版社书店打电话。我拿起电话,手在颤抖,生平第一次拨出119。报告完后,不到几分钟,两部消防车就呼啸进入校门,他们听完我们的报告,马上组织进行抽水,并关掉水管阀门。那位带队模样的长官说,"邪了!我们经常是喷水,今天改抽水了"。天渐渐亮了,我向社长和几位同事报告,大家很快就赶到图书馆。马上,厦门电视台的新闻主持人和摄像记者也来了(看来电视台和消防队是联动的,当晚厦门电视台就报道此事),学校的领导和总务处、保卫处的领导也赶过来。关心者虽然很多,但自家的事还要靠自己来解决。我们马上让办公室主任薛鹏志通知全社员工紧急到位(那天是星期六),并请同事吴晓平到东区(那时东区是一片装修工地)叫了一群民工。社里的同事一听水淹仓库,全部立马赶来。大家先把未淹水的书搬出,场面十分壮观。我记得仓管员王国谈和他夫人一同赶到,他连鞋也没脱就跳入水中,眼里衔着泪水,嘴里大骂。他夫人一把没把他抓住,转身告诉我,国谈昨晚还生着病……有许多家属闻讯后赶来帮忙,我们家小浩也来参加劳动。全社同人整整干了两天,费了好大的劲,才从水里把书全部捞出来。水淹书库成为我们心中挥之不去的痛,书库的建设也成了我们的一块心病,至今还在努力之中。

篮球小伙子

出版社年轻人多,现在只要逢周末,小伙子到篮球场打球的积极性很高,篮球已成为大家业余生活的重要内容。早在20世纪90年代初,我社曾组织全社老少到球场打篮球,陈社长的一记远投命中技惊四座,福郎老师相当专业的动作也得到大家的称赞,只是高个子卢维滨出师不利,摔了个脚骨折。从那时起,我们社几位小伙子便有一个好习惯,清晨起来到操场打篮球。那时,住在校内的篮球爱好者,每天早上6点多都能接到我的电话,传来的都是睡梦惺忪而又坚决的回答声。小施、茂林、小惠、克华、进才、小白、眭蔚,后来又有林鸣和小沈都是积极的参与者。在清晨的校园球场上,大家运动着,快乐着。一场球玩下来,每天上班都觉得精神百倍,以至于碰到雨天,大家反而不习惯。当然,人也是会有惰性的,如果碰到我出差,这些小伙子也会很高兴地睡个懒觉。渐渐地,出版社的篮球爱好者越来越多,我们成立了篮球队,每周一赛成了固定的期盼。2001年,由我社发起并赞助的学校"出版杯"教工篮球赛,每年在校庆期间举办,并提出了"强健体魄,著书立说"的口号,在校园里产生了广泛的影响。我社的篮球队也越战越勇,在2009年第九届"出版杯"篮球赛上获得第四名的好成绩。人们从篮球队员身上,感受到出版社这个集体的独特魅力。

李政道博士应聘为我校名誉教授始末

2002年5月29日，在北京中科院中国高等科学技术中心的会议室举行了聘任仪式，第一位获诺贝尔物理学奖的华裔物理学家李政道博士被厦门大学聘为名誉教授，时任厦门大学校长陈传鸿教授为李政道博士佩戴上厦门大学校徽。看到这简朴而又隆重的聘任仪式，我心中的一块石头落地，并为能在其中牵线搭桥，顺利完成这项任务倍感荣幸。

陈传鸿校长（左）与李政道博士（左二）亲切交谈

我在大学是学物理的，大学毕业以后的工作中，在哲学系鲍振元教授的提携和指导下，参与"诺贝尔奖坛上华裔科学家传记系列"的研究和编撰工作，长期坚持研究第一位获得诺贝尔物理学奖华裔科学家李政道博士的科学历程，并已出版了多部有关研究李政道博士的书籍和论文。可能因为这些缘故，我与李政道博士及他的助手们有一些交往，我也多次赴北京科学院物理所拜会他们，结识了李政道的助手柳怀祖，还有物理所的季承教授（季羡林之子,他后来也撰写出版过《李政道传》),我们彼此交往甚欢。他们都是我国物理学界著名的科学家,对我这晚辈十分热情,我们成了忘年交。

2001年秋,有一天,我在校园遇见骑着自行车的陈传鸿校长,他停下车和我边走边聊起来。陈校长不仅是我的大学老师,"文革"期间下放返校后,我们两家还是住在芙蓉四的邻居。当时我建议,厦门大学应该聘请李政道博士为我校的名誉教授,如果学校同意,我愿尽我所能,进行联络工作。陈校长是研究理论物理的,对李政道博士的科学成就和地位非常清楚,当场就表示,能聘请李政道博士为厦大的名誉教授,那是非常好的事,他要我立即着手联系,并在几天内指示学校办公室、人事处的同志马上了解有关政策,办理相关的审批手续,陈校长还签发了敦聘函。

因为李政道博士远在美国,每年仅回国一两次,因此,具体的联系工作均是通过与他在国内的助手,中国高等科学技术中心主任柳怀祖先生进行的。柳先生是位热心肠的人,他对厦大的盛情很是支持。但他也实话告诉我,目前国内(包括台港澳地区)想要聘请李政道博士为名誉教授的学校实在太多,李先生工作繁忙,身体也不大好,此事能否如愿,真还不好说。可能因为我的执著,或是因为他看了我写李政道的书,有些兴趣,因此,对厦大的心愿,一直挂在心上。

大概在2002年3月的一个上午,我正在办公室忙着,突然手机响了,柳先生那浑厚而亲切的声音从电话里传来,告诉我一个好消息:"小蒋,李先生同意厦门大学的聘请,担任厦大的名誉教授。请转告陈校长,李先生可能在5月份回国,届时再面谈。"我放下电话,心情特别激动。在久久等待的这段时间里,很多次我都觉得此事希望不大,毕竟李政道是名扬天下的大科学家,我是不是不自量力,揽下这其实并没有多大把握的活。可是,此时此刻,李先生同意了,我们的愿望可以实现了。

我马上向陈校长汇报了这一消息,并受学校的指示,立即赴北京转达陈校长的盛情邀请,与柳先生详细面谈聘任的具体事宜。柳先生认为,李政道先生5月份回国,要参加全国科学大会和院士大会,并进行定期的体检,时间很紧,很难抽出时间到厦门。陈校长认为这是一个好机会,决定由他亲自带队赴京,先到首都机场迎接李政道先生,第二天在北京举行"聘请李政道为厦门大学名誉教授"的仪式。这一想法得到李政道先生和柳怀祖先生的

朱崇实校长(右)与李政道博士亲切交谈

赞同。

2002年5月28日上午11时,在北京中科院中国高等科学技术中心的会议室举行了"聘任仪式"。到会的有教育部的领导,时任人事司司长李卫红,直属办主任高文兵,我校的陈传鸿校长、杨勇副校长、李建发校长助理,我也有幸参加了这个简朴而又热烈的聘任仪式。仪式上,陈校长发表热情洋溢的讲话并为李政道博士颁发证书并佩戴上厦大校徽。紧接着,李政道博士高兴地发表讲话:

　　我很早就知道厦门大学,我知道厦门大学是很好的大学。上个世纪40年代,我读大学的时候,我读的《普通物理学》一书就是厦大校长萨本栋先生著的。在当时,那是中国国内学习自然科学的大学生都要读的课本,这本书对我一生都有很大的帮助。

　　……

说实在的,我对能顺利完成聘请李政道博士为厦大名誉教授的工作感到十分自豪与欣慰。但却没有想到,他能欣然应允成为厦门大学的一员,其中的主要原因之一竟然是 60 多年前的一本教科书。李政道博士曾多次提到："他的经典物理和近代物理的知识，大部分都是在国内学习的。"李政道是江苏苏州人，在浙江大学和西南联大读书，他的大学生活只过了两年，就在 1946 年未满 20 岁时赴美留学。他的物理知识肯定主要来自萨本栋的《普通物理学》。李政道博士作为第一位获得诺贝尔物理学奖的中国人，作为热心中国科学教育事业的全球知名科学巨人，谈起萨校长所著的物理课本仍记忆犹新。学生时代所读的课本能产生如此永久的力量，这不由使我对萨校长更加肃然起敬。

　　仪式上，李政道还亲笔题写厦大校训"自强不息，至于至善"，并带领我们参观在中心展厅的"科学与艺术"名画，向我们介绍李可染、常莎娜等著名画家根据李政道的物理意境而作的作品。李先生强调说，科学与艺术在高峰时，他们对世界的认识是相通的，用中国画形式表达物理思想，这是李先生独创的。我后来专门研究了这一观点，并在新版的《李政道传》（长春出版社 2003 年版）专门有一章介绍这一内容。

笔者（左）与李政道先生合影

　　中午，李先生特地宴请来自厦大的客人。作为已经是厦大一员的李政道显得十分兴奋和随和。我和陈校长坐在李先生身边，和他毫无拘束地聊起来。他谈起国人常问的"中国人什么时候能再获诺贝尔奖"问题时,笑着说,不要太在意什么时候能获奖,而是应该实实在在地做些工作,功到自然成。我还就《李政道传》里一些细节,向他请教落实,如在抗战期间,他和他二哥到后方的江西赣州中学读书,因为当时师资奇缺,他还被挑去当"小先生",给低年级学生上课。他开心大笑,说那是被逼出来的,那时这种情况不少,但对我却很有帮助。午饭后,我们提出想和李先生单独合影,他愉快地答应。那一张张幸福的合影,把我们的笑容定格在灿烂的北京蓝天下。一位诺贝尔奖的大师,竟是如此可亲随和,令我们终生难忘。

2006 年 11 月,在北京人民大会堂举行"纪念李政道博士 80 寿辰暨科学研讨会",温家宝总理和中科院院长等全国著名科学家 200 多人参加。会议还特别邀请了厦门大学朱崇实校长和我参加,我有幸再次见到李政道博士。朱校长代表学校向李政道先生赠送精美的大型漆线雕花瓶,李先生则专门写信给朱校长表示感谢。在晚宴上,朱校长和李政道博士亲切交谈,热情邀请他来厦门大学走走,李先生也欣然应允。但是因为各种原因,李先生一直未能成行,成为我们厦大人的期盼。

2007 年 12 月

为梦想出书[*]

——我与三位作者的出版情结

从事出版工作多年,接触过无数的作者,但有三位作者令我印象深刻,他们对写作出版孜孜以求,甚至到了痴迷的地步。在他们取得丰硕成果的背后,有许多令人感动和敬佩的故事。

第一位是齐树洁老师。

齐老师是厦大法学院教授,1987 年,我刚到出版社做编辑工作,接到的第一部书稿就是齐树洁独立编写的《民事诉讼法自学辅导》。齐老师当时还是讲师,比我年长几岁,在当年也只是三十出头的年轻人。他待人诚恳,但做学问却极为认真。他交来的稿件是手写在 500 格的稿纸上,字很漂亮,一字一格,极为工整,如有涂改的,必定重抄。因此他的稿件倍受印刷厂排铅字工人的喜爱,都抢着要排他的稿件。这是厦门大学出版社建社后出版的第一本法律图书。后来,我提议聘他为我社的法律顾问,从此,他便与我社结下不解之缘。

此后的二十多年间,齐老师在厦大出版社出版了 30 多部学术著作和教材。其中《德国司法制度》、《民事程序法》、《民事司法改革研究》、《民事证据法专论》、《仲裁法新论》、《英国证据法》、《ADR 原理与实务》、《强制执行法》、《破产法研究》等学术著作,在法学界引起很大的反响,受到专家和读者的好评,并被多所法律院校采用为教材或教学参考书。2002 年 9 月,英国文化委员会和驻华大使馆发来贺信,对《英国证据法》的出版表示祝贺并予以高度评价;2004 年,《民事程序法》、《英国证据法》同时获得"首届中国优秀法律图书奖";2006 年,《民事程序法》入选教育部普通高等教育"十一·五"规划教材。更值得敬佩的是,齐老师不仅学问有成,他还不遗余力地指

---

* 本文原载《厦门大学报》2013 年 7 月 12 日。

导我社的法学出版工作,他的法律顾问工作更多是法学出版顾问工作。他亲自指导选定出版方向,联系作者,培养编辑的学术视野和工作能力,还招收培养我社一名编辑为博士生。在他的指导下,我社的法律图书出版工作取得很大的成绩,在法律出版方面小有名气,也成为我社图书的一大品牌。

齐树洁教授在我国诉讼法学专业有很高的学术名望,同行们提到齐老师都十分敬佩。他曾自豪地说"一辈子教书、写书,并只在一家出版社出书,恐怕只有我一人。"他为人低调,学问做得扎实却从不张扬。他没有烟酒嗜好,也没有泡茶闲聊的习惯,除了清晨到操场跑跑步,他几乎把时间都用在教学科研上,每天都要工作到深夜。他对同行很尊重,无论接待或出访,都是谦恭得体,亲如朋友。他对学生爱如亲人,常自己买书相送。朱校长常说:"厦大老师埋头做学问,不善张扬,凡是会议合影,第一排肯定找不到厦大老师。"厦大人这种性格,与南国人不显山露水,充满逸气有关。其实,真正做学问是要沉得住气的人,齐老师正是厦大教师的典型代表。

第二位是江孝铿先生。

在我看来,这位年近 90 的老人简直就是个奇人。他在我社出版了多部《邮票集》,作为责任编辑,我与他有近 20 年的交往。

——1993 年,当时为了支持北京申办 2000 年奥运会,他将自己历尽千辛万苦收集到的 163 个国家的 2260 枚奥运会邮票结集成册,在我社出版了《奥林匹克运动邮票集》。何振梁先生为该书题词:"邮花盛开奥运久传"。

——1997 年,出版《马恩列斯邮票全集》,收集 58 个国家发行的 1000 多枚马恩列斯邮票,是目前此类题材最齐全的邮票集。

——2002 年,为庆祝北京申奥成功,他又出版《奥林匹克运动邮票集》。何振梁先生再次为该书题词"灿烂世界邮花锦绣北京奥运"。此书较上一版,不仅增加了许多精彩的邮品,还配以中英文对照。

——2007 年,北京奥运会召开在即,老人按捺不住内心的激动,再次修订《奥林匹克运动邮票集》(新版),分两册出版。国际奥委会名誉主席萨马兰奇特为本书作序,称赞江孝铿对奥林匹克运动会的历史研究和宣传奥林匹克的理想做出了重要贡献。此书还获得第 13 届奥林匹克收藏博览会文献类最高奖——镀金奖。

——2010 年,老人没有停下脚步,又出版了《邓小平邮票全集》。该书收集 33 个国家和地区发行的 164 种邓小平邮票,堪称此类题材的权威之作。

年近 90 的他,还有新的计划在构思和准备中。前几天我又去福州拜访他,他又提起新的出版设想,这次是准备新一届奥运会。出版这些精美的邮集,除了要耗费大量的精力,也要耗费大量的财力。对他来说,这些出版物没有给他带来任何经济收益,相反,因为执著的追求,他穷其个人财力,生活却极为贫困。老人是福建闽侯人,9 岁时父母双亡,住在舅舅家。当年舅舅在镇上开了家中药店,兼营邮政代办所。镇里许多从海外寄来的信都由这个邮政所代转,信封上那些花花绿绿的外国邮票吸引了他,一个孤儿的邮票情缘由此注定。他是一位中学教师,却一生与邮票结伴,走着一条坎坷的路。

走进福州白马北路一座简陋、破旧的老木屋,老人和老伴就居住在这里。屋内光线昏暗,除了一张床和一张旧桌子,几乎没有什么像样的家具。他老伴人很好,很支持他工作,见到我总是笑哈哈的。几年前,他老伴去世,生活只有靠自己。有位钟点工每天给他买点菜,做点饭。我有一次去拜访他,看他吃早饭,从桌上端一碗剩稀饭,就一点肉松就吃下,饭还是凉的。他腿不好,从厨房到卧室只有不到 5 米的距离,他却颤颤巍巍走了 10 多分钟。但只要一坐下来,他的精神立刻焕发出来,对出版的想法,对邮品的鉴定,对文字说明的斟酌,对图书的销售,都能侃侃而谈,完全超出他这样年龄人的能力。他的许多想法,带有几分老年人的天真和执拗,有时难以沟通,但你不得不佩服他的倔强劲头。他的陋室堆满了书,那可都是他的宝贝。因为吃喝拉撒都在卧室,屋子里发出难闻的气味。很难想象,收藏这么丰富邮票的集邮家,生活竟如此窘迫,在他脑海里,始终是绚丽的集邮册,是那些他一生追求的方寸天地。

第三位是柯盛世先生。

与柯盛世先生认识是在 20 世纪 90 年代,当时他在厦门饮食服务公司担任总经理,编写了《厦门名菜、名厨、名店》在我社出版。年近花甲的柯先生是军人出身,永春人,典型的闽南人性格,豪爽又有几分执著。认识之后,相谈甚欢,他谈到对厦门文化的喜爱,想收集出版有关厦门的名胜楹联,厦门的名家楹联墨宝。出于同样的喜好,我表示将从出版方面尽力支持。现在想来，当时的交谈更多是客套的寒暄，应景之说而已。

不料，老柯对此事并不是说说而已。为了实现他心中的梦想，退休之后，他特地买了一台小型的数码相机，每天骑着自行车，穿越在厦门的名胜庙宇，大街小巷，将分散在各处的楹联一一拍下来。每天如此，风雨无阻。为了收集齐全，不留遗漏，他跑遍同安、翔安郊区的寺庙宗祠。有时为了到一个偏僻地方，他还要雇上摩托车，颠簸劳顿。有时到一地，天色已晚，拍不了照，他只好改天再去。毕竟年龄大了，有时摆弄相机不在行，拍出来的效果不理想，但他不会草草过去，还一定要重新补拍。回到家后他还要整理，查找相关的资料，对有些楹联的文字有疑问，还要请教专家确认。几年来，老柯拍了数千张照片，摘抄文献10多万字。为了出版，他不仅劳神费力，还要倾其所有，多方集资，不为发财，只为完成自己心中的那个梦想。

2010年3月，他所编的《厦门名胜楹联集锦》在我社出版。该书选取厦门的36处最著名的景区楹联350多对，配有碑刻楹联的实地照片，相应景区的照片和介绍。出版后得到很好的反响。

2011年10月，老柯又继续编辑了《厦门楹联大观》并在我社出版。这次他所下的功夫更多，洋洋洒洒16开本320多码，2800多对楹联，将厦门的园林景观、氏族宗祠、宗教寺庙、著名企业的楹联一网打尽。受篇幅所限，除部分楹联仍采用实地照片外，他还将其他的楹联用文字登出，更能让读者欣赏到历代文人墨客留下的精妙书法和楹联佳句。

2013年，老柯费尽心力的《厦门牌匾集锦》也在我社出版了，书中收集了厦门各地的牌匾2100多方，被专家称为"赏心悦目之事，填补一项空白"。看着他一路艰辛的历程，我为他的精神所感动，为他的执著精神而折服。

还有许多像他们这样的作者在时常感动着我们。我所介绍的三位作者，他们的一个共同点，就是把"要给这个世界留下一点东西"的愿望作为自己的追求。他们不为钱财，把出书作为实现自己梦想的途径。我不得不再次感叹，对于心存梦想的人，年龄不是问题，因为燃烧的激情使他们变得年轻。

怀念老社长陈天择老师*

　　最后看着陈天择老社长那消瘦的遗容,我不禁痛心地喊着:"社长!您怎么走得这么快!我们还有好多话要说……"

　　泪水在眼眶中打转,往事清晰地浮现在眼前。

　　我和陈天择老师相识于 1976 年,那时我在厦大物理系的校办厂当工人,他是基础物理课的老师。1978 年秋,我考进厦大物理系,他是我们"热力学"课程的科任老师,又是基础物理教研室主任。他的课上得非常好,条理清晰,又常有些生动的小幽默,深受同学们的喜爱。1982 年 9 月,我毕业留校在物理系担任辅导员,同时还兼做他的助教,协助辅导学生和批改作业、考卷。

　　我和陈老师更紧密的接触是在 1984 年,我们两人都被聘为"厦大科学学研究室"兼职人员,一起从事共同兴趣的科研活动。在室主任鲍振元教授和他的指导下,我们编写了由福建人民出版社约稿的《新兴学科大观》,我和陈老师共同编写三个新学科介绍,这是我第一次看见自己手写的字变成铅字。此后,在他的推荐下,我参与了"诺贝尔奖华裔科学家传记"的工作,负责《李政道传》的写作。该书后来出版了多种版本,使我在这个领域取得了一点成绩。

　　1987 年初,我从物理系调到厦大出版社,开始了此生最为宝贵的厦大出版社职业生涯。出版社是个开心的地方,我虽初来乍到,但工作起来很顺心,尽管忙碌但很充实。当时出版社还在经济学院大楼办公,那年 5 月,我在社里遇见陈老师,我连忙问:"陈老师,您要出书吗?"他笑着说:"小蒋,你在出版社还不错吧。学校要我来出版社兼职,当理科副总编。哈,咱们又在一起啦。"

---

　　* 本文原载《回眸高考 40 年》,厦门大学出版社 2018 年 3 月版。

1988年3月，陈天择老师被学校任命为厦大出版社社长，在这个位置上，他工作了整整11年，直到1999年退休。在这段朝夕相处的日子里，我担任社长助理、副社长，直接协助他的工作，耳闻目染他的工作作风、为人风范，体验他工作中的酸甜苦辣。陈老师既是我的领导、我的恩师，更是我工作、生活的楷模。于是，我们成了无话不谈的"忘年交"。

与陈天择老社长（右）在一起

作为大学出版社的社长，他在出版社的办社方向和出版品位把握上，思路非常明确。他坚持大学出版社办社宗旨，绝不出一本政治上有问题或内容低俗的书。他坚持出版社要出版有自己特色的学术著作，在厦大学科优势中寻找出版优势。当时，学术著作"出版难"是普遍问题，他找米下锅，到处争取支持。在他率领下，《南强丛书》第一辑、常勋著《国际会计》等一大批优秀图书应运而生。

1997年，国家教委对厦大出版社进行评估验收，我社取得优秀的成绩。评估验收评语充分肯定"厦大出版社自建社以来，坚持正确的办社方向，出版了一批优秀的教材和专著，为学校的学科建设和人才培养做出了一定的贡献。经营管理水平和经济效益逐年提高，出版社已形成了稳定健康发展的良好势头"。这一评估验收结果充分表明，在陈老师任社长期间，他带领出版社走出初创时期的艰辛，形成了健康良性发展的局面，这是厦大出版社发展中的一个重要历史阶段，为后来厦大出版社的全面和优质发展奠定了基础。他本人也荣获全国大学版协、福建省版协授予的"优秀出版工作者"的光荣称号。

陈天择老师任社长期间，出版社各项工作都处在艰难的创业阶段，他所遇到的困难和烦恼是旁人无法想象的。从他上任伊始，学校就要求出版社自负盈亏。面对这个有二三十号人的家，50多岁的他每天都要考虑钱的问题。作为一位大学教授，有自己的教学科研工作，到出版社兼职当社长，要经营，要发展，要人才，要市场，真是难为他了。

但陈社长就像一头老黄牛，我们每天看见他提着个包，早出晚归，行走在出版社，物理馆和家的三点一线上。同事茂林说："每天中午从食堂吃完饭，都能看到老社长才离开办公室回家。"他以闽南人特有的耐性和精明，精打细算，为操持这个家费尽心力。同事鹏志说："老社长身上有诸多常人做不到的难忍能忍，难行能行，难见能见的品行。"真是一语中的。

他是物理系教授，有教学科研任务，还是福建省物理协会秘书长，厦大学报（自然版）编委，兼职出版社社长，但从不领出版社工资，奖金也是拿最少的。1991年，厦大出版社接受全国大学版协的委托，承办第三届大学出版社图书订货会。来自全国的100多家大学出版社近千人涌入我校，当时学校的接待条件远远不能满足会议的要求。陈老师把他物理系的同事动员起来和我们一起参加会务工作，找住宿，订火车票，安排会场。我们几个同事满世界找住宿，连厦大一条街的地下室都盯上。面对报到人员的各种要求，陈老师耐心解说，声音嘶哑，几乎要虚脱了。国家教委的领导看着此场景对我说，会议结束，陈社长肯定要病倒。

后来，又有一次全国大学出版社总编会议在我校举行，代表们住在厦大蔡清洁楼。不料半夜刮台风，暴雨大作，代表们的房间进水，拖鞋都飘起来。陈老师连夜把我叫起，我们一起从家中赶到宾馆帮忙清理。1998年，我社图书馆地下室书库水管爆裂进水，年已60的他浸在水中指挥搬运。看到今天厦大出版社办公楼和书库的现代化规模，那一点一滴的往事，无不令人心酸和感慨。

1996年，华东地区大学版协在我校举行年会，主持人要他在会上发言。陈社长一如往常，对这样重大的事非常谨慎。那天晚上，我们俩在出版社前的大操场足足谈了两个小时。我们都认为，厦大出版社最大的亮点就是有一个温馨团结的集体,这是我们这几年事业发展的最主要经验。我清楚地记得他最后向我布置任务时的眼神,"小蒋,这篇文章你来写,题目就叫'把出版社办成一个温馨的家'"。我回到家中,连夜挥笔写就,经陈老师精心修改,此文成为厦大出版社在企业人文建设方面的一篇里程碑式的文章。在会议上,陈老师宣讲了这篇文章,引起代表们的强烈反响,认为厦大出版社的此项工作抓住了核心,值得学习。从此,"温馨和谐"成为厦大出版社在做好人的工作方面的基本思路,大家身体力行,不断地丰富其内容。

陈老师对他人的真诚关心和爱护最令人感动,任何一位与他相处过的人都可以说出许许多多的故事,仅我自己就有说不完的事。记得 20 世纪 80 年代末,有一次我和同事依民要乘早班车去福州出差,刚要从勤业楼出门,就见陈老师带着几个刚从食堂买的馒头走过来。原来他怕我们赶早来不及吃早餐,要我们把馒头带上。这时天还蒙蒙亮,陈老师为操心我们两个人的早餐,不知多早就从家里赶来。

记得我孩子还小时,有时半夜发烧送医院,也是他赶来帮助。孩子高考时,他竟然研究中学物理教材,专门备课,亲自送教上门,辅导孩子。他对我的大事小事,无论是职称评定,职务提拔,或是家庭困难,父母生病,无不倾力相助。太多的往事,虽点滴细微,却像刀一样刻在我和我的家人心里。同事晓平、依民当年都是夫妻两地分居,他亲自到处求人,找到接收单位,为他们解决了困难。同事高翔回忆说,刚参加工作,老社长为争取他的宿舍,竟一大早跑到学校房产科门口等着,并与管理人员据理力争,才分配了住处。过年回家,老社长拿着一个信封,要他买点东西带回家。

当年和我一起到出版社工作的同事文艳说:"我们老社长为出版社的发展真是呕心沥血,是一个有责任、有担当的好领导。"同事真平说:"老社长是善良慈爱的长者,是领导人的楷模。""老社长奠定'温馨的家'办社宗旨,是我社的传家宝和特色文化,也是我社的核心凝聚力和勇猛精进的基础,必永垂于社史。"同事福郎说:"他提出的'把出版社办成一个温馨的家'的理念,在全国出版界别具一格,在厦大出版社成为凝聚人心、激发工作热情的强大力量,在人际关系日趋冷漠化的今天,显得弥足珍贵。这一企业文化与现代企业的激励机制、约束机制相得益彰。"

对待同事,陈老师永远都是尽心尽力;对待自己的家人,他也是一位好女婿、好丈夫、好父亲。他的岳母长期患病,他担任社长期间,在繁重工作之余回到家中,还要尽心照料岳母,经常半夜陪护或外出买药,请医生。他的孩子在福州读大学时,我社福州经营部的同事要买点礼品给孩子,都被他拒绝,认为不要给孩子搞特殊化。有一年,我和他出差北京,我说:"陈老师,您不带些东西回去给家人吗?"他说:"我还从来没有买过东西给家里人,好啊,买点什么东西。"我们在商店买些当时很盛行的"大宝"护肤品,没想到他夫人见我就夸:"你让天择开了窍,买了这么好的东西。"学校建起海韵北区教工宿舍后,他们家住房拥挤,又没有电梯,很想申请购买。但到最后,他夫人说想到搬家的整理,就感觉力不从心。他当着家人的面对我说:"房子和妻子相比,当然是妻子重要,我们不买房子,不要让妻子累着。"

1999 年,陈老师退休了,但他始终关心出版社的工作,关心出版社的员工。同事兆佳说,"我生病住院,老社长已经退休了,还和夫人一起到医院看我。"我和许多同事也常去看望陈老师,当我工作遇到烦恼向他倾诉时,他总是安慰我说:"我自己干过的事,我知道有多难。"有时因工作忙,一段时间没有去看望他,他会打电话问我:"最近怎么啦,没有见到你。"他对厦大出版社的不断进步,对新班子的工作是很满意的。当出版社获得国家一级出版社时,当出版社搬进新的办公楼时,他内心都特别高兴,抱病参加社里的庆祝活动。

令人遗憾的是,在他多年劳累、退休之后本可以安享晚年时,却病魔缠身,一直处在活动不方便之中。社庆 30 年纪念活动,他再次嘱咐我代他写下"厦大出版社,我永远温馨的家"的纪念文章。他在看了我写的稿子后,满意地用颤动的手签下自己的名字。当出版社准备拍社庆 30 年全家福的照片时,我征求他的意见,想把他推出来与大家合影。他内心过于激动,竟夜不能寐,血压血糖升高,被家人劝住,未能成行,终为憾事。直到临终前,他对家人说,我最挂心的是厦大出版社。

陈天择社长不幸病逝了,享年 80 岁。在他去世后,在出版社的微信群里,同事们连续几天都在发表对陈社长的怀念文字,提到最多的便是他的长者风范和关爱他人的往事。

陈天择社长虽然离开我们了,但一个始终是"工作第一,他人第一","毫不利己,专门利人"的共产党员形象,永远活在我们心中。作为他的学生和同事,以及厦大出版社的每一个人,都会以自己曾经有过这样的好领导而感到幸运。他所奠定的厦大出版社事业也一定会在一代又一代出版人的努力中蓬勃发展。

　　陈社长,一位优秀的厦大老师,我们永远怀念您!

2015 年 10 月 16 日

悼念吴兄孙权[*]

　　最后一次见到孙权兄是在福州协和医院的病房，正在与病魔抗争的他戴着帽子，围着一个大口罩，只露出浓眉大眼。看到我来，痛苦中的孙权兄露出一丝笑容，伸手把我拉了一下说："阿东，谢谢。上次你来，我正在睡觉，对不起。……这家医院是治疗这方面病的最好医院，给我治疗的医生都是专家，他们都很好。很多好朋友来看我，我很感激。医生说我是急性，治疗得早，很快会好。"病中的孙权兄一如平日，对人总是那样心存感激，善待有加。我见他气喘吁吁，不忍心打扰他的休息，坐了一会儿便告辞了。几天后，他出院返厦，虽然我们两家距离只有几步之遥，但为了让他安心养病，不便打扰，就想过几天再去看他，没想到噩耗传来，福州一别，竟成永诀！

　　我和孙权兄交往已有40多年了。因我们俩的父亲是同事，早年住在大生里又是邻居，两家常有来往。更主要的是孙权兄的书画天才在我幼小的心灵里留下深刻的印象，激发我对书画的兴趣和爱好。"文革"期间，孙权兄每天忙着在墙上写毛主席语录，或在家画像、刻钢板字。我因学校武斗停课，就整天跟着孙权兄看他写字画画，他也像大哥似地关心我，送我他临的字帖，还为我画过一张速写。至今我还清晰地记得，有一次他看了我的书画习作，当着许多人的面，字正腔圆地说："兴趣就是最大的天才！"那时我才10岁，听了孙权兄的话，激动地在绘画本的扉页上写下：把一切献给美术事业。

　　到了20世纪70年代初，我们两家都下放返厦，住在校园里，又可经常来往。在此期间，孙权兄带我拜访过罗丹先生和厦门的一些书画名家，还经常一起到余纲老师家聊天，使我对书画艺术修养有了更进一步的提高。我中学时就经常参加学校宣传组活动，写大标语、画大幅宣传画便是主要内

　　* 本文原载《双十校友》2007年总第13期。

容。1975年高中毕业,我到了一家誊印社当临时工,孙权兄也在那里工作,我们俩更是整天在一起。我们的工作与写字有关,每天谈论书法,有时还利用工作之便把名家字帖拿来晒图(那时没有复印机)。在他的指导下,我开始认真地临帖练字,也经常看孙权兄写字,对书法有了一点了解,也提高了欣赏水平。

一天早上上班,天气寒冷,外面哀乐低回,广播里正播着周总理逝世的讣闻。孙权兄裹着棉衣,用他低沉的语调缓缓地说:"心情很难受!"整个上午,同事们都沉浸在悲痛之中。其实我知道,孙权兄怀有鸿鹄之志,但苦于岁月蹉跎,年近30,还没有一个真正能施展抱负的舞台。当时他们全家下放回来,他还没有一个固定工作,为了生活,只能做些临时工。他们家兄弟姐妹多,但受其父亲的遗传,都有一手好字,也经常帮人刻蜡纸以补家用。作为家里的老大,孙权兄自感身上担子很重,总理的去世,国家的命运令人担忧,使他的心情更加郁闷。好在不久"文革"结束,恢复高考,孙权兄考上厦大历史系,我也考上了物理系。我们在校园见面时,他的笑容十分灿烂,对我说,读理科好,读理科好!还要坚持练字哦!……

以后的日子就像飞一样地过去,毕业、留校、工作、结婚、生子……我们彼此都很忙,但都互相挂念着。我知道孙权兄在书法研究方面成果显著,进入其人生最辉煌的阶段,因此只要见到他的书法作品,总会驻足欣赏,心中充满敬意。我也常常责备自己总以工作忙为由,没能坚持习字,有愧孙权兄的期望。关于孙权兄的书法成就,专家已有定论,我自不必遑论。但他待人宽厚、对人诚恳、办事严谨的品格,则是我自幼与他交往中的切身体会。无论什么时候,什么人,什么事情,只要有求于他,他总是满腔热情、一丝不苟地去对待,对师长如此,对一般的朋友也不敷衍。他有一位孩童时的邻家朋友夫妻下岗,生活困难,他便主动写了许多春联,让他去卖,这每对仅买5元的名家春联果然畅销。后来这位朋友摆地摊买"马蹄酥"时,他又用纸板写下"正宗同安马蹄酥每块5角"的招牌,让他摆在地摊上。我有时受朋友之托,向他求字,他从不推辞。有一次带华伟兄到他家求字,当时他驻在湖滨南路新婚家里,小家很拥挤,我们一来,他二话没说,便摆开桌椅,铺纸倒墨,费了好大工夫后便写开了。我儿子小时候想学画,孙权兄知道了,便推荐正在教他孩子的少年宫洪老师,并带我们一道去拜访他,还一直赞扬鼓励我小孩。可以说,我和孙权兄交往这么多年,听到他说得最多的是对别人的赞扬,对别人优点的肯定,而从不背后说别人的不是。这与人为善的君子风范并没有因为他的成就、地位改变而改变,凡与他交往的朋友都能从他那儿感受到阳光般的温暖。

孙权兄一直有出版自己书法作品及他研究古文字论文集的打算。他和我谈了几次,但每次都匆匆而过,大概他认为还有时间,还要进一步整理。就在参加了白磊先生书画作品选集出版的活动之后,他和我又聊了一次,打算出版他的楚篆作品,并说这将"很有意思,很有趣味"。我们已约定改天看看作品,具体谈一下,哪知可恶的病魔如此无情,竟以这么快的速度夺走了孙权兄的生命。听到孙权兄去世的噩耗,我是无论如何也不愿相信,我不相信这样一位谦谦君子就这么走了;我不相信与我40多年志趣相投的大哥就这么永远离去;我更责备自己为什么当时不抓紧时间把他的书法作品尽早出版;我遗憾我甚至来不及向他求一幅墨宝珍藏。无尽的哀思,彻骨的悲痛,我只能仰望天空,愿思念随长风而去,飘附在大哥的身边……

《吴孙权书法艺术——楚篆作品选》在孙权兄去世后不到4个月内就出版了,作者生前牵挂的事终于在他家人和朋友的协助下圆满完成。今天,在纪念吴孙权逝世一周年的日子里,我们又出版了《吴孙权书法艺术——篆隶真草行》,将孙权兄的书法精品、朋友们的缅怀文章奉献给读者。生命无法重来,但孙权的精神、他的艺术魅力将永远和我们在一起。

以"君子之心"度他人之腹 *

　　贵报 10 月 22 日刊登镇小江的文章《人际关系也须宽松》,读后颇有启发,也来进几言。

　　人际关系的宽松,我想应来自人际交往中人人真诚相待。一个人在交往中最大愿望莫过于让人理解和信任,但生活中也常有与此相违之事:一个人做了件事,总会有那么一些人评头论足,或不负责任背后议论,或给人打棍子,戴帽子。有些同志往往"以小人之心度君子之腹",喜欢往坏处揣测他人,如此一来,人际关系哪里谈得上宽松。

　　在我们社会里,应该说大多数同志都是抱着好的愿望去工作、去行动的,有时难免出现不尽如人意的,甚至违背原意的结果。因此,我们应该以宽宏的胸襟,设身处地地去体谅对方,理解对方,帮其总结经验教训,以利再战。美国第二任总统林肯在对伊里诺州的骚乱群众演说时首先说:"你们是勇敢和豪爽的,你们是想要为真理来考虑问题的,但让我们诚恳地讨论这个严重问题吧……"他的话一下子消除对立,打破隔阂,使两者在互相谅解、信任的气氛中坦诚交谈,达到很好的效果。

　　信任别人或被别人信任,理解别人或被别人理解,都是人类友爱的奏鸣曲。倘若我们多从美好的方面,多以宽敞的胸怀去理解别人,以"君子之心"度他人之腹(当然不包括少数"害群之马")我们的人际关系就会宽松得多,我们的生活将会更加美好!

---

　　* 本文原载《厦门日报》1986 年 10 月 31 日,这是我首次发表在报刊的短文,特载之。

难断西安情[*]

作为炎黄子孙,你一定要来西安一趟,这是我在西安呆了八天所留下的最强烈的感受。

"南方才子北方将,陕西埋的多皇上。"从中华民族的人文始祖——黄帝。到功过褒贬不一的秦始皇、武则天……在西安,当地人会乐此不疲地向你一一道来。言语之中,那种作为帝王之都后人的自豪感油然而生。这座蜚声中外的历史文化名城,历史上有周、秦、汉、隋、唐等 12 个王朝在这里建都,历时一千余年,是我国历史上建都王朝最多、时间最长的城市。在汉唐时期尤为鼎盛。当时的京都长安已是世界上最大、最繁华的都市之一,享有"东长安、西罗马"之誉。这里又是西汉时期开始的"丝绸之路"的起点。驰名中外的秦兵马俑自不在话下,单是那一长串的古迹,半坡村、秦阿房宫、鸿门、临潼华清池,为博褒姒一笑的烽火台……就足以使你仿佛漫步在一座巨型的历史博物馆,为这璀璨的古代文化而倍感骄傲。由于来时正是寒冬时节,一到西安,映入眼帘的是那雄伟的城墙,在苍茫的暮色下,那种大西北特有的粗犷、苍凉景色,不禁给人一种心灵震慑的感觉。西安整个城市中有一座由城墙包围的城中城,这座城墙是明代初年在唐长安的皇城基础上建筑的,为我国中世纪后期著名的城垣建筑之一。整个城市并不大,街道东西南北互为垂直。不少现代建筑正在拔地而起,但大部分建筑仍是低矮灰瓦的平房。登高望去,一片灰茫,与厦门四季青翠截然不同。由于历史的缘故,这城中道路并不宽大,所以西安市政府规定进入这城中城的车辆按其牌号分单双日开进,减少这巨大车流给城市的压力,也不失为一种举措。

西安的碑林保存在陕西博物馆内,是北宋元祐二年(1087 年)为保存唐开成年间镌刻韵《十三经》而建起来的碑石集中地,历代都有增添。这里共

---

* 本文原载《厦门特区工人报》1993 年 4 月 16 日。

展出碑石墓志一千多块,自汉迄清,荟萃各代名家手笔,是我国一座书法艺术宝库,真草隶篆,琳琅满目。历代书法家如欧阳询、虞世南、褚遂良、颜真卿、柳公权、张旭、怀素、米芾、苏轼、赵孟頫等名家墨迹都在这里。漫步在这大型的石质书库的林海之间,你会感到作为中国人的自豪。难怪一位同行者说:徘徊在这里,屠夫也会变得文雅起来。中国的书法艺术真是博大精深。

到西安必到临潼。临潼距西安市东北方向约 40 公里,这里已修起了西临高速公路,交通十分便利。在临潼的骊山脚下,你可以参观到世界八大奇迹之一的秦俑军阵。由于新闻媒介的渲染,加之华丽的建筑覆盖着这里出土的俑群,总觉得难以与遥远的秦代相吻合。望着那高高的、即将发掘的秦始皇陵墓,你会为陕西人感到庆幸,因为不久之后这里的游人将大大增加,旅游收入将成为这贫瘠土地的一大财富。骊山脚下的华清池是唐玄宗每年携杨贵妃到此过冬、沐浴之处。白居易《长恨歌》:"春寒赐浴华清池,温泉水滑洗凝脂。"即指此地。尽管导游小姐介绍了她的美丽传说,但看到那一池冒着热气的泥水,怎么也无法与杨贵妃沐浴联系在一起。与此相毗邻的陕西民俗馆和那著名的四马铜车,确使让人大饱眼福。然而,令我们最为兴趣还是数华清池南半山的那五间厅,这里是著名的"西安事变"发生时蒋介石居住地。当时张学良兵谏蒋介石时,蒋自"五间厅"仓皇逾墙沿山而逃,如今五间厅的玻璃上仍可见当时短暂战斗中留下的五个弹孔,半山上还有蒋在西安事变被活捉的地方。国民党统治时期胡宗南在此修建了"正气事",新中国成立后改名为"抓蒋亭",现更名为"兵谏亭"。参观了五间厅,虽然集合上车的时间快到了,但我们仍不死心,定要到半山去看看那个亭子,便有如蒋介石当年逃命一样飞速上山。当我们气喘吁吁地登上"兵谏亭"时,仿佛感受到了蒋介石当年逃命时的那种神情,不禁相视大笑。确实不虚此"爬"。

西安人和西北山川风物一样粗犷豪爽、热情好客,当我们告别西安时,我心底里不断地叮嘱自己,西安,我们还要再来。

西藏，神秘中透着清纯[*]

西藏高原，以她平均海拔 4000 米的高度让许多人望而却步，但又以她世界屋脊的超然之势，带给人们种种莫名的诱惑。2005 年 8 月，我参加教育部组织的大学出版社向西藏大学赠书的活动，有幸在西藏这"天外之域"感受世界巅峰的空寂和沧海桑田的辽远广阔。

西藏的风光美得令人不忍离去。你只要举起相机，总会留下满意的作品。西藏的天空总是那样地湛蓝，朵朵白云飘忽着，青稞田绿油油，草地上牦牛成群，远处群山连绵，雪山巍峨。西藏水资源很丰富，由于海拔的高度，西藏的多数山峰终年覆盖着冰雪，高山积雪的融化，点点滴滴汇成了一条条奔涌的江河和一处处蓝色的湖泊，在高原织就了一幅纵横交错、星罗棋布的水的锦绣。雅鲁藏布江、金沙江、怒江、澜沧江这些名字我们都耳熟能详，它们日夜向西奔腾（西藏的河流不是向东流），养育西藏各族儿女。我们曾到"天湖"纳木错，这里海拔 4718 米，面积达 1920 平方公里，是世界上仅次于青海湖的第二大盐水湖。徒步绕湖一周需要两星期的时间。由于阳光折射率的变化，湖面上的颜色五彩纷呈：时而翡翠、时而银白，一会儿葱绿、一会儿宝石蓝。蓝天白云下，宽阔的湖面荡起浪花，与远处的雪山，边上的草原、帐篷、牛羊和绕行朝圣的藏民，构成一副我们心中最完美的高原画卷。如果说有人间仙境，我想可能就在这里。

走进西藏，你会发现在那恶劣的环境下生存的高原人并不十分在意肉体的东西，而是产生强烈的精神皈依的愿望。来到西藏，你一定会去布达拉宫，也会去大昭寺、扎什伦布寺、雍布拉康寺……耳边回响的一定是关于达赖、班禅的种种传说，看到的也尽是金顶闪烁的寺庙。在酥油灯下，在喇嘛的诵经声中，你会不知不觉进入了一种佛教神圣空间。在藏语中，"班禅"是

＊ 本文原载《厦门大学报》2006 年 10 月 13 日。

伟大的学者之意,"达赖"的意思是智慧的海洋。历代达赖的住锡地(圆寂后的藏身地)多在拉萨的布达拉宫,以拉萨为中心称为前藏;而历代班禅的驻锡地则多在日喀则的扎布伦寺,以日喀则为中心称为后藏。达赖和班禅在藏民心目中并没有高低之分,他们都是西藏人心目中的圣人。宗教在他们看来都是至高无上的,因此,在拉萨街头或纳木错湖边,在一望无际的公路旁,你经常可以看到衣衫褴褛、手摇转经筒虔诚朝佛的人们,在循规蹈矩的步履中五体投地磕头的人们。此时此刻,我们不能以"现代文明人"的君临姿势或以天外来客的猎奇心态,而是要以一种平常、平等甚至是多少有几分敬仰的心情来看待。从公元 7 世纪起,佛教传入西藏,历经曲折,逐渐演变为西藏本土化的喇嘛教,形成政教合一的神权统治,一直延续到 20 世纪 50 年代。喇嘛教不仅作为统治哲学,也在事实上成为普通人的精神家园。西藏社会生活中的许多现象,已经很难分清哪些是宗教,哪些是艺术或民俗。也许人们并不需要某种宗教,但对于世界、对于生命、对于人生的沉思,谁又能说是多余的呢?……因此,你要在神秘中读出平凡;从别具特色的宗教信仰和文化中,看到西藏人自己独特的生活情趣。

今天的西藏,现代化建设的步伐正在加快。在拉萨、林芝、日喀则等地,到处可以看到内地省份援藏项目。拉萨主要是北京、江苏援建,林芝主要是福建、广东援建,日喀则主要是山东、黑龙江援建。因此这些地方的大楼、道路都可见以援建省市名称命名。这些城市里百货大楼、高级宾馆、博物馆、餐厅、大学校园、歌舞厅、的士等现代生活的元素与金碧辉煌的寺庙、行走的喇嘛、转经的朝圣者、民房屋顶挂的五彩幡旗和谐地融合在一起。在迈向现代化的进程中,宗教情感已深深烙进西藏人民的生活方式。他们善良、慈悲、宽容,只要遇上藏胞,你道声"扎西得勒"(吉祥如意之意),双方相视一笑,无比亲热。由于为迎接西藏设区 40 周年而修建的公路、桥梁和隧道的完工,使西藏主要的旅游区车辆行驶安全又快捷。随着青藏铁路的开通,大量游客涌入西藏,使这占全国 1/8 领土,每平方公里不到两人的辽阔西域,正迎来几千年来最繁华的历史时期。

西藏的高海拔令向往他的人总是心存余悸。我在去之前和回来之后,被许多人问到高原反应的问题。西藏海拔平均达到 4000 米以上,空气的含氧量比平原几乎减少一半,一般会有点高原反应。因此各旅行社都会要求游客走之前吃点如"红景天"、"高原安"等药物(实际上是一些洋参补品),其实心理安慰作用更大一些。导游也会要求大家到藏后的前一两天避免激烈运动,可能的话先安排到海拔低一点的地区适应一下,我觉得这些办法都是对的,但以我自己的体会,我认为要千方百计保证睡眠是最重要的。大部分不适应者,都是因为失眠所造成,而缺氧是最容易失眠的。只要你能睡好(也可吃点安定药),你就能在西藏过得很愉快。实际上,西藏人到内地也会因为不适应氧气的充足而产生"醉氧"。有一位西藏朋友说,如果你在电视上看到西藏人大代表到北京参加会议,他们的表情都有点昏昏欲睡,那是因为他们醉氧。

西藏之行虽然短暂,却难以用三言两语来表达。究竟什么是西藏的神秘之处?在蓝天、白云、阳光下生活的藏族同胞眼里,他们看到的是什么?我再次拜读《触摸透明的阳光》,作者是一位援藏干部,在那里工作生活了六年,走遍西藏的各个地区。在书中,他以深邃的思考、优美的文笔和摄影家的镜头,带我们进一步走近西藏,阅读西藏。在他的书中,我仿佛从自己对西藏浮光掠影的印象中找到藏在背后的答案。那正如作者所比喻的,这里的天空与海洋的蔚蓝同出一源,高原与大海一样博大精深。神秘中透着清纯,贫穷里裹罩着富饶。事实上,严酷的自然条件不等于生活的呆板;空旷的高原不等于心灵的寂寞。这里澎湃着生活的激情,洋溢着流光泛彩的美感。

走进正处战争边缘的伊朗*

听说我要去伊朗,不少亲友都表示惊讶,认为这是一次危险之旅,因为美伊冲突正处在"爆燃点"。但旅伊 10 天,所到之处,和煦的阳光和友善的笑容始终陪伴着我们,令我们感觉到这片土地充满祥和安宁的景象。

我对伊朗的兴趣源自 2015 年厦大出版社出版的《上帝也会哭泣——行走中东的心灵激荡》,作者范鸿达教授是厦大中东研究中心主任。因为出版过程的交往,也聆听过他几次演讲,我们成了好朋友。正是他在我临行前的鼓励,让我下定走进伊朗的决心。

我们一行 8 人于 2019 年 6 月 10 日启程,乘坐伊朗马汉航空由广州飞往德黑兰,行程大约 8 个多小时,伊朗与北京有 3.5 小时的时差。到了德黑兰,正值太阳刚刚升起,晨风拂煦,清爽无比。马路上车水马龙,井然有序,两旁行人从容不迫,道路也是干净整洁,完全没有大战来临的气氛。我们在伊朗期间,走访了德黑兰、设拉子、波斯波利斯古城、亚兹德、伊斯法罕等地,参观许多著名古城、清真寺,走访热闹的集市,到普通人家做客,参观了穆斯林的诵经祷告活动。古老而神秘的伊朗向我们展示她悠久的历史和灿烂的文化,令人目不暇接。

波斯帝国的悠远回声

伊朗旧称波斯,到 1935 年才改为此名。伊朗具有非常恢宏的历史,公元前 6 世纪居鲁士大帝开创的波斯帝国,是世界上第一个横跨欧亚非的世界性大帝国,在那个时代是当仁不让的世界第一强国。正是这个帝国,催生了延续至今的波斯精神和他们对自己民族文化怀有的毫不掩饰的自豪感。

2019 年 6 月在伊朗

我们参观了许多气势尚存的古城、述说历史的宗教遗址、金碧辉煌的清真寺,它们大多都被列为世界文化遗产,是人类文化延绵的历史见证和宝贵财富。正是这种厚重历史的积淀,使伊朗人不愿意处于他族的统治或干预下。1979 年以霍梅尼为精神领袖的伊斯兰革命推翻了最后一个王朝——巴列维王朝。现在的伊朗实行的是政教合一的国家管理体制,以精神领袖哈梅内伊为最高领导人,对伊朗实行严格的管控。我们看到伊朗的大街和主要建筑物都要悬挂霍梅尼和哈梅内伊的画像,飘扬着国旗,许多街道旁悬挂着两伊战争牺牲的烈士照片。伊朗的意识形态也是受严格管控,电视台、新闻出版都由政府掌管,私人企业不得介入,反美标语也常常可见,就连绿、白、红相间三色国旗,下边的红色也被解读为是由烈士鲜血染红的。伊朗百姓对政府的强势反美抱着支持的态度,对沙特阿拉伯的曾经入侵耿耿于怀,对两伊战争的创伤不能忘怀,对以色列则痛恨有加。在伊朗人的护照上写着:持有者禁止去巴勒斯坦被占领土(甚至都不提以色列)。40 年来伊朗的伊斯兰革命、两伊战争、核危机以及反美的方针,使伊朗一直处于国际社会的舆论漩涡之中。普通伊朗人其实心里也很纠结,他们对巴列维国王的亲美路线给国家带来的发展,尤其是建设了大量的基础设施和文化设施,百姓生活的世俗化念念不忘;但美国对伊朗的盘剥,尤其是美国在两伊战争中的双方唆使并从中渔利的不耻行为,又让他们感到非常愤怒。2015年,美国、中国等六个大国签署《伊核协议》,解除对伊朗的制裁,伊朗人欢呼雀跃,张灯结彩,到处开Party,伊朗的GDP一年暴涨14%。他们喜欢奥巴马,痛恨特朗普。

友善的人们,好客的民族

留给我们最为深刻的印象是伊朗人的友善热情好客。无论是迎面相遇,还是远处相望,甚至是坐在车内或骑在飞驰的摩托车上的人,都会给你送来友好的笑容和招呼的手势。我们这些摄影师常常会把镜头对准来往的行人或店铺的老板,这些被"突袭"的伊朗人,无论男女老少都没有丝毫不快,相反他们还非常配合地露出笑容,有的还会拉上同伴一起让你拍照,最后他们还喜欢用自己的手机和你一起合影。有的人会特地跑过来问,你是中国人?当得到肯定回答时,会竖起大拇指由衷赞叹,显示出对中国人的友好。我们在古堡的小村庄拍摄时,那里的居民会热情地邀请我们到家里做客,沏茶招待,还送上刚摘的水果。在亚兹德古城,有一位老人见我们对古建筑如此感兴趣,便主动带我们到另一处较隐蔽的古客栈遗址拍摄,一路上比比画画、爬上爬下,还非常得意。我们本想给点小费,以表心意,但他拒收了。

伊朗人的友善,开始我还以为他们仅仅是出于礼仪和客套。但后来发现并非如此。当夜幕降临,气候凉爽时,在街边公共花园,或是城墙边,常可见他们一家人相聚在一起,或坐在一张大床或铺在地毯上唠嗑吃东西,或一群人围在一起说拉弹唱,小孩奔跑嬉闹,情侣相拥呢喃,还有路边烤肉摊的袅袅炊烟,构成一幅幅和睦安宁的生活画卷。伊朗出租车很发达,但费用是由司机根据路途远近及塞车耗时所定,下车时报价,客人付钱就完事,从没有发生争执。在商场购物,伊朗人也可以是刷卡支付,但收银员刷卡后便直接问密码,而购物人也是在大庭广众下大声喊出密码,没有隐私,不必防备。

他们人与人之间简单纯朴，彼此信任，已成风尚。故而我相信，对于远道而来的客人，他们的真诚友善就一定是发自内心的。

裹着头巾的女人和蓄胡的男人

伊朗女人 9 岁就开始包上头巾，穿着掩盖臀部的上衣，大多数男人蓄着胡子。所以，满街上裹着各色头巾、穿着长袍、露出姣美面庞的女人是最亮丽的风景，而蓄着胡子的男士个个显得高大俊朗，帅气十足。在伊朗，小学中学都是男女分校上学，只有幼儿园和大学可以男女合校。理发美容植发是当地的一门好行业，但临街的理发店只为男士服务，而女士的美发、美容、美甲、美睫店则一般设在大楼楼上的隐蔽场所，需要敲门进入。伊朗离婚率较高，男女谈婚论嫁时，双方需要签合约，合约的主要内容是离婚时，男方要付给女方多少枚金币，每枚金币为 10 克黄金，约 500 美元。双方讨价还价，确定数量后还要经双方父母同意，并进行公证方可领取结婚证。伊朗女人结婚后不必随夫姓，也没有计划生育，但一般生育率不高，以两个孩子为宜，且喜欢生女孩。

裹着头巾的女人并不代表女性地位的低下，在社会活动和家庭生活中，伊朗女人也是平等参与者。她们热情开放，在公共场合男女伴侣相挽而行，在社会各个行业，女人都是积极的参与者和贡献者。

战争与和平

美伊战争的乌云正笼罩着这个国家，两国的军事比拼和领导人的口水战，经过媒体的不断放大吸引着全球的目光。那么，普通的伊朗人是怎么看待这场即将爆发的灾难，这无疑是我们最为关心的。

我们询问许多伊朗人，特别是美女导游（中文名孟雅琪），她是土生土长的伊朗人，德黑兰大学中文系毕业，不仅中文讲得好，见多识广，还非常理性且具有年轻人的活力。我们也向在伊朗工作多年的中国人做了了解，感觉伊朗人对战争的威胁非常平静。经过 40 年西方对伊朗的制裁，70％的伊朗人是天天听着"美国人要来打我们"的声音长大，似乎已经司空见惯、习以为常了。对于即将来临的战争，他们只是说，无所谓，打就打，打完就结束了，一切再重新开始！确实，如今美国的全面制裁使伊朗经济深陷举步维艰的困境，就业率下降，百姓收入锐减，石油出口不了，物资进不来，尤其是药品短缺，对外生意不好做，旅游业下滑，德黑兰国际机场也是冷冷清清，特别是年轻人对未来感到十分茫然。但是，曾经世界强国的傲骨气概，让这个民族有种万众一心的团结精神，让他们从容不迫地面对每天升起的太阳。看着这美丽的国度和善良的百姓，我们真希望和平的阳光能一直洒在这片土地上。

对于中国游客来说，最不习惯的可能是他们的饮食，许多菜都奇酸无比。伊朗的货币面值很大，1 美元为 12 万里亚尔。虽然伊朗商品总体便宜，但看着商品的标价，要仔细地数着有几个零，而口袋揣着几百万里亚尔，更会有种大富豪的感觉。

伊朗之行的 10 天，浮光掠影，得到的只是表象的感知。但对于人类文明的交往，伊朗绝对是值得去了解的一个美丽国度。

2019 年 6 月 25 日

草堂留后世　诗圣著千秋[*]

——成都杜甫草堂印象

阳春三月，细雨霏霏，我来到成都开会。这蜀都风情，除麻辣食物和火爆的球市外，我最关心的是那名扬千里的杜甫草堂。会后仅有的一天空余时间，我们驱车前往位于成都西郊浣花溪畔的杜甫草堂。抵达目的地，我们一见眼前"杜甫草堂"的牌匾，顿时有一种说不出的兴奋和肃穆之情。

杜甫草堂，是我国唐代大诗人杜甫流寓成都时的故居。公元 759 年，杜甫因避"安史之乱"来到成都，靠亲友资助，营建茅屋，并在此居住了三年零九个月。杜甫被尊为"诗圣"，他在成都的诗歌创作也很活跃，留下了包括《茅屋为秋风所破歌》、《蜀相》、《春夜喜雨》等许多名篇佳构在内的 240 多首诗，故他的成都草堂故居被后人视为中国文学史上的一块圣地。草堂历年来不断重建和维修，终于变成今天这样建筑宽敞而古朴、格局典雅而庄重、庭园幽美而秀丽的文化名胜。诗人冯至曾说：人们提到杜甫时，尽可忽略了杜甫的生地和死地，却总忘不了成都草堂。

在城市喧嚣声中，进了草堂，一片幽静伴着笼竹的绰约身影，顿觉进入杜甫所绘"地僻人稀经过少"的景观。草堂园林，因溪流穿插、池明如镜而增添了许多诗情画意。在堂中池面上，莲叶田田，红荷亭亭，尽得风流。森森的古楠，蔽地遮天，透出古拙、苍朴的气息；和烟滴翠，衬出优美弧线，清风拂过，好似在微微颔首，极富动静交融的韵味。草堂中正门、大廨、诗史堂、柴门与工部祠等建筑均排列在一条直线上，构成一组建筑群。这样的建筑格局，略带官邸气派，使人联想到诗人为官的经历。而在建筑物的体量上又非常接近民居，无装饰与雕琢，朴实无华，粉墙青瓦，掩映于浓绿之下，散布于庭园之中，简洁明快，饶富诗意。整个草堂气势苍莽，清幽怡人，神似当年杜甫"俄顷风定云墨色"之意。

---

* 本文原载《厦门晚报》1996 年 6 月 26 日。

　　步入花径，映入眼帘的便是正面照壁上用青花碎瓷镶嵌的"草堂"二字。游人无不在此驻足留影。我在展厅中看到一幅毛泽东主席参观杜甫草堂的照片，这张照片与常见的众星拱月般的领袖人物不同，画面上只有毛主席身着披风的高大背影，他正面对着"草堂"二字凝视遐想，没有其他人在画面中。只有背影的照片也是我见过的众多毛泽东照片中唯一的一张。看着照片，觉得一切都寂静着，无声胜有声，虽不见毛泽东主席的脸部，但可以想象，他老人家此时正与千年前的诗圣默默地交谈，边上的人声、鸟声此时似乎都凝固着。这张照片，极富艺术感染力，称得上是上乘佳作。

　　除了堂内的田园风光，最令人心动的便是园中随处可见的楹联。同大多数名胜一样，文人墨客的佳句佳作，总是不可多得的宝贵风景。朱德同志的"草堂留后世，诗圣著千秋"，诗与书俱佳。陈毅同志书集杜甫联"新松恨不高千尺，恶竹应须斩万竿"，则表达了他那大无畏的气概和刚直不阿、疾恶如仇的性格。而四川籍文豪郭沫若潇洒挥笔的撰书联"世上疮痍，诗中圣哲，民间疾苦，笔底波澜"，对杜诗忧国忧民的思想内容进行高度的概括和极高的赞誉。

　　夕阳西下，当我们驱车回返时，看到城市的高楼大厦，心中不由地吟诵起杜甫的诗句："安得广厦千万间，大庇天下寒士俱欢颜……"诗人在"长夜沾湿"、"秋高风怒号"中，脑海里翻腾的不仅是狂风猛雨无情袭击的秋夜，更是期盼着"安得广厦千万间，大庇天下寒士俱欢颜"。杜甫这种炽热的忧国忧民的情感和迫切要求变革黑暗现实的崇高理想，千百年来一直激动着许多读者的心灵，并永远汇入我们民族精神的洪流之中。

咱俩有缘[*]

　　去年 3 月,我到北京开会,会议结束第二天,因为返厦的航班是傍晚的,我便谢绝主办单位送站的好意,独自一早由北师大校门口打的,想到西单北京图书大厦转一转。

　　上了车,司机一脸笑容,独自说开了:他有十几天没开车了,今天一出车,就碰上我,戴着眼镜,像个读书人。他说他喜欢在大学门口等客,因为客人大都是知识分子,他就喜欢读书人。北京的路上堵车厉害,车子慢慢地走,我们愉快地聊,讲胡长清被毙、讲他老家唐山,当然也讲我们的美丽厦门,北京出租车司机能聊,这是谁都知道的。

　　我在京城办了些事,又到位于东直门外的望京中环找个朋友。到了下午 5 点钟左右,我便准备上机场了,随手一挥,来了一辆出租车,一上车,哈,傻了! 还是上午那位老兄开的车。北京的出租车有多少,谁也说不清,但在这茫茫车海中,在相距几十公里的地方,还能坐上同一部出租车,这实在有些意想不到。我们两人那高兴劲,真如久别重逢的老朋友。他说他家就住在这一带,要不是碰到我,一般这时他不再跑机场了。他告诉我,他开出租车十几年,还没有像今天这样有意思,咱俩一定有缘,哪天一定带上老婆孩子到厦门去看看,从电视上看,厦门很漂亮,现在更有理由去了,因为厦门有个朋友。他把我的行李一直提到机场入口处,夜幕下,我发现他眼里闪着泪花,我心头一热,赶紧挥手告别。

　　去年 8 月,我准备到日本开会,由厦门乘机到北京。那天正好遇到台风,在厦门机场整整等了一天,直到下午 4 点多才登机。当晚我住在北京机场附近的宾馆,第二天一早就赶往机场。就在宾馆门口等车时,这位出租车司机又奇迹般地出现在我的眼前:"厦门的老弟! 真是太神奇了! 咱们又见

---

　　[*] 本文原载《厦门日报》2001 年 9 月 1 日。

面了!"原来他送客人经过这儿,一眼就看到了路边候车的我。他一下子就把我给拽住,满脸是生动的笑。我因为马上要到机场了,而他也有客人要送,实在不能久聊了。我告诉他,过几天我从日本回来,要经过北京,会再来找他。然而几天后,我回到北京时,始终呼不到他,为此,我心里挂念了好长一段时间。几天前,他突然给我来电话,说他女儿明年要考大学了,他们全家都希望她考到厦大来,问我何时能再到北京。

我无法解释与这位北京出租车司机的屡屡奇缘。在茫茫人海中,我只觉得我与他肯定有一种特别的缘分。人与人有缘分是多么美好,她给我们的生活平添许多乐趣,这包含了互相牵挂与眷念。

留下"走过"的印戳*

不是说"行万里路胜过读万卷书"吗,行走"地理",深知此语不虚。记得在武汉游黄鹤楼时,一位武大旅游专业在校女生客串导游时说的:"旅游的目的并不完全在于景色的秀美与否,更重要的是在于唤起游人一路舒适的心情。"她说这是她们的教材上说的,但无疑是一句精辟之言。

游人所到之处,面对不同的景色,会有不同的感受,不同的要求。但还是有许多共同之处,其中一条就是要印证自己曾到此一游,表明自己走过不少地方,属于见多识广之士。世界各地的旅游部门都很懂得如何想方设法去满足旅游者的这种心态。我去过日本,不管是在京都新干线的车站,或是在兹贺县的公园,还是在东京天皇宫前的草坪,都有一种很简单,却能满足游人的这种要求的做法,那就是在这些景点的显著位置放一个金属制的印章(印章用小铜链系着,防止被人带走),旁边有印泥盒,让游人能在自己随身携带的本子、书或其他物品上盖章。印章的内容就是该景点的相关文字,游人盖章后,便可证明自己到此一游。我看见许多游人都有一个本子,每到一处,都留下印鉴,有的还做些文字说明。这种印章小册与照片相映成趣,很有意思。这种办法只需要花一点投入,便有这样的奇效,细微之处足见日本人的精明。

另外有一件事也给我留下很深的印象,那是在敦煌的鸣沙洲时。一片沙漠,一进门便有许多骆驼供游人租用拍照,也可骑骆驼在沙漠上走几圈。夕阳下,骑在骆驼背上,英姿勃发,是每个游人都非常感兴趣的旅游项目。当你骑了骆驼,返回时,在出口处便有你刚才骑着骆驼神采奕奕的六寸彩照。那是你在骆驼背上得意忘形时,这里的摄影师为你留下的倩影。如果你满意,交钱即可取走照片;如果你不想要,摄影师将照片连同底片一起当

---

* 本文原载《厦门日报》2003 年 1 月 9 日。

面处理掉。由于摄影师有专门的辅助工具，选取的角度不同，因此照片的质量都不错，加上经营者会做生意，个个能说会道，和善可亲，所以一般游客都乐于"买走"自己的照片。对摄影经营者来说，总体的经营效益肯定不错，游人也因此获得满意舒适的心情。鸣沙洲这种"超市"式的摄影方式比较有特色，颇有借鉴之处。

　　厦门旅游业正在蓬勃发展，我热切希望厦门旅游业兴旺发达，这是亲身经历，也算一项建议，仅供参考。

迟来的楼层编号[*]

搬到新区已有五年多了，我们的楼道始终没有编楼层号。许多来客都称很不方便，经常气喘吁吁爬上高楼，却不知身居何处，此为几楼。有时客人只好胡乱敲门，却经常遭到住家的白眼。

其实，早在刚搬新房不久，当选的楼长就曾紧急召开各户代表大会。那时大伙乔迁新居，喜欢互相走动，楼长便请大家到他的新居会合，好茶相待，其乐融融。会上大家也就要挂上个醒目的楼层标识提出了建议，有的代表说根本不需要掏钱，那些窗帘的销售商会主动来贴上带有广告性质的楼层标志牌。话音未落，便有代表说，我们不要那样的广告牌，我们这里住着美术系的老师，请他们设计最新颖、最独特、最漂亮的楼层牌，说不定一旦挂上，要引起轰动，人们要纷纷仿效，到那时，我们要拥有版权，不许别人无偿使用。一时间，七嘴八舌，各抒己见，知识将转化为经济效益的冲动给这些大学老师们带来了无限的遐想……

一年、两年、三年、五年过去了，那个最美的楼层牌始终没有出现，那个夜晚所设计的宏伟蓝图自然也就没有下文。来访的客人依然在攀登中苦苦辨识层数，找不到楼层的人仍在叫苦。但住家的主人们却渐渐习以为常，面对敲门的陌生客人只能带着无奈的笑容和宽容的抱怨。

突然有一天，楼道上的白墙出现了醒目的1、2、3、4、5、6、7的数字，用的是橘红色的粉笔写的，字体却也拙朴苍劲。原来这位"书法家"是来为高层改造水道的装修工，大概他们每天要挑泥沙砖块上楼，没有楼层标记令他们晕头转向，急切之中，便有如此的创作。即便这些书法作品没有想象中的那么雅致，但好的幻想不如实际的认同，方便为上，客人从此不再找不到北，大家也就不再抱怨了。这位民工的书法作品便堂而皇之地存在大学教师的住

---

* 本文原载《厦门日报》2004 年 1 月 8 日。

家门口。

　　写到这里,我不禁想起陆文夫的小说《围墙》。那个建筑设计研究所的不起眼的小人物,竟然做了一件设计大师高谈阔论而没有付诸行动的建筑设计研究所的围墙设计。大的幻想不如小的萌芽,看来,生活中处处不乏这种事例。

"出版杯",永远的魅力[*]

——写在第八届"出版杯"教职工篮球赛开幕之际

每当春暖花开,喜迎校庆的四月,人们就开始筹划着新的一届"出版杯"教工篮球赛。八年来,"出版杯"篮球赛已成为我校教职工业余体育生活的一道风景线。"强健体魄,著书立说"作为出版社的良好愿望和归属点,也在厦大校园里产生着积极的影响。

2001年初春,正值80周年校庆的筹办时期,人人都在想着如何为校庆做些事情。我们出版社是个小单位,人员不多,能力也有限,同时为80周年校庆出版的书正忙得不可开交。但我社员工中喜欢打篮球的人很多,每天清晨都有许多篮球积极分子到球场打球,双休日也经常组织比赛,有着广泛的群众基础。所以我设想以"出版杯"为名,资助举办教工篮球赛这项活动,在每年校庆期间举行。我找到当时校办李泽彧、工会郑耀宗两位热心人,大家心领神会、一拍即合。我与同是篮球迷的副总编侯真平拟了句广告语:"强健体魄,著书立说"。校工会、体育部二话不说,全力支持。各单位立即组织起来,许多单位领导要么担任领队、教练,要么亲自上场,学校领导陈力文副书记更是亲临指导,出席开球、颁奖仪式,时任副校长邓力平还亲自上场打球。八年来,在各方面的努力下,"出版杯"篮球赛吸引了许多人的眼球,成为我校教职工紧张工作之余的另一个兴奋点。

作为厦大的"土著居民",我从小就在校园这片球场玩球。家父曾是20世纪五六十年代厦大篮球运动员。孩提时的耳闻目染,使我一直保持着对篮球的兴趣。虽然我打球的水平不高,加上个子也不是打篮球的料,但这并不妨碍我去享受篮球带来的快乐。我至今仍坚持每天早晨去球场打篮球,社里的年轻人,凡是对篮球有点兴趣的人,都会在清晨的睡眼惺忪中接到我的呼叫电话赶到球场。每逢双休日,社里的小伙子们也都会聚集到球场,享

_* 本文原载《厦门大学报》2008年4月12日。

受紧张工作之余篮球给我们带来的快乐。对于长期伏案工作的出版人,一场场快意的球赛,一次次酣畅淋漓的大汗,能洗刷掉疲倦和烦恼。一个团队精神的培育,一个良好工作状态的保障,就在这阳光和汗水中传递。一个人数不多的小型出版社,能跻身全国大学出版社前 20 强,靠的是我们每一个人超负荷的工作,而谁又能说不是这其中有一支身心健康的团队在起作用。

当激烈的对抗和喧嚣的呐喊声又要到来时,许多球队已经摩拳擦掌,枕戈待旦。我们知道,既然是比赛就一定要争取胜利,但我们更晓得,享受篮球,享受过程,这才更有意思。冠军只有一个,而更多的参与者更愿意在这球迷的节日里得到喜悦,这才是"出版杯"篮球赛永远的魅力!

补记:在 2019 年 4 月举行的厦门大学 98 周年校庆第十九届"出版杯"教职工篮球赛上,厦门大学出版社篮球队终于夺得冠军,圆了一个 19 年的梦。

金门之行 *

　　金门，一个近在咫尺的朦胧岛屿，上一辈人将它与炮战相联系，而我的脑海里却将它与海风中飘来的广播声叠在一起。历史的车轮捅开对峙的隔膜，今年 7 月，我有幸乘着福建省出版局组织的"首届金门书展"的机会，从和平码头乘客轮出发，仅 40 分钟，便跨越了 50 多年的历史时空，站在那往日只能在望远镜中看到的金门土地。

　　金门简直就是闽南的乡村。这里有骑楼老街、闽南古厝，同样的乡音，宛如找到回家的感觉。金门空气清新，风中唯一的味道，便是那阵阵高粱酒的香味。金门没有高楼大路，县中心的建筑就好像是闽南乡镇的模样，两车道的马路令大巴转弯都有问题，但它的整洁却值得赞叹。

　　只有 4 万常驻居民的金门岛上大片是荒芜的杂树丛，因为缺水，地里只能种地瓜、花生和高粱。但这里却是鸟的天堂，到处飞着成群结队的珍稀鸟类。

　　金门没有高等学府，县高中和县职业技术学校便是他们的骄傲。年轻人大部分都到台湾去求学、工作。在金门，我们巧遇厦门歌仔戏团在此演出，旁有大批老人在如痴如醉地看戏。

　　到金门举办"金门书展"，本以为象征意义大于实际的商业意义，可不料金门人的购书热情非常之大。许多衣着简朴的市民走进展厅，便大捆大捆地搬书，4 天之内卖出超百万台币的书。大陆图书热销除了价格便宜外，关于历史、人物、科技、文化类的图书在内容上也很受欢迎。

　　来到金门，你无法不去光顾金门土特产。金门高粱酒、贡糖、面线、一条根系列药品，还有守护神风狮爷的工艺品等，满街都是。金门人热情好客，单纯可爱，酒桌上非用金门高粱让你喝够不可，出租车司机非把你送到门口

---

　　* 本文原载《厦门日报》2005 年 8 月 31 日。

参加金门书展

不可。

　　来到金门，你无法回避战地的痕迹。海岸沙滩摆放的钢筋水泥障碍物，十字路口矗立的碉堡、士兵雕塑，还有游人几乎必去的坑道、观测所。有趣的是许多从台湾来的游客在观测所透过望远镜，看到的是厦门会展中心的高楼，他们会惊呼，哇，大陆，这么近！哇，好漂亮！我们所遇到的金门人大部分都不止一次来过厦门，对厦门的繁华羡慕不已。从县长到百姓，几乎所有金门人都赞成两岸和平统一，直接三通。目前，"厦金直航"的客轮直接恩惠金门人，有位金门老人说他连镶牙也跑到厦门来，因为技术好，还便宜。看到制刀厂的工人将炮弹壳制成精美的菜刀，我不禁想起苏联时期的一件著名雕塑——铸剑为犁，将出鞘的剑熔铸成犁耙，将炮弹壳锤炼成菜刀，这都是对化干戈为玉帛最好的历史诠释。

被信息包围的世界 *

2008 年欧洲杯足球赛已经落下帷幕了,但我仍然清楚地记得观看欧洲杯时的"痛苦"情景,因为那些精彩赛事总是在深更半夜进行,这对上班族的球迷来说,真是"想说爱你并不是件容易的事!"

6 月 18 日.身处死亡之组的意大利和法国将在最后一轮中狭路相逢。两支球队虽贵为 2006 年世界杯的冠亚军得主,却都在此次比赛中表现不佳,只能在最后一轮中争夺小组的最后一个出线名额,以免遭羞辱。当然,这样的比赛对于观战的球迷来说,无疑是幸福的,哪有不看的道理! 只是比赛在凌晨三点才开始,真是令人无力奉陪。于是,我做出一个决定,第二天中午看重播,在此之前不要知道任何有关比赛的信息,因为知道了结果再观看重播,那真是味同嚼蜡。

第二天早晨起来,我像往常一样打开电视,《朝闻天下》是每天必看的新闻节目,还在惺忪之间突然发现屏幕下面一排字幕在滚动,"在今天凌晨结束的欧洲杯小组赛⋯⋯"我突然清醒了,"不行! 不能看!"说时迟那时快,一转头,手握遥控器把电视关了。家人都愣了,而我却一脸傻笑,暗自庆幸地说,"还好! 还好!"

上午我刚进办公室,一位同事便闯了进来,"昨晚的生死战看了吗? 太⋯⋯"我匆忙伸手把他的嘴捂住,"别说! 别说!"搞得这小伙子一时缓不过来。我说,"呵呵,对不起,没看,中午看重播"。"哦",他一脸坏笑,"我明白了!"

打开电脑,刚想上网,又马上停下,我告诫自己,信息无处不在。不一会儿,手机响了,《新闻早报》准时来了,我拿着手机,看着屏幕的闪动自言自语地说,就不打开,看你怎么办。手机不时地发出的提示音,好像在诉说着主

---

* 本文原载《厦门大学报》2008 年 7 月 12 日。

人对重大新闻漠不关心的委屈。好在整个上午的忙碌,让时间过得很快。下班了,可以回家啦,而那场揪心比赛的结果,我还是不知道。

我开上车,想着回家不看电视,不看报纸,就等重播开始,那种乐趣等同于观看现场直播,不错,真不错……忽然有熟人招手,原来一位同事要去食堂,让我顺路带上。他上车了。我看着他满脸笑容,却压根儿就没听清楚他嘴里说了些什么,依然沉浸在自己的如意小算盘中。谁知就在这时,这小兄弟一伸手把车上的收音机打开,只听一个男高音的播报声:

在今天凌晨结束的 2008 年欧洲杯小组赛 C 组的一场生死战中,世界杯冠军意大利队以 2 比 0 击败法国队,罗马尼亚队则以 0 比 2 负于荷兰队,荷兰队和意大利队从死亡之组中艰难出线,而……

My God! 我猛踩一脚刹车。车,停住了! 我,愣住了! 一个美好愿望,就这样破灭了!

好无奈啊,为什么想要不知道一件事,竟是如此之难呢?

唉……在这信息包围的世界里,你,无处藏身!

冷观阎锡山[*]

今年 11 月,我有机会走进山西。五台山的大雪,雁门关的寒风,云冈窟的石佛,平遥城的金库,都让我印象深刻。但参观五台山县河边村的阎锡山故居,却让我产生了冷观历史的遐思。

众所周知,阎锡山是民国时期的"山西王",他统治山西长达 38 年之久。在抗日战争和解放战争时期,他都是一位显赫的政坛人物。他周旋于老蒋、共产党和日本人之间,三边讨好,都不得罪,奉行"中"的哲学,被称为在"三个鸡蛋"上跳舞的高手。从旧中国的时代背景来看,阎锡山是一个富家子弟,年轻时有机会到日本留学,成为那个年代为数不多的走出国门,放眼看世界的中国人。他戎马一生,在国民党即将败退离开大陆时,他任广州国民政府的行政院长、国防部长。走进他的故居,我不禁为其浓郁的儒风所折服。他深浸中国的传统文化,儒家的治家之道,孝敬故乡父老的拳拳之心,都在他的一生中体现得非常充分。作为一个人,他执着于自己的信仰,跟随老蒋走到底,在国共对立,非敌即友的简单逻辑评判中,他自然是战犯、罪人。但后人的评价,却可以抛弃恩怨,客观而人性。"阎锡山故居"原来名为"旧居",显然是考虑到他的"反动一生"。近年来改为"故居",原中联部副部长李一氓题写"阎锡山故居",并修缮开放供游人参观,体现了中国共产党对待历史的客观态度,一定程度上肯定了阎锡山的历史功绩。

在山西期间,正值党的十八大闭幕,我们看到海峡对岸的国民党主席马英九给习近平发来贺信,祝贺他新任中共中央总书记,并盼两岸强化互信、真诚合作以因应新的挑战,创造更多和平红利。随后,习近平复电,盼两党把握历史机遇,深化互信。此番国共两党领导人鸿雁往来,言辞恳恳,在我印象中是绝无仅有的。海峡两岸互信合作,进入历史的新时期,这真是中华

---

[*] 本文原载《厦门大学报》2012 年 12 月 21 日。

民族的幸事，更是一种历史观的体现，是国共两党摒弃前嫌，面向未来，客观对待两党之争的开始。

山西回来，恰好回看了去年中央电视台播过的电视剧《誓言今生》，此剧当时播出后就获得许多好评。剧中讲述共产党的反间谍人员黄以轩和国民党情报官孙世安从1949年到香港回归后50年间的秘密战争。黄、孙两人本是姐夫（孙）和小舅子（黄）的关系，同时也是秘密战争的对手。因为国民党离开大陆时，为了争夺身为中央银行秘书长的父亲（岳父）到解放区（或到台湾），展开生死大战，结果老人和他们俩的老婆均遭不测，惨死在国民党枪下，黄的女儿也失踪。国恨家仇，令他们俩势不两立，一连串的谍战故事惊心动魄，人物众多，情节错综，经过一系列入情入理的演绎后，恩怨过往，他们俩竟成了亲家，黄的儿子和孙的女儿结成连理，孙最后还和黄联手破了国民党的谍报网。50年里，孙到台湾后，政治上总觉得无法伸展，面对国民党的不断衰败，他的内心始终很纠结。但他一直坚持对蒋经国的忠诚，一直心存自己的信仰，一直处心积虑地为国民党工作，我觉得很客观真实。最后的"一笑泯恩仇"，他们的共同思想基础就是："我们都是中国人，是兄弟。"较过去反映国共两党你死我活的谍战故事，此剧题材有很大突破，更尊重敌我双方人物的真实人性发展轨迹。

最近，看了作家莫言在瑞典的演讲，他有一句话令我印象深刻，大意是说作家的最重要任务，就是在内心自由的状态下，通过他的笔，写出真实的人性。我们在历史的教育中，往往对人物的评价非黑即白，不是英雄就是敌人。其实，人的行为、人的意识，都是他自身和他成长环境影响的结果，我们应尊重他的选择，理解他的行为。我记得1986年我第一次在报刊发表的小文，题目是《以君子之心度他人之腹》，今天我还是觉得，与人相处，常怀君子之心，多看人家长处，多相信世界的美好，以此之道，则心胸坦荡。

习近平总书记近日在一次和外国专家座谈时说，中国不称霸，不扩张，在追求本国利益时也要兼顾他国的合理关切，平衡各国的利益。在目前我国与几个邻国因为领土剑拔弩张时，一时的激情、愤青是幼稚，我觉得中国的战略正在表现一种平衡，一种理解他国，与邻为善的对外相处之道。

"中庸之道"，中国传统文化最精髓的部分。大到治国，小到朋友、亲人的相处，多从他人的角度、立场去看问题，事情也许会简单得多。

工作餐 *

 工作中迎来送往,大概谁也避免不了用工作餐。前不久,我到省内一所高校洽谈工作,到午餐时间,主人请我们从接待室移步到会议室,会议桌上每人摆上一份快餐。主人略带歉意地说,"八项规定"后,外面用餐不方便,我们就一起用快餐,还可边吃边谈。我们虽感有些意外,但都十分高兴。因为如果按常规到酒店用餐,一来主宾十几人车接车送,兴师动众,浪费时间;二来省去主客寒暄劝酒,显得十分自然亲近。可不,我们只用了 15 分钟便用完午餐,节约了许多时间,工作上的事一点也没耽误。

 我第一次吃上工作餐是在 20 世纪 70 年代初的连城乡下。当时正值"双抢"农忙季节,我作为一名初中生代表参加公社举行的"学毛选积极分子"会议,与会大多是从田间地头赶来的生产队长。他们开会时满脸倦意,哈欠连天,到了午餐时,个个精神抖擞。公社给大家提供的免费午餐是一罐蒸米饭,上面撒些白糖,就这样,大家都吃得香喷喷的。我的一位邻居也参加会议,回家后,他老婆十分荣耀地到处说他男人今天到公社开会,吃上免费白米饭。确实,在那个年代,谁能有机会在外"搓一顿",那是天大的喜事。有一次,生产队一头牛从山上掉下摔死,大家高兴地奔走相告,因为队里马上要宰牛,我们下放干部家人也可同生产队里的人一样,到小学操场吃一碗牛肉。但凡"双抢"后生产队的"打平伙",过年时的一顿年夜饭,都能激起人们无限的遐想。那是个挨饿的年代,人们对"吃"的追求无以复加,吃好吃坏确实是衡量幸福指数的最高标准。如今,"吃饱吃好"对绝大多数中国人来讲已不是问题。但奢华盛宴、美酒佳肴却屡禁不止,造成浪费不说,还极大败坏风气,滋生腐败。其实,对于大多数人来说,接待陪酒是个很大负担,喝坏了身体,浪费了时间,耗尽了精力。但碍于面子,或怕怠慢了来宾,所以把

---

* 本文原载《厦门大学报》2014 年 3 月 21 日。

"让客人吃好喝好"作为是否热情接待的判别标准。您来沿海尝海鲜，我去山区品山珍。我认识的许多县委书记、县长，每天都在无尽的宴席间穿梭着，每天都是醉醺醺地回家，他们也很无奈，甚至有些可怜。我曾到美国霍普金斯大学出版社访问，老外也很热情，在访问行程表上就安排了接待午餐。他们也是在会议的午餐时间，在会议桌上摆上外面送来的每人一份可乐和汉堡包，边吃边聊，吃完散会。一次简约的招待，凸显出一种高效务实和热情自信。

　　中央的"八项规定"带来了一股简约清新的风气，扼制了餐桌上的奢靡之风，已深受拥护。当接待不再把美酒佳肴作为面子来比拼，当办事不需要靠推杯换盏来达到目的，我相信，绝大多数人是更喜欢与家人一起吃上一顿家常饭。

米　饭[*]

　　近来,每逢过节,单位都会给员工赠送大米,每人一袋,热热闹闹。员工把大米连同节日的喜悦带回家,令全家老小欢喜无比。

　　记得那年我家小孙子上幼儿园,老师在入学面试时问道:"小朋友,你最喜欢吃什么?""最喜欢吃米饭!"小孙子居然不假思索就斩钉截铁地回答,令老师和周围的家长哄堂大笑。与其他孩子喜爱的肯德基、冰棒、可乐不同,孩子最喜爱吃米饭确实令老师始料未及又非常满意。

　　资料显示,中国早在 12000 年前就开始驯化稻米,大米俨然成为统治世界的粮食之一,成为我们一日三餐的主食。即使请人赴宴,我们也会常说"请您吃顿饭",仿佛吃顿饭只是家常如故,亲热近乎,显示主人的谦恭和诚意。确实,谁不爱米饭呢,如果没有一碗米饭镇场,即使满汉全席,客人都会忍不住翻白眼。这是因为在餐桌上,米饭能平衡一切味道,辛辣、油腻、咸苦的各色菜肴,靠的就是米饭"海纳百川"的调和智慧,衬托出食材本来的味道。所以,无论是酒店宴客,还是家中聚餐,都必备一锅米饭,大餐进行到尾声时,主人的一句"来点米饭",常常会有众多的响应者,仿佛只有米饭下肚,才算完成此餐的任务。哦,原来任何美食吃到最后的段位多是大味至简。

　　对米饭的热爱也在随着时代的变化而变化。世界上最好吃的食物,永远是在最饥饿的时候吃上的东西。我们这一代人,年轻时经历过饥饿年代,大米的供应受限,凭票购买时还要搭配如地瓜干等杂粮。在乡下,辛勤劳作耕种稻米的农民,却不能饱餐一顿米饭,地瓜稀饭中的米粒依稀可见。当年在乡下,有一次参加公社大会,午餐时公社领导请这些饥肠辘辘的参会农民代表每人吃一碗蒸饭,上面撒些白糖。那些乡亲们手托饭碗,蹲在路边,埋头席卷,三下五除二,干净利落,回去还向家人和邻居吹嘘今天吃公家一顿

---

[*]　本文原载《厦门大学报》2019 年 1 月 11 日。

米饭,很是骄傲。现在回想,当年家里煮一次米饭,如果加点猪油和酱油,对我们来说那简直就是"天下美味",成了奢侈的享受和美味的记忆。而如今,从"米饭"这一简单的主食里,可以变化出千姿百态美食,云南的竹筒饭、广东的煲仔饭、海鲜糯米饭等等。用大米作为原材料,更是变化出无数美食,过桥米线、龙口粉丝、贵州米豆腐等等,不胜枚举。而由大米酿成的美酒,则是大米的另一次蜕变,它的药效成了"百药之长",而它所催发人类激情的作用,更是千古传颂。

大米的角色功能也被赋予多种精神寓意。老少皆知的唐诗"锄禾日当午,汗滴禾下土。谁知盘中餐,粒粒皆辛苦"告诫人们懂得节俭,珍惜来之不易的粮食;古人的"不为五斗米折腰"气节,则成为刚正不阿的精神风范。到如今,厦门大学为学生免费提供米饭,更是以米饭为载体,寄托着全社会关爱大学生的美好愿望。

看 电 影

1964 年,当时我因还不到上小学年龄,在厦门入不了学,便随外婆到晋江一所山村小学——"茂厝新光小学"上学。我外婆在那里当小学教师,教的是一二年级的复式班,我就成了外婆的学生。学校就在一座寺庙里,一二年级的学生共同在一个教室上课,不同年级的学生分坐两边,有两块黑板。老师这边讲讲,那边写字,然后互换,很有趣。印象中外婆教语文也教算术,我对汉字的最早认识就是外婆教的。在那里读了一学期后转回厦门插班。虽然年纪小,但当时的很多事情仍记忆清晰,童趣盎然。

我印象中第一次看电影就是在那山村。有一天,校长郑重地告诉大家,今天晚上要看电影,把孩子们高兴得乐翻天了。下午,学校早早放学,学校门前的操场开始热闹起来。一伙年轻人帮忙支起用作大屏幕的白布,放在操场中央,前后两边都可以坐观众。操场周围有人搭棚生火准备卖小吃,有扁食摊、面点摊,还有卖香烟、面人、风筝、针线纽扣的;有人正在搭临时厕所,用竹编席围起,内放一"漕桶",电影放完,他们就可挑一担尿水回家,这可是农家的宝贝。太阳快落山,便有许多人扛着板凳来了。老人相聚抽烟讲古,妇女凑在一起东长西短,小孩四处奔跑嬉闹,而老师是受尊敬的,被请到最中间的位置。电影开始,后排的人基本是站在板凳上看,不时有人从板凳上掉下来,引来一片笑声、骂声和小孩的哭闹声。当时演什么电影已记不清,但那种像赶墟过节的场景,山村人的简单质朴,却深深地印记在脑海里,感到清纯可亲。

"文革"期间电影奇缺,就几部电影翻来覆去看了好几遍。除了样板戏,就是《地雷战》《地道战》《打击侵略者》等。当时我随父母下放在连城,山区的农民每逢"双抢"结束,就会在刚收割完的地里放电影,虽都是重复的片子,但我们仍兴致不减,随放映队从这村赶到那村,有些电影的情节和台词都能背下。如看《地雷战》时,当日本渡边小队长挖出一个地雷,原来是游击队安放的装满粪便的假雷，看那鬼子伸着沾满粪便的手时，孩子们都会齐声大喊"嗖嘎"，一阵开心大笑。最能激励人的一部电影是《英雄儿女》，看那志愿军英雄王成手持爆破筒高喊"为了胜利，向我开炮！"我们幼小的心灵被震撼，回家走路都觉得自己步伐器宇轩昂。我们这一代人都有一种英雄情结，一种战天斗地改造河山的愣劲，这与孩提时受这种英雄主义教育是分不开的。你想，伟大领袖一声号召，几百万年轻人能一下子从城市的教室里直奔条件恶劣的山区边疆，并且是满怀豪情，义无反顾。现在想来，虽是愚昧却是真实的。

"文革"刚结束，大量老电影被开禁，又有新拍的电影和国外电影搬上银幕，还有很多纪录片也很吸引人。那时看电影是人们最主要的文化生活，厦大大礼堂几乎每天都放两场电影，第一场供教工及家属看，第二场一般给学生看。记得看朝鲜电影《卖花姑娘》，一晚上连放了三场，过道上还摆了很多加座的椅子。礼堂里人山人海，哭声不断，走出礼堂人人脸上挂着泪花。看悼念周总理的纪录片，厦大与晋江部队互相跑片，学校专门派两部小车来回载拷贝。经常是看了一会儿，屏幕上就会出现"跑片中断"，大家仍耐心等待，一场70分钟纪录片足足看了三小时。

到了上大学时，功课很紧张，已经难得看电影了。但有一本《大众电影》杂志非常吸引大学生，经常拿到宿舍就被抢走，同学们还很关心电影"百花奖"的评选。有一次从教室自修回宿舍，路过大礼堂，听到礼堂里正在播放电影的声音，便跑进去过一把瘾。那晚放的是日本片《远山的呼唤》，高仓健主演的，看后很受感动，当夜写了一篇题为《清新隽永的爱情颂歌》的影评文章，投到校电台，居然被采用播出。后来，每到期末考试，我每考完一门，当天下午就会自己跑到市区去看一场电影，并为自己这一行为找个理由为"放松！放松！"到出版社工作后，有一次到北京出差，办完事后还要等三天才有返程的机票，突然发现宾馆附近有家电影院，便在那两天看了三部电影。

记得当时，邓小平曾对文化官员说，要让老百姓每天能看上一部新片子，我们还认为果真如此，那真了不起。但现在，看电影已经是平常事了，不要说每天看一部，你要有时间，每天看十部都不是问题。打开电视、电脑，朝你扑来的是数不清的片子，看电影已经不是人们唯一的文化享受。但看那些拍摄精美、巨资投入的大片，竟无法引起内心的冲动。张艺谋导演的《十面埋伏》，画面美轮美奂，音响逼真震撼，但看刘德华造作地倒在一女子身边，竟感到无语般的苍白。看了《甲方乙方》，虽是喜剧片，但片尾葛优和刘蓓演的新婚夫妇角色，将新房让给那位身患绝症妻子，让她在临终前享受有个家的短暂幸福，那充满温情的故事在心中涌出一股暖流。艺术的真善美仍是最持久的魅力。

喜欢看电影，很好嘛！写出来，与你分享！

2012 年 2 月 28 日

《斯大林格勒》, 一部难得的好影片

上周五, 与妍妍、小甘、鹭鹏和小诸到福州马尾开会。现在会议一般都没有宴会, 草草晚餐后, 便是漫漫长夜。马尾是个不常来的地方, 我们一行五人便冒着细雨, 到街上走走, 大小商店稍看一会儿, 便索然无味。突然, 鹭鹏提议去看电影, 立即得到大家的响应。不远处果然有家电影院, 即将开演的是俄罗斯电影史上首部 3D 实拍并转制 IMAX 格式的电影《斯大林格勒》。我们便兴趣盎然地走进影院, 戴上 3D 眼镜, 等待那久违的感觉, 心中想象那一定是排山倒海, 气势如虹的战争大片。

走出电影院, 我感觉和开始时的想象完全不一样。这部以反映二战史上最为惨烈的斯大林格勒保卫战为背景的大片, 完全摆脱一般战争片的敌我双方攻防策略描述, 歌颂指挥员的韬略和士兵的勇猛, 而只是选取五名苏军战士和一名俄罗斯女人为主线, 挖掘出战争中人性的情感。影片既有俄罗斯艺术历来的悲壮、雄浑, 也不乏作为大片的戏剧感和冲突性。他的主题是爱国主义, 却是从普世的、平民的角度来表现。

故事讲述的是五名苏军战士越过德军封锁线, 潜入德军占领的斯大林格勒街区一座大楼。而房东是一名 19 岁的俄罗斯姑娘, 和德占区许多平民一样, 她不愿离开自己的家, 面对从天而降的红军战士, 她承担起送水、找吃的重任。虽然多次被战士以危险为由驱赶, 但她一直不离不弃, 瘦弱的身体和并不姣美的容貌赢得五位战士的深爱。战士们嘴上虽然大骂女人会影响战争, 却用不同的方式去接近她, 呵护她。最后, 战士们冒着生命危险在废墟中挖出一个浴缸, 烧上一缸热水, 给这位"可能半年没洗过澡"的姑娘来个奢侈的享受。他们还奇迹般找来蛋糕蜡烛, 给姑娘过个战地生日 Party。就在知道生命的最后时刻即将来临时, 他们让姑娘转移到安全的地方, 并由最年轻的战士谢尔盖陪她度过一个浪漫的夜晚。

五名战士在惨烈的战争中相继牺牲了, 但他们口中始终没有高昂的"为祖国奋斗"的口号。他们是出于活下去的最基本需求,进而为身边的战友和心爱的人毫不犹豫地付出生命,这就是最震撼人心的爱国主义情操。主人公所说的:"我妈妈告诉我有五个爸爸。"一个女人心中珍藏了五位男人,把战争的惨烈和无奈嵌入一种特殊的美丽。

值得一提的是,影片中有一名俄罗斯女孩被纳粹军官强占,但后来他们逐渐产生感情,纳粹军官为此被上级训斥仍一往情深,女孩冒着被同胞白眼的痛苦也不离不弃。虽然最后的结局是双双惨死,但炮火连天之下仍透出人类的男女真情,越过那"非敌即友"的简单逻辑,只能令人更加痛恨这场可恶的战争。

2013 年 11 月 4 日

曾经的"红卫四"[*]

厦大芙蓉楼群,"文革"时更名为"红卫楼群"。芙蓉四,当时称为"红卫四"。

之所以特别要叙述她,是因为这栋学生宿舍在 1972 年到 1975 年间,是厦大"下放干部"返回学校后集中住宿的宿舍(当年厦大还有其他一些学生宿舍楼也作为下放返校教师的宿舍),那时我家就住在这里。

在拥挤房间里的书桌上舞文弄墨

我父亲蒋炳钊是厦大历史系教师,母亲王玲玲是中学教师。1969 年,我们全家 6 人(父母、外婆和 3 个小孩)一起下放到闽西的连城,直到 1972 年 7 月返回厦大。当时,工农兵上大学,需要教师返回讲坛,学校开始恢复比较正常的教学秩序。一批又一批教师从下放地返回,学校不可能一下子拿出那么多的教师宿舍来接纳他们,于是,便腾出学生宿舍,每一位教师,不

---

 [*] 本文原载《永远的厦大孩子》,厦门大学出版社 2015 年 12 月版。

管家庭有多少人口,都只能分配一间宿舍。我们全家三代 6 人分配在红卫四的 310 室,仅有 18 平方米的房间演绎了一段五味杂陈的难忘时光。

每家住户人口都不少,但家庭的摆设却基本相似。由于下放回来,老师们基本没有自己的家具,所用的家具大多是向学校租的。原来宿舍里的学生双层床基本被保留,以增加居住空间,房中间用布帘隔开,形成内外。厨房都设在走廊上,每层楼两边是洗漱区。最麻烦的是整栋楼只有一楼有一间男厕所,仅供"一号"使用,如需"二号"或洗澡,要到红卫二后的一排公共厕所和浴室,当然,浴室只有冷水。

当年"红卫四"里住的,许多都是日后的著名教授。仅我们住的三楼,左邻右舍有中文系的洪笃仁教授、应锦襄教授和外文系芮鹤九教授,历史系的薛谋成教授,会计系的黄忠堃教授、李百龄教授、潘德年教授,南洋所的汪慕恒教授,还有后来的厦大校长陈传鸿教授、副校长郑学檬教授等。当时大家都是同样的命运,平等相处,和睦可亲。每天的柴米油盐、煮饭炒菜同样不可或缺。于是,简陋的居家生活夹杂着邻里间的点滴欢乐在日子里流逝着。

每天清晨,大礼堂的钟声响起,挂在树上的广播开始高唱《东方红》,一天的生活开始了。最先从家里出来的大都是男主人,他们手提各色马桶,虽睡意蒙眬,却步伐从容地涌向一楼厕所,也有急匆匆下楼奔向红卫二后的厕所。此时,各家的煤炉打开,开始煮饭。如有哪家不幸炉火灭了,便向邻家紧急借火种。走廊架灶,各家当天食谱一目了然。其实在凭票供应的年代,各家餐桌上的伙食也大同小异。两侧水房,排队洗漱,大家都是教师家庭,倒也礼让有节。只是当年供水不足,到了用水高峰时,三楼的水管便经常细水潺潺,令人着急。当然,水房也是人们交流的好地方,洗衣、洗菜时,大家便可天南海北神聊一番。也有些男孩子懒得跑到浴室,便在水房拎桶水冲冲,如果是冷天,可听到他们惨烈的尖叫声。最为不可思议的是,竟然还有许多家庭在走廊的狭小案板桌下养鸡。记得我外婆在桌底下铺上烧过的煤灰,将剩菜剩饭喂养四五只母鸡,居然让我们家人每天都能吃上新鲜的鸡蛋。夏秋台风过后,许多人会跑到白城海边沙滩捡海带;每当厦港渔民归航,市场有巴浪鱼供应(不需要鱼票),便家家奔走相告,采购一番,多余部分,晒干储存。于是,走廊上又多了一道风景——海带、巴浪鱼在阳光下散发着海的气息。

夜幕降临，老师们或备课，或相聚在走廊上聊些学校见闻，小孩在家里做功课，遇到不懂的问题，还可跑去向邻居的大哥请教，也经常听见来访的学生与老师的对话。当年，我正在厦门八中（双十中学）读高中，经常负责为学校画宣传画。有时任务急，便在狭小的家里摆开画室，在仅有的一点空墙上订上 4 张全开纸，画着宣传画，现在回想也十分有趣。大楼人虽多，但此时却很安静。在宁静的夜晚，我们常听到小提琴的声音，那是黄忠塾老师的孩子黄力在练琴。这种"谈笑有鸿儒，往来无白丁"的环境，对我们这些孩子来说，那真是一种难得的熏陶。

在狭小的家里画画

站在"红卫四"放眼望去，现在的芙蓉园和嘉庚楼群，当年都是东澳农场的菜地。每当蔬菜收成时，我们便可到田间向菜农买些新鲜的蔬菜。邻近的室内风雨球场，更是孩子们常去的地方。"文革"时，中小学生功课并不多，经常下午可早早回家。我们班好多同学经常相约一起先到海里游泳，然后穿着游泳裤从窗户钻进风雨球场打篮球。球场晚上经常有篮球赛，只要在家里看到球场亮着灯光，那便是我们今晚观战的好时机。值得一提的是，那个年代，看电影是最重要的娱乐项目。大礼堂经常每周放一次电影，一般分两场，第一场主要是教师场。每当电影放映日，全楼男女老少齐出动，归来时一路人头攒动，月光下谈论着电影的精彩片段，蔚为壮观又亲切感人。

生活在厦大校园是一种幸福

厦大校园,在 20 世纪 70 年代以前被称为乡下,到中山路算是进城去"厦门"。每当骑着自行车到蜂巢山,驻足远望厦大校园,那是一片田园阡陌景象。青山、沙滩、农田、树丛,是我们孩提时代的生活记忆。我们有幸生活在这片世外桃源般的大学校园,呼吸着大海的来风,滋润着知识的雨露,真是上天的恩赐。无论岁月变迁,或是经历不同,但我们有一个共同的美好名字——厦大孩子!

2014 年 12 月 6 日

写好我们人生的最美篇章

——在厦大物理学 1982 级毕业 30 周年聚会的发言

同学们:大家好!

30 年前,我们厦门大学物理系 82 级同学们,完成了大学物理学业,怀着对未来无限的憧憬,带着对母校深深的依恋,奔赴祖国四面八方。那时,我们意气风发,豪情万丈,伴随着祖国腾飞的脚步,一路前行。当我们走过 30 年的历程,收获了满满的果实之后,我们这些昔日的同窗终于等来这一天,回到母校,相聚一起,回忆当年纯真少年的时光,分享自己的心路历程。此情此景,改用诗人李白的诗句:"请君试问东流水,此情与之谁短长。"是再恰当不过了。作为当年的辅导员,我和我们 82 级的同学朝夕相处了整整四年,在那最美好的时光遇见了最真诚的你们,于我而言,这是最为珍贵的四年,也是最为开心的四年。

在这相聚欢乐的时刻,我们怀念几位先我们而去的同学;我们也想念因为种种原因无法参会的同学们。

感谢组委会同学的好意,要我在这里讲几句话。我想我今天主要要说两个内容。

第一,首先,我向同学们介绍母校厦门大学的近况。(主要介绍厦门大学目前的校区建设、学生规模、学科特色、师资队伍以及厦大出版社的情况。此处略去。)

第二,组织者费尽心思组织这次聚会,就是希望在这难得相聚的时光里,同学们有所收获。这几天,我一直在想,30 年后,我们在母校相聚,老同学相见,拥抱、畅饮、游览、回忆、交谈,无拘无束,仿若当年,这都是聚会活动的应有之义。但我们是否更渴望在重逢欢聚中,大家能共同交流一些心得,彼此能得到更多的收获,让我们母校之行更有意义。

同学们都是年过 50 岁的人了,如果人生可以按一本书的编排顺序来审视的话,一般来说,我们每个人的人生这本书大约可以分为八个章节。第一章是"孩提时代",这部分应由我们的父母来写。而我们的人生最后一章——第八章"暮歌",则可能由我们的后代来写。第七章"晚秋"则是退休到垂暮之年的那一段,还没有到来。因此,我们是不是可以说,我们正处在50～60岁间,这人生第六章的阶段,我姑且将此章的章名称之为"收获与思考"。因此,这次宝贵的同学聚会,可以说是一次针对这人生第六章应如何思考,如何书写的研讨会。

在这里,我愿与同学们分享我的思考。

我认为,人生这第六章,应把握这三个问题:

第一,拥有豁达的心态。我们历经了事业的奋斗,家庭的建立,孩子的抚养。人生的曲曲折折,坎坎坷坷,我们都经历了许多。这时候,我们再来看我们这个世界,是否觉得我们的心态如同登上了一个新的高峰,眼前的景色突然敞亮了许多,豁达了许多。许多我们年轻时纠结的事,变得不那么难以理解。在面对这纷繁复杂的世界,我们应该记住我们是学物理的,我们知道任何事物都有它的运动规律。物理知识让我们受益匪浅,也让我们气定神闲,它让我们能把这个世界看得更加明白。我们知道事物的发展不总是匀速直线运动,它一定是波浪式前进,螺旋式上升。任何事物都是一分为二,要用辩证法的哲学眼光来看待我们这个世界。不同的边界条件会产生不同的解,但它的运动一定会沿着自己的规律前行。于人于己,豁达至善,这是我们的走过半个世纪的人生收获。

第二,珍爱自己的另一半。岁月过往,一路走来,我们与自己的伴侣牵手而行。此时,父母年暮,他们会先我们而去;孩子长成,他们正急于要挣脱我们爱的约束,去开创属于他们的生活。孩子们不是不再爱我们,不再需要我们,而是他们要用自己的方式去回报父母,回报社会。因此,能与你携手走向生命终点的,是你的生活伴侣。"少年夫妻老来伴",也许过去很长一段日子,你没有体会到这一点,甚至因为事业的拼搏你忽视了她(他)。而今,在这第六章的岁月里,是你要思考如何好好珍爱你的另一半的时候。她(他)和你接下来的日子里,也许不再是山盟海誓,卿卿我我,而更多的是两人在一起的柴米油盐,孝敬老人,关爱晚辈,琐碎而又平凡。生死相依,不离不弃,这是"爱"的新内容,新方式,也是生命最本征的状态。

第三,关注自己的身体健康。在我们每个人生命的系统里,能量是守恒的,生命能量的曲线不可能永远是上扬的,它一定会逐渐下滑。在这个平衡的系统里,我们不可去抵抗规律,超越体能。我们要做的是拥有科学的态度,积极的心态,去保重自己的身体。要懂得放弃,懂得停下来,该吃药的要吃药,该运动的要积极运动。身体健康就是财富,你的健康不仅是你个人的事,于你的家人而言,你是一根柱,你是一片天;于自己而言,健康就是生命的质量。金钱、官位的高度,增加了你的势能,但一定使你失去了其他的能量。现在,我们应该懂得健康的宝贵,并尽快付诸行动。

如果需要对这人生第六章加一句章首语,我以为应该是:

"人生是一次充满遗憾的旅行。许多道理我们可能早就知道了,但只有真正经历过了的人,才懂得其中的智慧和精妙。"

这是我的一些体会,非常愿与同学们分享。让我们一起努力,各显神通,写好这人生最为缤纷异彩的篇章。

谢谢大家!

2016 年 9 月 3 日于厦大物理与科学技术大楼

"物理是我的生活方式"*

——李政道教授物理生涯侧记

诺贝尔奖坛上的第一位中国人

1926 年 11 月 25 日,祖籍苏州的李政道诞生于上海的一个大家族。祖父曾任基督教苏州卫理会的会督,在当时国际宗教界颇有声望。父亲李骏康是南京金陵大学农化系第一届毕业生,当时经营肥料化工产品的生意。母亲张明璋是上海启明女子中学毕业生。李政道共有兄妹六人,在良好的家庭环境的熏陶下,兄妹们都学有所长。老大宏道,上海沪江大学商科毕业;老二崇道,广西大学毕业,专攻畜牧兽医学;老三就是政道;老四学道,大同大学航空工程系毕业;老五达道和小妹雅芸均在交通大学船舶系毕业。

李政道自幼喜爱读书,父母对他爱好看书的习惯也非常支持,常陪他去逛书店,任他随意挑选购买大量书籍。在他童年和少年时代里,上海的商务、中华、开明等书店,他每年都要多次光顾。少年李政道对书的种类并不挑剔,文学、历史、科学,古今中外的书籍都能引起他的兴趣。他曾读过马克·吐温的《汤姆历险记》中译本,觉得故事描写得特别生动有趣,与众不同。

在以后的岁月里,李政道一直保持这一幼年养成的习惯,在青年时期博览的群书中,他对爱丁顿的《膨胀的宇宙》留有深刻的印象。书中描写的恒星、星系,特别是整个宇宙居然还在扩展,唤起他的想象力,使他对科学更有兴趣。他常说:"不要局限于读名著,差的书不妨也读几本,读多了你们才能辨别好坏。"他的中文造诣很深,能诗善文,对中国古代的科学、文化、艺术方面都有很深的钻研。

---

* 本文原载《自然辩证法通讯》1999 年第 1 期。

与李政道教授(右)在一起

1941年12月,日本侵略军进入上海租界。刚满15岁的李政道只身离家从上海去浙江大学求学。他从上海取道杭州、富阳,经闽、赣、两广,穿过日军封锁线到迁入贵阳的浙江大学求学。经过一段颠沛流离的生活,1943年抵达贵阳。途中疟、痢等流行,衣食全无保障,而且主要靠步行。由于战乱,李政道没有正式的中学文凭,甚至连小学文凭也没有,但他从小就向往就读浙江大学物理系。1943年秋,他在贵阳以同等学力考入浙江大学,后经湄潭转至永兴,在浙大物理系一年级就读。一年后,日军又将战火燃至贵州,他便又辗转至昆明西南联大求学。

西南联大是抗战时期由北京大学、清华大学和南开大学三校在战时合并的一所抗战大学。战时的昆明,没有很好的教室、图书馆,各方面条件都很差。当地茶馆晚上有汽灯,而联大校舍没有,很多学生便在茶馆读书。李政道每天一大早就到茶馆买一杯茶,这样可以占一个位子坐一整天。后来,李政道总是称自己是"茶馆里的大学生"。

日本投降后,1946年,由李政道在西南联大的老师吴大猷推荐,他和朱光亚两人被选派赴美攻读研究生。当时李政道只是大学二年级的学生,但由于他才智过人,成绩优异,得到吴大猷的充分赏识。到了芝加哥大学后,他因没有大学文凭,一度很难进入研究生院,只能先当非正式生。进入研究生院后不久,他就得到物理系的费米(E. Fermi)、特勒(E. Teller)和扎克赖亚森(W. H. Zachariasen)等教授的帮助,很快成为正式研究生。

芝加哥大学物理系由于费米的影响,是当时全世界最活跃的物理中心。费米对李政道十分赏识,亲自指导他做博士论文。费米每星期与李政道单独讨论半天时间,每次讨论由费米选提一些问题,李政道在一星期后向他作一次报告,并共同讨论。这些从现有结果到存在问题的讨论,往往很快就变成研究项目。费米严格的科学态度,公正的待人方式,一直影响着李政道。他和费米的讨论涉及了广泛的物理领域,诸如天体、流体、粒子、统计、核物理等。在他取得最多成果的弱相互作用领域的研究,也始于同费米的讨论。

1950 年,李政道在芝加哥大学完成了博士论文和论文答辩。他的博士论文是《白矮星的含氢量》,对白矮星作了有预见性的重要研究,被誉为"有特殊见解和成就"。校长在授予他博士学位证书时宣称:"这位青年学者的成就,证明人类高度智慧的阶层中,东方人和西方人具有完全相同的创造能力。"

获得博士学位后,李政道与来自上海的中国学生秦惠䇹在芝加哥市政府大楼登记结婚。为了支持秦慧䇹继续攻读硕士学位,李政道毕业后辞谢了普林斯顿高等研究院的邀请,先去加州大学伯克利分校工作一年,然后再到普林斯顿。李政道与自己的爱妻感情十分深厚,他常说,他事业上的成功与夫人是分不开的。

李政道对近代物理学特别是粒子物理学的发展作出了杰出的贡献。50 年代以来,他一直活跃在粒子物理学前沿阵地,被誉为"走在时代前面的卓越物理学家"。1951 年,李政道和杨振宁在普林斯顿高等研究所重会(他们俩早在西南联大时就同是吴大猷的学生,后又在芝加哥大学时都投师在费米的门下),共同从事理论物理方面的研究。从此,这两位年轻的物理学家开始了一次又一次的合作。他们的研究涉及宇称守恒定律,这个定律在以往的理论和实验中都被认为是普遍有效的。但到了 40 年代末期,科学家们在研究 K 介子衰变过程中发现它具有两种截然不同的宇称,即衰变产物 θ 介子和 τ 介子的质量和寿命都是一样的,但它们的宇称不同。K 介子的衰变属于弱相互作用,也就是说弱相互作用下宇称守恒吗?这就是著名的"θ

—τ之谜"。有关奇异粒子的"θ—τ之谜"成为当时粒子物理的主要问题。李政道和杨振宁先后提出了几种解释这一现象的模型,但实验观测又使他们意识到,必须对不同粒子反应过程中所有对称性的证据作仔细分析。

1956 年,李政道和杨振宁合作完成论文《弱相互作用中宇称守恒的问题》。这篇后来被广泛誉为"战后以来最激动人心的发现"的论文,给出了实验测量离散对称性 C(电荷共轭)、P(宇称)和 T(时间反演)的严格条件,指出已有的弱相互作用的实验并未验证这些对称性。他们在此基础上提出了几种检验弱相互作用宇称是否守恒的实验途径。1957 年 1 月,吴健雄领导的实验小组通过 β 衰变实验,得到了弱相互作用中宇称不守恒的明确实验证据。紧随吴健雄实验之后,有近百个不同实验得到了同一结论。这一划时代的重大发现,很快导致基本粒子领域中的许多实质性的进展。因此成果,李政道和杨振宁于 1957 年共同获得诺贝尔物理学奖和爱因斯坦科学奖。这距他们发表宇称不守恒的研究成果还不到两年时间,时间之短,在诺贝尔奖史上是罕见的。当年李政道年仅 31 岁,是历史上第二年轻的诺贝尔奖获得者(最年轻的获奖者是英国的劳伦斯·布拉格,时年 27 岁)。李政道和杨振宁赴瑞典斯德哥尔摩领奖时,持的是他们当年留学时的中国护照,他们是中国人首次登上这代表科学界最高荣誉奖坛的科学家。

李政道常说:"物理是我的生活方式。"

50 多年来,他的物理生涯灿烂辉煌。他对物理学不懈的探索和追求的精神,将永远为世人所推崇。

对物理学的贡献

李政道对物理学的贡献可以分为两个方面——理论物理方面的工作和对实验物理的推动。

李政道的研究工作博大精深,他特别善于抓住所研究问题的物理本质,运用娴熟的推理技巧,求得解答。他相信理论物理的各个分支都是相通的,重要的本质性的东西都是简单的。以这种高屋建瓴之势,他涉及了理论物理的许多分支,取得了卓越的研究成果。

李政道在天体物理、流体力学、统计力学、基本粒子和量子场论等理论物理方面作出了重要贡献,在理论结构和唯象分析方面多有建树,发表了200余篇科学论文和报告。1986年,收入李政道近200篇论文的三卷本《李政道文集》出版。此后10年,李政道的研究课题包括孤子星、黑洞、凝聚态物理、多体物理、相对论重离子碰撞、粒子物理和场论等。这方面的70多篇论文将收入《李政道文集》第4卷。

在天体物理学方面,他于1950年对白矮星作了有预见性的重要研究。他的博士论文《白矮星的含氢量》,针对当时尚无该星化学成分的资料及它与其他星体的演化关系、它是否含有依靠核能而满足于其发光的氢等问题都不甚明了的状况,分析了白矮星可能有的成分,并根据对稳定星体的考虑,证明不足1%的星是由氢组成的。他的论文结论性地证明,白矮星不含氢,因而它必定是星体演化的终点;同时证明,白矮星的能量并非其内部核反应的结果,并首次正确地计算了简并物质的电导率。

在流体力学方面,李政道在1950—1951年间,讨论了湍流,通过将Heisenberg湍流模型与实验结果相结合,计算了各向同性湍流的涡流粘滞系数,证明在二维空间中不存在湍流。其结果在气象学、海洋学中得到应用。

统计力学的基础问题之一是相变。J. E. Mayer于1937年从气相的热力学函数出发对此取得了重大进展。他的理论中作了一个内含的假定,即相变对应于这些热力学函数的奇异点,通过对它们的解析延拓可以获得液相。但是,许多人指出,Mayer理论中的等温线恰好远在凝聚点之外,该理论对于液相无法得到正确的状态方程。李政道和杨振宁进行了合作,解决了这个问题。他们提出了统计物理中关于相变的两个定理,以及著名的有关巨配分函数之根的李、杨"单圆定理"。他们严格地定义了气相、液相、固相中任一相的热力学函数,证明热力学函数能区别不同的相,不同相的这些函数 般地彼此不能解析延拓。这一研究成果将这个新产生的广义相变理论应用到点阵气体中,对后来关于惰性气体的实验研究帮助颇大。

在统计力学方面的研究还有与杨振宁合作研究了硬球玻色(Bose)气体的分子运动论。通过对级数有选择的求和,证明可以消除硬球玻色系统的发散性。他们的研究成果在理论物理的众多领域已被广泛采用。此外,他们还分析了硬球玻色系统的低温特性,证明相互作用的玻色系统可显示超流性,从而深入而全新地提供了理解液 He Ⅱ 的异常现象的理论。

李政道和杨振宁还合作研究了量子统计力学中的多体问题。他们于1957 年合作的论文中提出了称为二元碰撞法的一般公式。这些论文是后来 Faddeev 及其他人所作的量子力学中多体问题的工作先驱。

在弱相互作用方面,李政道的研究成果最多。除了对对称性的系统研究外,还涉及弱相互作用的各个方面。第一,和杨振宁、M. Rosenbluth 合作,提出了普适费米作用和中间玻色子的存在;指出 W 粒子的存在意味着在 μ 衰变中有某些非局域作用,在以后的研究中对此作了更详细讨论。第二,与杨振宁合作,为早期高能中微子实验在理论上作了大量推动工作,其中包括提出二分量中微子理论,分析高能中微子的散射理论,计算高能中微子束所产生的 W 粒子的截面、讨论探测大气中微子的方法等,确定了此后20 余年有关方面的大量实验和理论工作的方向。第三,与杨振宁合作,分析了 μ 俘获弱相互作用,并把它推广到非零自旋核的 μ 俘获中。第四,与杨振宁合作,讨论了超子衰变,提出在衰变中可能的时间反演非不变性问题,并且预言通过测量核子的角分布可以确定超子自旋,这些理论为后来的实验广泛采用。第五,在 60 年代初,论述当时假想的中间矢玻色子的性质和含义,并与杨合作,研究带电矢量介子电磁相互作用的不可重正化性。第六,与吴健雄合作,对弱相互作用领域作了全面研究,其中对中性 K 介子衰变的讨论尤为深刻、具体。第七,讨论了在几千亿电子伏能量下观测弱相互作用和电磁相互作用的问题,指导了那个时期正在考虑建造的高能加速器的实验计划。

在对称原理方面的研究是李政道对近代物理学的最杰出贡献。1956年,他和杨振宁合作,深入研究了当时令人困惑不解的"θ−τ 之谜",即后来所谓的 K 介子有两种不同的衰变方式,一种衰变成偶宇称态,另一种衰变成奇宇称态。如果弱衰变过程中宇称守恒,那么它们必定是两种宇称不同的 K 介子。但从寿命与质量来看,它们又应是同一种介子。李、杨及其合作者起初曾提出几种模型说明 K 介子衰变现象。但是许多观测最终迫使他们对粒子反应中的各种对称性证据进行仔细研究,在 1956—1957 年初几个月内发表了一批具有历史性的论文。这些论文证明,尽管在强相互作用和电磁相互作用中宇称守恒,但在弱相互作用中并无宇称守恒的证据。同

时提出了几种检验 β 衰变、超子和介子衰变等弱作用过程中宇称是否守恒的实验方案。1957 年,这个理论预见先后得到吴健雄小组等的科学家的实验证实。因此,他们的研究很快得到学术界的公认,并获得 1957 年诺贝尔物理学奖。其中有关的研究还包括:与杨振宁、R. Oehme 合作,对电荷共轭变换和时间反演变换作出不守恒的分析;讨论了超子衰变中宇称不守恒问题;对 CP 违背的问题作了许多探讨和解释。关于弱相互作用的这些新思想在以后被推广到其他几种过程中,并成为 60 年代粒子物理学占统治地位的主题之一。

在量子场论方面,李政道在 1954 年建立了著名的"李模型"理论,对后来的场论和重正化研究有重大影响。讨论了 De－Sitter 空间中自旋 $1/2$ 的场方程。1964 年与 M. Nauenberg 合作,分析了与零静止质量相关联的发散性,描述了处理这些发散性的一般方法。该方法后来被称为李－Nauenberg 定理,或 KLN 定理[K 为对同课题作出贡献的日本物理学家木下(Kinoshita)的名字第一个字母]。1969—1971 年间,与 G. C. Wick 共同提出,通过在 Hilbert 空间引入不定度规消除量子场论中紫外发散的方法,推断这些理论与现有的任何实验不会不相符。此外,提出场代数理论,就色禁闭现象提出了真空的"色介常数"概念。

在极化子和孤立子方面,与 D. Pines 合作讨论了固体物理中极化子的构造;讨论了四种声子模型,更好地说明了电子－声子关联。在发现并研究非拓扑性孤立子方面作了大量研究,还建立了强子结构的孤立子袋模型理论,在孤立子与真空间作"架桥"性的研究。近年来,非拓扑性孤立子的概念被广泛用于天体物理、粒子物理等领域。

在离散物理学方面,李政道从 1982 年起开始研究场论点阵,提出了连续场中的一种新颖的离散近似法:引入随机点阵的概念(以一系列任意分布的点代替空　时连续区),并指出怎样按这样的点阵完成场论计算。随机点阵的明显优点在于它具有空间旋转不变性,在最近的研究中已经证明,格点规范理论的基本困难之一——费米子谱的虚假多重性可以在随机点阵上得到解决。由于他在这种点阵理论中运用分立的空－时处理方法,导致他提出空间与时间是真正分立的思想,并探讨将这种思想应用到广义相对论中的可能。

在强相互作用方面，主要论及强相互作用模型，讨论了自发破缺问题：假设在重核内部某些情况下，破缺对称可以由标量场的真空期望值的改变而得以恢复，并可以通过相对论性重离子束碰撞实验加以验证。这些观念使他成为世界上建造相对论性重离子加速器的主要倡导者和推动者。

对中国科学、教育事业的贡献

1972 年，中美关系开始走向正常，李政道和夫人得以回国访问。看到当时国内科学、教育的状况，他心中十分担忧。1974 年 5 月，毛泽东主席会见了李政道，李政道坦陈己见，并建议用设立少年班的办法来培养少数学科的人才。毛泽东坦诚地接受了李政道的建议，认为中国的教育必须加强。以后的中国科技大学"少年班"的建议，应该说是源于此次会谈。

"四人帮"垮台之后，国内百废待兴。振兴教育更是其中一项首要任务。李政道利用暑假回国为中国科技大学北京研究生院师生讲课，全国各校组织了约 1000 名师生在北京友谊宾馆听讲，一个夏天，每天三小时，开了"场论与粒子物理"和"统计物理"两门课。他由浅入深地讲授，系统地介绍了当代物理的最新发展。

当时，我国开始选派年轻学生出国读大学，并派遣教师、科研人员出国进修。李政道在美国专门设立了一个高能物理实验领域的中国访问学者项目，这在美国称为"李政道学者"。在他的安排下，这些访问学者都进入了高能物理的前沿领域，为以后北京正负电子对撞机（BEPC）的建设和高能物理研究打下了基础。

针对当时中国的情况，为培养一流科研人才并为高校建立国际联系，李政道认为最有效的方法是挑选大学生出国攻读博士学位。那时，国内尚未开设 GRE 和 TOEFL 考试。由于缺少一个客观可行的办法来评价中国学生，美国的一流研究生院难以录取中国学生。为此，李政道亲自设计了中美联合招考物理研究生项目（CUSPEA），每年约有 100 名中国物理系高年级学生通过考试进入美国一流的研究生院。所有通过 CUSPEA 考试的学生都得到美方的全额奖学金。由于 CUSPEA 和美国研究生的入学手续有些不同，李政道和夫人及助手 Irene 女士每年都要花很多精力和时间，向 70

多所美国院校和招生部门作解释和安排。有关的联系材料和信件就达几吨重,联系电话也打了上万次。

从 1979 年开始到 1989 年结束,通过 CUSPEA 考试共培养了 915 名学生。这些学生在美的学业大都在各校各系名列前茅,为祖国和母校争得了荣誉。其中不少人在学业有成后,又在各自的研究领域内取得了杰出的成绩。现在,他们当中有些已回国工作,成为所在单位的骨干,更多的则周期性回国讲学,成为沟通国内和国际学术联系的重要桥梁。

1979 年 1 月,在美国斯坦福直线加速器中心,李政道和帕诺夫斯基(W. K. H. Panofsky)一起组织了第一次中美高能物理会谈。会谈后,两国正式成立了中美高能物理合作项目。通过这一合作渠道,在李政道的精心安排下,美国的高能物理实验室为北京正负电子对撞机(BEPC)的设计、建造提供了大量技术上的支持。

在北京建造的能区为 3～6 GeV 的正负电子对撞机的建议是李政道在 1981 年提出的,在这项有关中国高能物理研究和科技发展的关键决策中,李政道起了十分重要的作用。BEPC 于 1984 年动工后在四年内建成。现在,它是世界上这一能区最先进的实验室,有 50 多位美国及其他国家的科学家来此进行合作研究。1992 年,BEPC 上有关 τ 轻子质量的精确测量,被评为当年国际粒子物理实验上最重要的结果。

1985 年和 1986 年,经李政道建议,中国分别设立了博士后制度及自然科学基金。李政道还帮助设计了博士后制度及自然科学基金的具体实施方案。在此之前,青年科研人员对研究单位选择余地很少,不同单位间研究人员也很少流动。博士后制度的建立从根本上改变了这一状况。自然科学基金的设立,在中国首次将同行评审引入科研经费的分配。10 年来,它已成为促进中国基础科学发展的有效手段。

为了创造一个良好的学术环境,促进科研人员,尤其是青年科研人员在国内的工作和交流,组织海外中国青年学者回国短期工作和讲学,在李政道的努力下,1986 年成立了中国高等科学技术中心(CCAST)和北京近代物理中心(BIMP)。这两个中心都由李政道担任主任。CCAST 每年约组织 25 个工作日,有来自全国各地的近千名科研人员参加研讨,讨论的课题除物理外,还有环境科学等内容。BIMP 则几乎每天都有学术报告会,内容包括物理、化学、生物和各种交叉学科。

10多年来,李政道还陆续被聘为暨南大学、复旦大学、清华大学、北京大学、南京大学、西北大学的名誉教授,并被中国科学院聘为第一批外籍院士。此外,他还被中央工艺美术学院聘为名誉教授,与黄胄等一批著名艺术家组织"艺术与科学"研讨会。他还在复旦大学设立"李政道奖学金",奖励学习优秀的学生。1998年初,李政道夫人秦惠䇹因病不幸逝世,李政道以夫人的名义设立了"秦惠䇹基金",用以发展中国的科学、教育事业。1998年夏,中国的长江、松花江等地发生了洪灾,他马上致函朱镕基总理、温家宝副总理,将他自己半年积蓄的1万美元捐给灾区。李政道作为海外著名的科学家,为了祖国的富强,为了祖国的科学、文化和教育事业的发展,作出了巨大的贡献,赢得了人们的尊敬和爱戴。

对新世纪物理学的展望

随着21世纪的临近,李政道又把目光投向下世纪物理学的发展。进入90年代以来,他在世界各地的演讲中,常把目前物理学所处的状况和19世纪末相比,并深思着20世纪物理学留下的根本性难题。

回眸20世纪末,当时,经典物理已相当完善,牛顿力学、麦克斯韦电磁理论、统计物理均与当时的实验观测符合得很好。于是,有人提出物理学的研究已接近尾声。但是,就在1887年,迈克尔逊和莫雷在美国做了一个很简单的实验。他们测量了光顺着地球和逆着地球旋转的速度。当初,人们都认为,顺着地球转速度应当快一点。可是他们测出来的结果,两个速度完全一样。这就推翻了牛顿当初确立的绝对性和惯性系统。另一个实验,就是人们发现每一个东西都是发射光的,那么发射的光谱又意味着什么? 这个实验在理论上很难解释。1900年,普朗克解释了这个实验,他用了一个很大胆的理论设想,这就是关于黑体辐射的普朗克公式。物理学上称这两个实验为迈克尔逊-莫雷实验和黑体辐射能谱实验。这是两个和经典理论格格不入的谜。20世纪,这两个谜的破解导致了物理学史上最伟大的革命,产生了20世纪两个最主要的理论,并对20世纪的科学产生了无可替代的巨大作用。第一个实验产生了相对论,第二个实验产生了量子力学。这两个理论带动整个 20 世纪其他学科的发展,并在此基础上诞生了半导体、激光、计算机,造就了工业技术的革新。可以说,整个 20 世纪的文明对 19 世纪末两个谜的破解有极其密切的关系。

李政道指出,物理学在 20 世纪末又走到了与 20 世纪末类似的微妙阶段。

20 世纪的科学成就,使人们找到了物质的基本结构——轻子和夸克,也知道物质之间的基本相互作用——引力、弱、电、强相互作用;并为这些相互作用建立了一套完整的理论描述,理论和现有的实验也都互相符合。

但是,取得伟大成就的 20 世纪物理学,也还存在着两个谜,两个很大的谜……

第一个谜是:目前的理论都建立在对称性原理上,而大多数对称性量子数却都不守恒。对称性应该守恒,不守恒应当不对称。怎样把这两个好像相反的现象统一起来?这第一个谜,我们称之为"失去的对称"。

第二个谜是:一切强子(即强相互作用的粒子)都是由更为基本的组元——夸克构成的。夸克之间的相互作用动力学已被认为是一种美妙的强作用理论,但目前人们还无法把夸克孤立出来直接进行观察测量,看不见单独的夸克。这第二个谜,我们叫它"看不见的夸克"。

李政道认为,第一个谜,即"失去的对称",反映了现有的理论都是对称的,而我们现在看这个世界又是不对称的,对称的量子数不守恒,那显然是有一个新的作用把对称破坏了。这个新作用到底是什么,我们不知道,可它存在是绝无问题的。李认为,不对称的原因是物质的真空不对称。还有一点很重要,就是所有的质量,电子的质量也好,质子的质量也好,我们的质量也好,都破坏了对称,要了解质量怎样可以破坏对称,就要了解这个质量的起源在什么地方。现在,世界上一些发达国家的加速器正在研究这个问题,力图能解开这个谜。

集中来看这个谜,我们就可发现,既然不对称是因为真空出了毛病,那么什么是真空?真空是一个没有物质的态,可真空是有作用的态。好比把一个房间完全封闭起来,然后抽真空,把原子拿掉,把空气拿掉,把物质都拿掉。可是,拿掉了物质,你没法把作用拿掉,所以真空是没有物质,但真空还是充满了"虚物质"。为什么会有虚物质?量子力学叫"测不准关系",就是说每一个时刻，随便哪个时间，它都可以发生一个能量的涨落。有能量的涨落，就可以有虚物质。真空并不是经典物理中的"以太"，真空是可以激发的，这是可以做实验的，激发真空是一件很重要的事情。根据量子力学理论，时空的任何一点，任何一瞬间，都可以产生许多粒子—反粒子对。这些粒子和物质的作用可以改变物质的物理特性。"失去的对称"目前就归结为真空，这就是自发破缺理论。

第二个谜，叫作"看不见的夸克"。虽然人们目前还无法把夸克孤立出来进行观察，但物理学家通过研究极高能量下的基本粒子过程，已获得很多间接的信息。譬如说，我们知道一个介子是由一个夸克和一个反夸克组成的，重子是由三个夸克组成的。但是用高能量加速器进行对撞，撞出来的不会是单独的夸克，它永远还是一些强子。假如说在越高的能量下它内部作用越强，我们还可以解释为什么"撞"不出来，可是有充分的实验证明，能量越高，它的作用越弱，可就是"撞"不出来。这个现象越想越神奇。请注意这样一个事实：一切重子（包括质子、中子、原手核等）都是由夸克组成的，我们每个人身体里也有无数的夸克，可它们就是"走"不出来，都"禁闭"在我们身上。这可是一个很普遍、很基础的谜。

李政道指出，这两个谜的关键都在物理的真空。这真空是含洛伦兹不变性的，它不是19世纪的"以太"。按照现代物理的观点，真空是很复杂的。"夸克的禁闭"是因为量子色动力学的真空出了毛病。我们知道，在超导体中不可能有磁场存在，我们认为，量子色动力学的真空中色电场也是不存在的，就是说它不能容忍任何色电场存在。可是如果有夸克，夸克一定要发射色电场，这个电场不能走进真空，这就要被真空"挤"住，所以夸克就走不出来。如果这种解释是对的，那么通过激发真空也许就可以找到出路。

看来，这两个世纪之谜的关键都在物理的真空。所以，世纪末的物理学，其热点就是在研究激发真空。理论上研究激发真空，要很精密地计算它的相变，用的方法是格点规范场论。由于计算非常复杂，就需要用到更高速运算的计算机。实验上，基本的手段是采用相对论离子对撞机和加速器。在李政道的推动下，本世纪末将建造历史上空前的一个加速器 SSC，估计1999 年可以建成，耗资大约 80 亿美元。此举有可能把夸克从质子、中子中解放出来，因此对理论和实验提出的挑战才刚刚开始。

　　至于基本相互作用理论下一步怎么走,李政道认为,还需要更多实验方面的启示。当年,宇称不守恒的发现,使人们找到了弱相互作用的解,现在则希望从 T 或 CP 的实验中得到提示。目前,T 和 CP 不守恒只是在 K 介子衰变中发现,其来源尚不清楚。美国、日本正在建造的 3 个 B 介子工厂,都是为了寻找 CP 和 T 在底夸克系统中的不守恒。

　　轻子系统是否有时间反演的不守恒,这个问题实验上还没有条件回答。BEPC 是这一能区唯一合适的实验装置。为了回答上述问题,正负电子流和探测器都需要进一步加强。正因为如此,李政道对中国科学院高能物理所的 τ 轻子—粲夸克工厂计划十分支持。他认为,这不仅有利于保持中国在高能物理领域的地位,也是达到下一世纪物理前沿的最直接而且在价格上又较合算的投资。

　　李政道更惊喜地发现,人类在研究宏观世界和微观世界的同时,居然可以通过真空把它们连接起来。本世纪初,在粒子物理研究方面,人们发现了电子,因此人们研究的方向是:大的东西是由小的东西组成的,小的是由更小的东西组成的,因而我们越来越需要找到更小、更小、更小的基本的东西。而探测越小的空间,需要的能量就越高。所以我们就要造更大、更大的加速器。可是,真空是每个地方都有的,是宏观的物理;而粒子是微观的世界。"小的"跟"大的"实际上是可以连起来的。微观的物理把客观世界又连起来了,而且不光是连起来,我们还可以把它激发。假如我们真正能够激发真空,那么,要了解我们这个世界,就可以开辟一个新的领域。这将是非常基础的、非常根本的,因为真空是每个地方都有的,自古以来就有的。所以,很可能我们的工作,对于科技应用,对于生产,对于人类社会,对 21 世纪将产生重要的影响,可能就跟我们前几代科学家所做的事情相仿佛,这是很值得我们去努力的。

后记：遇见出版

在我年轻时的无数职业梦想中，从来没有幻想过自己会从事出版工作。因为在入职出版社之前，我并不知道出版是干什么的。

我出生在一个教师家庭，父母亲都是厦大历史系毕业的。母亲是中学历史教师，父亲是厦大历史系的教授，他在人类学、民族学方面的研究颇有建树。受家学的熏陶，我从小便对文史产生兴趣，加之喜欢书画，在"文革"的环境下，中学的功课可以轻松应对，我每天几乎沉浸在写讲用稿、写大标语、绘宣传画、抄大字报……1975年高中毕业后，我有一段时间在一家誊印社当临时工，主要工作是在图纸上写字或刻钢板字。因为我的好兄长、书法家吴孙权也在那，我可以在他身边学习书法，苦涩的日子因为有了兴趣的融入，倒也其乐无比。

1978年，高考在即。当时已经当工人的我，又面临人生的一次选择。

一天夜晚，父亲特地找我聊关于高考问题。他知道我兴趣文史，也有一定的基础，但他却说："我和你妈都不希望你去读文史，我们自己就是过来人。你去考物理，学理科，不是说'学好数理化，走遍天下都不怕！'"

我一阵愕然，思想没有扭过弯，陷入茫然之中。

在"文革"刚结束并恢复高考的时候，陈景润的事迹广为宣扬，"向科学进军"成为时代的主旋律，学理科是许多年轻人心目中的理想选项。在这个时代的大潮推动下，我遵从父母的意愿，考上厦大物理系。

四年大学学习，自己还算努力，毕业后留校，当上物理系学生辅导员，又兼基础物理课的助教。当时学校规定，担任辅导员不能考研，必须专心工作。虽然辅导员不会是终身的职业，但自己并没有太多考虑今后会从事什么工作。在辅导员期间，我全身心地投入工作，与学生们相处甚欢，自己的某些文史和美术兴趣也在工作中得到发挥，诸如带领同学们出黑板报，出版学生的刊物"百花园"，设计毕业纪念册等。那时学校开始在学生中开设"思想道德修养"，要我承担授课任务。没有教材（只有教学大纲），我就自己去听哲学系的"伦理学"课，到图书馆参阅图书、备课，硬是把这门课开设起来，同学们反映还不错。后来，凭着兴趣，我又去哲学系听"自然辩证法"课，与主讲教授鲍振元相识。在他的邀约和指导下，我开始撰写《新兴学科大观》《获诺贝尔奖华裔科学家李政道传》，此后，在《李政道传》方面出版了多部书。文史的基因和物理的知识，让我找到一个适合自己的兴趣点。

每个人其实都有与生俱来的某种禀赋。人生的很多机缘，实际上是自己的意向所致。1986年，我所带的1982级学生毕业了，系领导准备让我继续沿着辅导员的路子走下去，我也一直在犹豫着。有一天，我到经济学院大楼参加自考改卷工作，休息期间出来转转，看到在二楼的五间小办公室门口赫然挂着"厦门大学出版社"的牌子。

出版社！哈，厦大还有出版社！虽然我对出版是干什么的还不清楚，但感觉冥冥之中，老天爷好像非常眷顾我，打开了我内心深处的一扇大门，那是通向我一直想要走的那条路。

就是他了——出版社！我义无反顾地盯着他，好像找到自己多年的职业归属。很快，在学校和物理系、出版社领导的支持下，我办好调动手续，于1987年3月22日到出版社报道，开始了长达30多年的出版社工作生涯。在出版社的日子里，那些关于选题策划、沟通作者、编辑、封面设计、印制、书评、营销、财务、经营管理的工作，我都抱着极大的热忱，全身心地投入。很荣幸，我自1999年到退休的2017年，担任了18年的厦大出版社社长，与出版社同人齐心协力，共同打拼，取得一点成绩。我对厦大社发展的想法就是，厦大社是个小社，又无地缘优势和文化资源优势，只能依托厦门大学，在自己的出书特色上下功夫，长年坚持，心无旁骛。由此，我提出"蕴大学精神，铸学术精品"的办社理念，以及大学社学术出版的"四个着力点"。而我以为小社要办大事，人的潜能充分发挥是最重要的。要创造温馨和谐的工作氛围，让人人都把出版社当作家，人人都做出版的有心人。我提出出版社在管理人方面要树立"四气"，形成自己优雅的文化气质。只要在"书"和"人"方面下足功夫，定位清晰，就是抓住了发展的根本问题。30多年来，厦大出版社出版了一大批优秀图书，购置了自己的办公楼和书库，整体实力有了很大的提升，还被国家新闻出版总署评为"国家一级出版社"，"全国百佳图书出版单位"。我们还营造出独具特色的"温馨、优雅"企业文化，令人羡慕和赞赏。厦大出版社还被学校领导称为"厦门大学的一张闪亮的名片"，这让我们每位同事都以自己是"厦大出版人"而感到光荣与自豪。

电影《无问西东》中,对年轻人在选择人生道路时发出:"愿你在迷茫时,坚信你的珍贵,爱你所爱,行你所行,听从你心,无问西东,找到真实的自己。"遇见出版,是我此生最幸运的事;从事出版,也可以说是找到真实的自己。更令我感受深刻的是:喜欢一项工作,并把这份职业当作事业,不为发财,不为升官,书生本色,心地坦然,你便有无穷的智慧和动力。

这本小册子就是汇集自己在出版社工作期间所发表的一些文章,是我对中国大学出版事业,对厦大出版社发展的一些思考,也记载厦大出版社走过的历程和魅力所在。这些拙文是厦大出版社同人在实现自己梦想所走过岁月的痕迹,也见证了厦大出版社发展的一段历史。对给予我工作中支持、帮助的领导和同事,我始终心存感恩之情,感谢他们对这份事业的热爱和以社为家的情怀。

人生没有假如,也无法重新设定。每当回想当年高考时选择攻读物理,自己却毫无遗憾之心。相反,我在心底里始终感激父母亲的指引。因为物理学作为一门研究物体运动规律的学科,它训练学生要学会从各种复杂的现象中找出事物的简单本质,其清晰的逻辑思维和简洁的条理步骤,使我受益匪浅,对我的工作大有裨益。我甚至认为,年轻人读大学本科时选择物理是个不错的选项,因为无论你从事什么事业,物理学思维和方法将使你终身受益。父母亲已去世,但我始终怀念他们,感激他们!同时,我还要感谢我的夫人,是她默默地主持繁重的家务,付出辛勤的劳动,使我能全身心地投入自己所喜爱的工作。同时,她还是我写作时的第一位读者和评论者,常会给我意想不到的建议和启发。我要感谢厦大出版社的领导以及同事曾妍妍、罗文华对本书出版的大力支持。

特别感谢厦门大学原校长、厦门大学校友总会理事长朱崇实教授为本书作序。朱校长对厦大出版社的成长壮大始终给予高瞻远瞩的指导和全力的支持,对我本人更是充满着兄长般无微不至的关怀,深情厚谊、铭记于心!

厦大出版社,我的事业家园。遇见你,让我的生命之树植根在您的沃土里,令我享受到工作所带来的无比乐趣,使我感觉自己不枉此生!

作　者

2019 年 7 月